KB159772

사심폭발 로맨스

1

사심폭발 로망스 1

초판 1쇄 발행 2020년 10월 12일

지은이 | 메리J

발행인 | 김성룡
기획, 편집 | (주)스마트빅(쉼표)
교정 | 김은희
표지디자인 | 우물
출판등록 | 제2014-000017호 (2011년 6월 30일)

펴낸곳 | 도서출판 가연
주 소 | 서울시마포구 월드컵북로 4길 77, 3층 (동교동 ANT빌딩)
전 화 | 02-858-2217
팩 스 | 02-858-2219
ISBN | 978-89-6897-077-1 03810

- 이 책은 도서출판 가연이 저작권자와의 계약에 따라 발행한 것이므로
  본사의 서면 허락 없이는 어떠한 형태나 수단으로도 이 책의 내용을 이용할 수없습니다.
- 잘못된 책은 구입하신 서점에서 교환해 드립니다.
- 정가는 뒷표지에 있습니다.
- 작가만의 글맛과 표현을 살리는 쪽으로 문장을 편집했습니다.

1

메리J 장편소설

사심폭발 로망스

차 례

1. 얼굴에 약한 자여

재깍재깍, 평소 느끼지 못했던 벽시계의 초침 소리가 초조함을 더했다. 공기의 흐름마저 멈춘 스위트 룸, 팽팽한 긴장의 줄을 붙든 남녀의 시선이 치열했다. 덕심이 먼저 시선을 틀었다. 그녀는 마침내 잡았다는 쾌감에 찬 성훈의 비릿한 미소를 무시하고 그의 반듯하게 각진 어깨 너머의 벽시계를 응시했다. 초침이 부지런히 목표 지점을 향하고 있었다. 10, 9, 8, 7. 성훈은 다른 곳을 보는 덕심을 집요하게 쳐다보며 추궁했다.

"왜 이런 짓을 했습니까?"

6.

질문과 함께 성훈이 손을 들어 덕심의 안경을 벗기고 머리를 동여맨 끈을 당겼다. 항상 바짝 당겨 묶여 있던 긴 생머리가 부드럽게 찰랑거렸다.

5.

"이건 가발이 아니었나? 염색?"

성훈은 여자의 관자놀이를 은빛으로 장식한 새치 가닥을 손가락으로 지분거리며 피식거렸다. 4, 3, 2.

촉촉하게 빛나는 갈색 눈동자의 무심한 시선에 상처받은 성훈의 미간이 사납게 구겨졌다.

1.

초침이 '12'에 도착하는 순간, 마침내 분홍빛 입술이 봉오리를 터트렸다.

"땡!"

"……?"

안도의 한숨을 내쉰 덕심이 시선을 돌려 다시 성훈의 강렬한 눈빛을 받아 냈다. 한입 베어 물고 싶은 도톰한 입술이 얄미운 호선을 그리더니 천천히 벌어졌다.

"부회장님, 실례지만 계약 기간이 종료되었습니다."

항상 느른하고 조용했던 덕심의 목소리가 아닌 생기 있고 명랑한, 젊은 음성이었다. 원래 이렇게 맑은 목소리였구나. 마음 놓고 쏟아내는 선명한 음성이 성훈을 혼란케 했다.

"강 비서, 그게 무슨 소립니까?"

"부회장님은 저에 대해서 어디까지 알아보셨나요?"

"강 비서!"

짜증이 폭발하기 직전인 성훈과 달리 덕심은 여유로웠다. 고개를 갸우뚱 꺾어 성훈을 바라보며 거리낄 것 없다는 듯 줄줄 늘어놓기 시작했다.

"본명은 아시는 그대로 강덕심, 나이는 사십 대 후반이 아닌 서른입니다. 이력서에 있는 화려한 학력은 제 남동생의 학력입니다. 전에 하던 일은 W 아트앤컴퍼니의 매니지먼트 본부장이었습니다."

"그러니까 왜! 나한테 접근한 이유가 정확히 뭐냐 이 말입니다. 표면적인 이유 말고 정확한 속사정."

"미리 알아보신 것 아니었어요? 고이란 회장님의 특별한 요청이 있었습니다. 부회장님이 멀쩡하고 정력적인 남자라는 것을 입증하는 데 총력을 기울일 것. 스캔들을 터트려라."

어금니를 사리 문 성훈의 턱에 힘이 들어가는 것이 보였다.

"저는 세간에 파다했던 마운 그룹 후계자 마성훈의 고자설 및 게이설을 잠재울 임무를 다했습니다. 그리고 조금 전 자정을 기해 고 회장님과 맺은 계약 기간이 종료되었고요."

"역시……."

"네. 역시 그렇습니다."

"계약 조건은?"

"그건 알고 싶지 않은 저의 프라이버시인데요."

덕심은 엉뚱한 상황극의 대가로 자신이 받아 낸 거금을 밝히고 싶지 않았다. 더불어 자신의 사심 가득한 의도 역시 감추었다.

"회장님이 내건 조건이 아주 좋았을 것은 뻔하고……."

덕심이 짧게 고개를 끄덕였다. 그쯤은 굳이 알리지 않아도 누구라도 추측 가능한 정보였다.

"나하고도 합시다. 그런 계약. 할머니가 제시한 조건의 몇 배든 지급할 용의, 있습니다."

"어……떤?"

"연애. 강 비서가 손해 보는 일은 아닐 것 같은데."

업무 틈틈이 덕심이 자신을 훔쳐보던 눈길, 그 거슬리던 시선을 생각하며 성훈은 자신만만하게 말했다. 그러나 예상 밖의 반응이 돌아왔다. 덕심이 기뻐하지는 않더라도 당연히 매우 놀랄 줄 알았던 성훈의 판단이 틀린 것 같은 불길한 예감이 들었다.

잠시 멀뚱멀뚱하게 있던 덕심의 표정이 천천히 풀어지더니 입꼬리가 매끄럽게 휘어졌다. 맑고 청순한 얼굴 위로 요염한 색기가 번졌다. 한숨과 함께 눈을 내리뜨자 은근히 빛나는 눈동자가 풍성한 눈썹에 숨겨졌다. 마성훈, 네가 이렇게 얼굴에 약한 남자였나. 성훈은 내심 예쁘다는 감탄을 정신없이 쏟아내는 자신이 한심하게 느껴졌다. 어울리지 않는 칙칙한 분장과 구닥다리 안경테에 가려졌던 보석의 진가를 알기 전에도 흔들렸던 마음이 이제는 주체할 수 없는 지경에 이르렀다. 강덕심, 당신 지금 무슨 생각을 하는 겁니까. 성훈은 생전 처음으로 여자 앞에서 안달이 나는 자신을 다스리지 못하고 거친 숨을 몰아쉬었다.

생각을 마친 덕심이 고개를 들자 조각상 같은 얼굴이 코앞에 있었다. 벽에 내몰려 있던 덕심이 허리를 펴고 그와 마주 섰다. 한층 가까워진 거리 덕분에 서로의 숨결이 가볍게 부딪혔다. 이제는 성훈이 그녀에게 몰리는 분위기였다. 덕심은 크게 들썩이는 성훈의 목울대를 보며 설핏 웃었다. 여태껏 모태 독신이자 순수 동정인 성훈과 달리 연애가 지겨운 덕심은 여유 만만했다. 입술이 닿을 만큼 아슬아슬한 거리, 재미없고 목석같은 남자의 턱 끝에 흩어지는 속삭임은 달콤하고 야속했다.

"부회장님, 아시다시피 저는 얼굴 지상주의자예요. 그리고 마성훈 씨의 얼굴은 더할 나위 없이 제 취향이고요."

야릇한 속삭임에 달궈진 성훈의 욕망이 단전 아래에서 단단하게 굳어졌다.

"하지만 그냥 딱, 얼굴만 제 취향입니다. 관상용이라고요. 저는 연애 따위 할 생각이 없어요."

덕심은 손바닥으로 성훈의 떡 벌어진 가슴을 밀어냈다. 한 발짝 뒤로 물러서는 남자를 응시하며 안타깝다는 듯이 고개를 저었다. 정말 잘생기긴 했는데. 이보다 더 취향 저격일 수 없는데.

얼굴로 다 해 먹겠다 싶도록 잘생겼다. 190cm에 육박하는 늘씬한 키와 잔 근육으로 다져진 체격은 뭘 입혀도 잘 어울려서 꾸미는 재미가 넘쳤다. 화룡점정은 냉소적이면서도 묘하게 섹시한 분위기였다. 도톰한 아랫입술 가운데에 옴폭 팬 세로줄을 볼 때면 새콤한 것을 맛본 것처럼 군침이 고이곤 했다. 하지만 이제 연애니 사랑이니, 그런 것은 사양하겠다. 아무리 세로줄 무늬가 섹시하게 팬 아랫입술을 빨아보고 싶어도 말이다.

"안녕히 계세요, 부회장님. 인수인계할 것도 없어서 이대로 퇴사하겠습니다."

"누구 마음대로."

성훈은 그를 벗어나 걸음을 옮기는 덕심을 붙들었다.

"나를 이렇게 만들어 놓고 어딜 가십니까? 나는 강 비서를 놓아
줄 생각이 없습니다."

덕심은 생각보다 강경하게 나오는 성훈 때문에 당황하고 말았
다. 이 남자가 왜 이래? 고이란 회장에 대한 반발심이라고 보기
에는 너무 간절해 보였다. 마치 진심으로 원하는 것처럼 성훈의
눈빛과 분위기는 깊고 진했다. 씩씩거리며 덕심을 노려보던 남자
의 시선이 아래로 내려갔다. 그 시선을 따라갔던 덕심의 눈과 입
이 크게 벌어졌다.

"어……. 이게 왜……?"

성훈의 앞섶이 당당하게 부풀어 곧 발사라도 될 것처럼 위태로
워 보였다. 샤워 가운을 느슨하게 걸친 탓에 더 아슬아슬했다.

"책임져요. 나를."

성훈의 원망 가득한 눈빛과 육체적 열기 앞에서 덕심은 알 수
없는 불안을 느꼈다. 그저 취향에 맞는 얼굴과 막대한 보수에 눈
이 멀었을 뿐인데.

"좋아요. 강 비서 덕분에 내가 멀쩡한 남자라는 걸 알게 됐어
요. 하지만."

"……."

"꽤 정력적이라는 건, 누가 알죠? 아직, 나도 모르는 사실인데.
그것까지 마저 밝혀야 계약이 종료되는 것 아닙니까?"

다시 한 발짝 다가온 성훈은 황당해 하는 덕심의 가느다란 허
리를 당겨 안았다.

"헙!"

정력적이고 절륜한 남자라는 사실을 밝히고 싶어 조바심이 난

성훈의 한 부분이 덕심의 배꼽 근처를 압박했다. 사심 가득했던 불순한 의도는 예상치 못한 결과를 낳은 것 같았다.

여기서 잠깐, 강 비서의 변명을 들어보기로 하자.

왜 그랬냐고요? 어이없게 들리겠지만 순전히 그 남자 얼굴 때문이었어요. 물론 돈 때문인 것도 있었죠. 그래도 그건 나중 문제였어요. 그게 말이 되냐고요? 제가 얼굴 뜯어먹고 살 팔자래요. 잘생긴 사람들 때문에 먹고산대요. 게다가 그런 말도 있잖아요. 얼굴이 개연성이다. 그거면 됐지 더 이상 무슨 이유, 어떤 설명이 필요한가요? 첫눈에 반해서 결혼도 하는데.

마성훈. 그 남자를 처음 본 순간 전율이 일었어요. 스탕달 신드롬이라고 아시죠? 잘생긴 얼굴을 숱하게 보고 겪은 저를 한순간에 사로잡았거든요. 하지만 갖고 싶지는 않았어요. 그간의 경험으로 피그말리온의 기적 같은 건 믿지 않기로 했거든요. 그저 루브르 박물관에 있어도 마스터피스는 충분히 가치 있으니까요.

잘생긴 남자는 저한테 그런 존재일 뿐이었어요. 그래서 즐기는 마음으로 덤볐던 건데, 그 남자가 그렇게 나올 줄은 몰랐어요. 여자라면 질색하더니, 늦게 배운 도둑질에 날 새는 줄 모르더라고요. 심지어 소유욕까지 대단해서…… 참, 힘드네요.

한류의 성지이자 강남의 랜드마크가 된 W 아트앤컴퍼니의 본사. 덕심은 정문 앞을 가득 메운 인파를 보고 한숨을 폭 내쉬었다. 저 인간들을 어떻게 뚫고 가야 하나. 벌써 30분이 넘게 차에 갇혀서 입술만 물어뜯는 중이었다.

나름 고속도로 같던 자신의 인생이 여기서 끊긴 것이 아닐까, 하는 불안으로 밤새 잠을 이루지 못했다. 나쁜 일은 혼자 오지 않는다고 하더니. W에 찾아온 연이은 악재는 오롯이 덕심의 책임으로 돌아갔다.

"하아……. 은혜도 모르는 것들. 왜 초심을 못 지켜서 이 사달을 만드냐고."

덕심은 자신도 모르게 울먹거리는 목소리가 마음에 들지 않았다. 나약해지려는 마음을 다잡으려 차 안에서 고함을 지르며 두 주먹을 불끈 쥐었다. 업계에서 '광부'로 불릴 만큼 쓸 만한 원석을 알아보고 반짝이게 만드는 데 탁월했던 덕심이 픽(pick) 했던 스타들이 요즘 줄줄이 사고를 치고 있었다. 연일 언론에 대서특필된 이름들이 새롭게 갱신될 때마다 덕심은 하늘이 무너지고 가슴이 내려앉았다.

Rrrrrr. 일부러 듣기 좋은 멜로디로 설정한 전화벨이 오늘따라 귀청을 따갑게 쑤셨다.

"여보세요."

─ 이사님, 지금 어디세요? 대표님께서 기다리고 계십니다.

W 아트앤컴퍼니의 대표 킴의 비서는 드디어 전화를 받은 덕심이 말을 꺼내기도 전에 우는 소리부터 했다.

"건물 앞에 기자며 팬들이며……. 저걸 어떻게 뚫고 들어가요.

주차장 입구까지 바리케이드로 막아 놔서 방법이 없는데."

– 지금 즉시 가드들 내려 보낼게요. 5분 후에 정문 앞에 차 대세요.

"알겠습니다."

피할 수 없으니 부딪혀야 할 때였다.

"나는 덕후들의 전설 강덕심이다. 꺼질 때 꺼지더라도 아름답게 산화하리라."

정확히 5분 후, 덕심은 자신의 대형 세단을 정문 앞에 세웠다. 마침 대여섯 명의 가드들이 인파를 뚫고 나오는 중이었다. 몸통이 두둑하고 바위 같아 보이는 남자들을 보자 쭈글쭈글했던 마음에 힘이 솟았다. 그들 중 하나가 운전석 문을 열어 주었다. 마치 시상식장에서 에스코트를 받는 스타처럼 차에서 내리는 덕심의 세련된 몸짓이 시선을 끌었다.

그녀는 허리를 펴고 턱을 들었다. 도도한 자세로 서자 기자들을 비롯한 이들의 카메라가 덕심을 향하는 것이 보였다. 화창한 봄날이 시샘할 정도로 덕심의 모습은 화사했다. 레몬색 와이드 팬츠에 하얀색 실크 셔츠를 입은 덕심은 여느 배우보다 아름답다고 평가받는 미모를 빛내며 당당하게 걸었다.

W 소속 연예인들을 성토하러 왔던 팬들의 얼굴에 잠시 경외감이 어렸다. '팬질은 강덕심처럼', '홈마의 전설'이라는 타이틀이 붙은, W 아트앤컴퍼니의 한류 스타들만큼 유명한 그녀였다. 곧 가드들과 기자들 그리고 W 소속 연예인 팬들이 충돌하며 아수라장이 되었다. 풍랑에 던져진 조각배처럼 이리저리 흔들리면서도 덕심은 표정과 자세를 흩트리지 않았다. 어차피 마지막 출근길

일 텐데 폼에 살고 폼에 죽는 강덕심의 스타일을 잃을 수 없었다.

　더러워서 못 봐주겠네. 덕심은 치미는 울화와 구역감을 간신히 참으며 책상을 쳐다봤다. 성 추문, 마약, 불륜, 폭행, 음주운전, 여자 친구 불법 촬영, 팬을 상대로 한 사기 등등. 소속 연예인들의 비행(非行)을 다룬 기사와 그에 따른 증거서류가 너저분하게 흩어져 있었다. 증거가 명확하고 증인까지 넘쳐서 어떤 변명도 소용없는 상황이었다.

　"다양하고도 다양하도다. 뭐가 제일 충격적일지 몰라서 골고루 준비했니?"

　비난의 화살이 일제히 자신을 향하는 것 같아 괴로웠다. 힘없이 중얼거린 덕심은 앳되고 순수한 얼굴로 해맑게 웃는 보이 밴드 리더의 사진에 펜을 내리꽂았다.

　"여심을 흔드는 요정 같은 미모 좋아하네. 눈앞에 있으면 낭심을 차버릴까 보다!"

　옆에 서 있던 남자 비서가 움찔 몸을 떨며 자신의 앞을 두 손으로 가렸다. 비서와 마찬가지로 무의식적으로 놀란 W의 대표 킴 역시 다리를 꼬며 자신의 소중한 것을 방어했다. 저 청아하고 하늘하늘한 외모와 달리 성질이 불같은 덕심이 진짜로 걷어찰지도 모른다는 공포심이 든 것이다.

　"킴, 저 그만둘게요. 더는 수습할 기운도 없고, 이딴 것들이 싼 똥까지 내가 치워야 할 이유 없어요. 죄를 지었으면 벌을 받게 두세요."

덕심은 지난해 밀라노 패션쇼에서 디자이너에게 선물 받은 한정판 백에서 사표를 꺼내 들었다.

"제가 누누이 얘기했죠. 애들 인성 교육에 신경 써야 한다고. 팬들의 맹목적인 사랑을 이딴 식으로 이용하게 내버려 두면 W도 머지않아 망해요."

테이블 위에 사표를 던진 덕심을 올려다보던 킴이 조용히 입을 열었다.

"그런데 강 이사."

"잡지 말아요. 소용없어요."

싸늘하게 대꾸하는 덕심이 같잖은 킴은 비릿하게 웃으며 비아냥거렸다.

"안 잡아. 근데 자기 남자 친구 있잖아. 정윤."

"윤이 왜요?"

"바람났대."

"뭐요?"

"여기 기사 떴어. 상대 여자 배우가 SNS에 둘이 샤워 가운 입고 키스하는 사진 올렸어."

덕심은 킴이 내미는 핸드폰 화면을 묵묵하게 바라보았다. 자신의 오랜 연인이자 한때 아시아 최고의 아이돌이었던 그놈이 확실했다. 전직 아이돌이며 현직 영화배우인 정윤이 게슴츠레 뜬 눈으로 이쪽을 바라보고 있었다. 마치 네가 꼭 봐주길 바란다는 듯한 각도와 시선 처리에 속이 뒤집힐 것 같았다.

"하아……. 진짜 미쳐 돌아가겠네."

이제는 하다, 하다 남자 친구까지 사고를 치는구나. 사진에서 눈을 뗀 덕심은 허리에 두 손을 짚고 도시 전경이 한눈에 보이는 창가로 걸어갔다. 속에서 끓는 천불을 삭히기 위해 긴 숨을 내쉬었다. 넓은 강남대로를 한눈에 담으며 속을 다스렸다. 너마저 이런 식으로 끝을 내는구나. 어쩌면 하나같이……. 대도시 중심에 치솟은 고층 빌딩 전광판이 넋 나간 덕심의 시야에 들어왔다.

「마윤 그룹 4세 마성훈, 오늘 건강한 모습으로 퇴원」

꽤 오래전 세간을 떠들썩하게 달궜던 교통사고의 주인공이 퇴원하는 모습이 거대한 전광판에 한가득 잡혔다. 기자들을 향해 선 젊은 후계자는 자신감 넘치는 눈으로 카메라를 응시하고 있었다. 짙고 반듯한 눈썹 아래에서 영민하게 빛나는 눈동자가 범접할 수 없는 아우라를 풍겼다.

"굉장히 잘생겼네."

꿰뚫을 듯 강렬한 남자의 시선이 꼭 덕심을 응시하는 것 같았다.

모든 계열사를 아우르는 마윤 그룹 본사 건물 25층. KITON사(社)의 슈트를 모델만큼 훌륭하게 소화한 성훈이 집무실 책상에 걸터앉아 석양에 타는 노을을 감상하고 있었다. 마천루 아래로 붉은 해가 꼴딱 넘어가자 집무실에 어둠이 드리워졌다. 성훈이 손목시계를 확인하자마자 문이 열렸다.

"아니, 왜 불을 다 꺼두시고."

성훈의 보좌진 중에서 우두머리인 장호군 비서실장이 스위치가 있는 쪽으로 걸음을 옮겼다.

"이 시간에 보는 석양이 멋지거든요. 실내가 환하면 장엄한 맛이 없어요."

잘생긴 얼굴로 낭만을 읊는 모습이 비현실적으로 아름다웠다. 남부럽지 않게 잘생겼다는 소리를 듣는 호군도 모시는 상관의 외모를 볼 때마다 감탄이 절로 나왔다.

"혹시, 오늘 면접 본 이들 중에 마음에 드는……."

"없습니다. 더 이상의 비서는 필요 없으니 회장님도 이제 단념하시라고 하세요."

성훈이 손을 들어 호군의 말을 끊었다.

웃고 있지만, 좁혀진 미간이 그의 불편한 심기를 드러냈다.

그럴 줄 알았다고 가볍게 고개를 끄덕인 호군의 속마음도 편치 않았다. 고이란 회장에게 불려가 닦달을 당할 생각에 벌써 명치에 체기가 쌓이는 것 같았다.

"부회장님, 지금 출발하셔야 합니다."

"그러죠. 한창 차가 막힐 시간이니 서두릅시다."

집무실 문을 열자 대기하고 있던 두 명의 비서진이 자리에서 일어나 성훈의 뒤를 따랐다. 네 남자의 구두 소리가 번쩍이는 대리석 바닥을 저벅저벅 울렸다. 마침 퇴근길을 서두르던 마윤 본사 직원들은 광활한 로비를 가로지르는 꽃미남 사인방의 모습을 넋놓고 바라봤다.

꽃중년의 표본으로 불리는 세련된 지성미의 장호군 비서실장, 샤프한 이목구비로 차가운 도시의 미모라 불리는 최명장 과장, 청와대 경호처 출신의 이력을 지닌 소년 미가 빛나는 성익준 대리

그리고 한때 정·재계의 인사들에게 워너비 사윗감으로 불리던 마성훈 부회장. 이들이 지나는 길에는 마치 빛무리가 지고 꽃가루가 날리는 것 같은 환시가 보였다.

"어제 꿈자리가 좋더니 사인방 보려고 했나 보다."

"진짜 눈이 편안하다. 심신의 안정이 절로 찾아온다."

"아우, 시공간에 슬로우 모션 기능이 있으면 좋겠다. 왜 저렇게 바람처럼 사라져 버리니?"

여자 사원들이 그들의 미모를 칭송하는 소리가 로비 방방곡곡에서 들려왔다.

"그러면 뭐하나."

지켜보던 남자 직원 하나가 이죽거렸다.

"쌍화점 멤버는 여러분들에게 그림의 떡일 뿐이야."

그러나 여자 직원들은 단호한 얼굴로 고개를 저었다.

"쌍화점이건 말건 우리하고 무슨 상관? 어차피 저들이 게이건 아니건 우리하고 사귈 것도 아니고. 안구 정화만 하면 됐지."

맞아! 맞아! 사인방의 미모에 홀린 이들의 칭송은 그칠 줄을 몰랐다.

호군의 보고를 들은 고이란 회장은 이마를 짚으며 고개를 내렸다.

"아이고, 형님. 진정하세요."

고 회장이 비척거리는 모습에 놀란 명림은 얼른 찻잔을 들어 마른 입가에 대주었다. 두 노부인의 황망한 모습 앞에서 호군은 죄인이 된 기분이었다. 엄밀히 따지면 마윤 그룹의 기둥인 성훈을 제대로 관리하고 있지 못하니 죄인이 맞기는 했다.

"제 생각에도 부회장실에 더 이상 비서가 필요하지는 않습니다."

넌지시 뜻을 밝히는 호군에게 고 회장은 마뜩잖다는 듯 혀를 찼다.

"장 실장, 내 뜻을 몰라서 하는 소린가? 지금 비서가 부족해서 내가 이래? 부회장이 증권가 찌라시에 단골 입방아로 오르내리는 데 보고만 있어야겠나?"

"면목이 없습니다."

"게이라니……. 내 손자가 게이라니."

손자와 회사 걱정으로 시름에 잠긴 고 회장의 팔을 부축하고 있던 명림도 조용히 중얼거렸다.

"그러게, 고자라니. 우리 성훈이가 얼마나 실한데. 고자라니."

함구령이 내려진 단어가 명림의 입에서 새어 나오는 순간 축 처진 시래기 같기만 했던 고 회장의 서슬이 퍼렇게 살아났다.

"자네! 지금 뭐라고 했나?"

아뿔싸. 명림은 요즘 들어 요실금이라도 온 것처럼 제멋대로 나불거리는 입술을 감쳐물며 고 회장의 시선을 피했다. 한소리 하려고 입을 열던 고 회장은 앞에 앉은 호군을 의식하고는 말을 삼갔다.

"장 실장은 이만 물러가게. 그리고 조만간 다시 비서 채용 공고 올리고. 여직원으로!"

20

"네."

호군을 따라서 이 자리를 벗어나고자 엉덩이를 슬금슬금 물리던 명림은 고 회장의 매서운 눈빛을 마주치는 순간 주저앉고 말았다. 하늘과 맞닿은 신기(神氣)로 한 시대를 풍미했던, 정·재계유력 인사들을 쥐락펴락하던 '명림 선녀'가 어쩌다 이렇게 됐나. 속으로 투덜거리긴 했지만, 명림은 고 회장의 애타는 마음을 고스란히 느끼고 있었다.

알츠하이머 초기 진단을 받은 명림은 예전 같은 날카로움을 찾을 수 없는 주책맞은 노인이 되어갔다. 나이가 들고 나날이 신기가 바래자 찾아주는 이 없는 명림을 고 회장이 거두어 동기간처럼 지내고 있었다.

"명림, 내 살날이 얼마 남지 않았는데 우리 성훈이는 저리 생각 없이 구니 어쩌면 좋을꼬. 죽어서 선대 회장님 낯을 어찌 볼까 모르겠어."

"그런데 형님. 내 찌끄래기처럼 남은 신기지만 기운을 더듬어보면 성훈이는 확실히 고자가 아니요."

고 회장은 덤덤하게 말하는 명림의 말에 귀를 기울였다.

"그건 또 언제 알아봤어?"

"내가 알아보고 싶어 알아봤겠소? 팍 꽂히는 게 있어 알았지. 우리 선녀님 뜻으로는 남색을 밝히는 것도 아니라고 하는데……. 사주에도 여자가 있어요. 적어서 그렇지."

"여자가 많을 필요가 뭐 있나. 그래 봐야 골치만 아프지."

평생 기러기처럼 배우자만 보고 살다간 전대 회장님과 자신의 관계를 돌아보며 고 회장은 성훈의 사주에 안도했다.

"우리 성훈이 짝이 있긴 있을 거란 말이지? 보면 알아볼 수 있겠어?"

고 회장의 물음에 명림은 조용히 입을 다물었다. 예전 같으면 꿈에도 보였을 테고, 스치고 지나는 얼굴만 봐도 찍어낼 수 있었건만 이제는 어림도 없는 일이었다. 신음하며 고민하던 명림이 불현듯 고개를 쳐들고 외쳤다.

"형님, 내 죽기 전 마지막 신기를 모두 성훈이한테 써야겠어요. 당장 기도 채비해서 산에 좀 다녀오리다."

"무리하지 말아. 몸도 성치 않은 사람이."

"아니에요. 그래도 형님이 내 인생의 은인인데 죽기 전에 갚고 가야지요."

명림은 통통하게 살이 오른 둥근 주먹을 단단하게 쥐어 보이며 결심을 내비쳤다.

선상 카페에 앉은 덕심은 수면 위에서 붉게 이글거리는 석양을 서글프게 바라보았다. W에서 퇴사한 지 2년도 채 되지 않았다. 그사이 강덕심의 신세가 폭삭 내려앉을 줄 누가 알았을까. 이때쯤이면 한강 변에 즐비하게 정박한 요트 한 척 정도는 보유했을 줄 알았는데.

신인 여배우와 바람이 났던 남자 친구는 혼전 임신을 축하받으며 결혼했고, 지금은 예능 프로에서 서툴지만 사랑스러운 아이 아빠 코스프레로 제2의 전성기를 구가하고 있었다.

"썩을. 사람들이 죄다 건망증이야 뭐야. 결과만 기억하는 더러운 세상."

「세젤귀는 제 딸을 위해 생긴 말이죠.」

자신과 꼭 닮은 어린 딸을 품에 안은 정윤의 인터뷰 기사를 노려보던 덕심은 핸드폰 화면을 끄고 다시 지는 노을에 집중했다.

"그나저나 월세는 어떡하고 우리 덕준이 학비는 어떻게 마련하지?"

오늘도 최종적으로 불합격 통보를 받은 덕심은 호기롭게 사표를 던졌던 과거의 자신을 찾아가 뺨을 후려치고 싶었다. 전 재산을 하루아침에 날리고 반지하 월세방 신세가 될 줄이야. 화려한 경력도 오히려 독이 되었다.

W 아트앤컴퍼니의 대표 킴이 덕심의 재취업을 적극적으로 방해하고 다니는 바람에 장기간 실업자가 되었다.

덕심은 뉘엿뉘엿 지는 해의 마지막 발광을 누리기 위해 카페 밖으로 나갔다. 유유히 흐르는 강물과 오렌지색 하늘을 보며 갑판 위를 거닐던 덕심은 눈앞의 광경에 입을 떡 벌렸다. 잘생긴 남자가, 하나, 둘, 셋이나 있었다! 젊은 놈, 조금 덜 젊은 놈, 안 젊은 놈. 하나같이 저마다의 매력과 분위기를 지닌 최상급 미남들이었다.

"얼마 만에 누리는 눈 호강이야. 역시 남자는 얼굴이지."

유난히 미모에 약한 덕심은 우울한 처지까지 잊어버리고 감상에 열을 올렸다. 노을이고 석양이고 안중에 없었다. 화기애애하게 모여서 대화를 나누는 미남자들이 자아내는 만족감은 치명적이었다.

"이제야 숨통이 트이고 살맛이 나네. 의욕이 샘솟네. 샘솟아."

덕심은 손에 든 식은 커피를 홀짝이며 흐뭇한 광경에 심취했다. 그때였다. 덕심은 돌연 쇠망치로 머리와 심장이 동시에 얻어터지는 충격에 빠졌다.

"걸작이다."

엄청난 잘생김을 전신에 바른 젊은 남자의 등장에 숨이 멎을 것 같았다. 호흡이 엉켜 구토가 날 것 같았고 다리가 후들거려 제대로 서 있기도 힘겨웠다. 이것이 스탕달 신드롬인가. 취향을 명중 당한 덕심은 살아 숨 쉬는 조각상 같은 남자가 웃는 모습에서 눈을 뗄 수 없었다. 될성부른 나무를 미리 알아보고 스타로 만드는 재능이 탁월한 덕심이었다.

"저 남자, 연예인은 못 하겠다."

화면을 장악하는 외모 때문에 노래하든지 연기를 하든지 보는 이들이 개의치 않을 얼굴이었다. 재주가 미모에 가려지는, 오히려 독이 되는 경우라고 볼 수 있겠다. 이왕이면 그의 목소리까지 듣고 싶어진 덕심은 마른 입술을 혀로 축이며 계략을 짰다. 원래 하던 대로 느긋하고 천연덕스럽게 선상을 거닐자. 그리고 자연스럽게 그들 옆에 서서 노을을 바라보는 거야. 생각이 머릿속에 스친 순간 벌써 덕심의 몸은 그들 곁에 서 있었다. 생각의 속도가 몸의 본능을 따르지 못한 놀라운 결과였다.

"장 실장님, 이제 정말 지겨운데 비서 면접 좀 그만 보면 안 되겠습니까?"

활짝 펼쳐진 덕심의 귀가 레이더가 되어 그들의 대화를 수집했다.

'오, 목소리도 마약이네.'

적당히 묵직하고 낮은 베이스 톤의 음성이 더할 나위 없이 감미로웠다.

"회장님의 뜻이 워낙 확고하셔서 불가능합니다. 부회장님이 양보 좀 하시죠."

"저도 그러고 싶습니다. 그런데 몸이 따르지 않으니……."

조각상이 한숨을 쉬었다. 덕심은 저 남자는 숨결에서도 천상의 향이 날 것 같다고 생각했다. 그나저나 회장님, 부회장님이라니? 덕심은 티 나지 않게 흘끔거리며 남자들을 탐색했다. 그러고 보니 극강의 미남자는 왠지 낯이 익었다. 어디서 봤더라. 저런 초 극상의 미모를 놓칠 리가 없는데, 누구였더라?

"게다가 최명장 과장이 1년 휴직에 들어가야 합니다. 이번에는 진짜 필요에 의한 면접을 보셔야 합니다."

"그것도 그렇군요. 그냥 실장님이 알아서 뽑으세요."

"그래도 될까요?"

"네. 최 과장도 실장님이 데려왔지 않습니까. 믿겠습니다. 아! 그리고 남자로. 괜히 여자 직원 뽑아봤자 어떻게 되는지 실장님도 아실 테니까요"

성훈이 덧붙인 조건을 들은 호군의 안색이 어두워졌다. 또 중간에서 새우 등 터질 생각에 벌써 명치가 갑갑했다.

"그럼 조만간 채용 공고를 올리겠습니다. 최명장, 들었지?"

옆에서 듣고만 있던 명장은 갑자기 이름이 불리자 바짝 기합이 들어간 목소리로 대답했다.

"네. 알겠습니다!"

이미 다 마신 커피잔을 들고 존재감 없는 행인 1 역할을 하던 덕심은 속으로 쾌재를 부르다 말았다. 아니, 왜 남자만 뽑아? 21세기에 남녀차별이 웬 말이야? 풍경을 보는 척하던 덕심은 남자들의 재킷 카라에 붙은 배지를 눈여겨보았다. 게다가 마윤 그룹이라니. 섣불리 도전할 수 없는 레벨, 글로벌의 표준인 대기업 중의 대기업, 마윤.

시무룩 기운을 잃은 덕심은 부회장이라고 불린 최고 존엄의 잘생긴 남자를 한 번 더 눈에 담았다. 저 얼굴과 함께 일할 수만 있다면 성전환이라도 할 수 있겠네. 순간 시선을 느낀 성훈이 고개를 틀다 덕심과 눈이 마주쳤다. 언뜻, 무심했던 그의 동공에 이채가 스쳤다. 덕심은 재빨리 몸을 돌려 자리를 벗어났다. 문득 머리에 똬리를 튼 잔망스러운 생각 때문에 마음이 급해졌다.

"부회장님?"

호군이 벌써 한참이나 멀어진 덕심의 뒷모습을 바라보고 있는 성훈의 의식을 흔들었다.

"아! 네. 우리 어디까지 얘기했죠?"

"아는 분입니까?"

성훈의 시선을 따라간 호군의 눈에는 까마득한 점이 되어버린 덕심이 보였다.

"아니요. 눈에 띄어서……."

"네?"

"예?"

"정말입니까?"

세 명의 남자가 동시에 비명을 질렀다. 마성훈이 여자를 두고 어떤 감상을 남겼다는 자체가 기적 같은 일이었다.

"어떤 점에서요? 뭐가 눈에 띄었습니까?"

호군이 다급하게 질문했지만, 성훈은 입을 열지 못했다. 딱히 꼬집어 말할 수 없는 감상이었다. 찰나의 스침일 뿐. 조금 전에 본 얼굴의 이목구비를 설명할 수도 없을 만큼 짧은 순간이었다. 그런데도 알 수 없는 울림이 가슴을 툭 하고 두드렸다.

비서진들의 비상한 관심을 뒤로한 성훈은 고개를 갸웃거리며 고 회장이 기다리고 있는 특실로 걸음을 옮겼다. 실내로 들어가자 삼사분기 업무 실적 보고서를 살피던 고 회장이 서류를 내려놓았다. 성훈의 업무 감각을 되살리기 위해 맡겼던 리조트 체인의 경영 실적이 눈에 띄게 좋아진 것을 확인한 고 회장의 표정이 여유로웠다.

"부회장이 제 몫을 충분히 했구나. 이제 내 자리에 앉아도 되겠어."

"아직 아니에요. 할머니가 계셔서 제가 마음 놓고 까불 수 있었죠."

"아직 퇴근 전이다. 할머니 소리는 넣어 둬."

"죄송합니다."

부드럽게 미소 짓는 성훈을 보는 고 회장의 가슴이 저릿했다. 아직도 웃는 모습에서 어린 시절 모습이 남아있는 손자는 먼저 간 선대 회장과 아들을 쏙 빼닮아 있었다.

주책없이 튀어나오려는 한숨을 간신히 삼키고 성훈이 기획한 내년도 사업 계획서를 손에 들었다. 그러나 글자가 눈에 들어오지 않았다. 아까운 녀석. 어린 시절부터 경영의 천부적 감각과 두뇌를 지닌 아이였다. 희대의 경영 천재 소리를 들었고 마윤의 4

대 후계자로서 어떤 이견도 없었다. 그러나 비극적 사고 이후 시선이 바뀌었다. 육체적으로도 큰 타격이었지만, 양친을 눈앞에서 잃은 정신적 아픔이 그에게 부정적 영향을 끼쳤을 거라는 의견이 지배적이었다.

"지난주에 병원에 들르지 않았다는 보고가 들어왔더구나."

고 회장이 탓하는 소리를 들은 성훈이 호군을 돌아봤다. 그사이 일러바쳤냐는 질책의 시선 앞에 호군은 어깨를 으쓱해 보였다.

"장 실장이 보고한 것 아니다."

"죄송합니다. 바빠서 그만. 당장 다음 주로 스케줄 잡겠습니다."

"아직도 너를 탐탁지 않게 여기는 이들이 있다는 것을 명심해. 몸 관리에 게으른 모습 보이지 말아라. 그리고 특히, 네 결혼 말이다."

"할머니, 저 이제 겨우 서른하나예요."

성훈이 손자로서의 모습을 드러내며 너스레를 떨었지만 고 회장은 매섭게 대꾸했다.

"다른 집은 그 나이에 아들딸이 주렁주렁이야!"

"……."

성훈은 할 말이 없어 조용해지기로 했다. 주변 친구 중에 미혼인 것은 자신 혼자였으니 할머니 앞에서 면목이 없었다.

"너, 진짜 이상 있는 것 아니지?"

"글쎄요. 어쩌면."

걱정하는 마음도 몰라주는 성훈의 능글맞은 대꾸에 고 회장의 눈매가 매섭게 치켜 올라갔다.

"도대체 왜 그래? 다른 집 놈들하고 달리 여자 문제 일으키지 않

아 다행이다 싶었는데 아예 거들떠보지도 않는다니. 그게 더 큰
문제 아니냐."

"그럴 리가요. 오히려 순수하고 좋잖아요."

"근처에 여자가 오는 것도 끔찍하다고 했다면서!"

연로한 고 회장이 고성을 지르느라 얼굴이 시뻘겋게 달아올랐
다. 성훈은 다시 호군을 돌아봤다. 이번에는 정말 일러바쳤는지
외면하는 호군의 귓불이 붉었다. 할머니를 안심시키기 위해 성훈
은 마음에도 없는 소리를 했다.

"저, 아무 이상 없어요. 일이 조금 더 안정되면 결혼할 생각이
었어요."

"정말이냐?"

"네."

"그럼 지금부터 선이라도 보자."

"싫습니다."

선이라니, 성훈은 자신도 모르게 몸서리가 쳐졌다. 그 지루하고
답답한 자리에 끌려 나가는 것은 고단했던 재활 치료와 버금가
는 끔찍함이었다. 게다가 노골적으로 들이대는 여자들과 마주 보
고 대화할 생각만 해도 구역질이 났다.

"비서실에 여직원이라도 들이라니까. 너를 두고 떠도는 소문이
흉흉해서 내가 얼굴을 들고 다닐 수가 없어."

"그건 정말 싫어요."

"들여!"

"저 이만 일어날게요. 전경련이 주최하는 모임에 빠질 수 없어
요. 얼굴도장 안 찍으면 또 뒷말 나옵니다."

고 회장은 도망치듯 자리를 털고 일어나는 성훈을 못마땅하게 노려보았다. 아예 속이 터져 버렸으면 싶도록 가슴이 답답했다. 도대체 기도하러 간 명림은 왜 이리 늦어지는 것인지. 신기가 다 떨어진 명림인데도 옆에 두고 속의 말이라도 해야 후련할 것 같았다.

거울 앞에 서서 제 모습을 비춰 보는 덕심의 표정이 좋지 않았다. 이리 보고 저리 봐도 어설프기 그지없었다. 뒤에 앉아서 자신을 한심하게 쳐다보는 은수를 보니 더 불안했다.

"은수야, 이건 정말 아니지? 별로지?"

"어. 누가 봐도 여자야. 포기해."

덕심의 어설픈 남장은 보고 또 봐도 손발만 오그라들 뿐이었다. 똑똑한 강덕심은 어딜 갔는지, 말도 안 되는 계획에 한숨만 쏟아졌다.

"왜 이렇게 어설프고 티가 나지? 그래도 속아 넘어가지 않을까?"

"세상이 그렇게 호락호락해?"

짜증을 내며 버럭 소리 지르는 은수의 핀잔에도 불구하고 덕심은 희망의 끈을 놓지 않았다.

"왜, 영화나 소설 같은 것 보면 남장한 여자 주인공이 남자 주인공한테 접근하잖아. 다들 속잖아."

"쯧쯧쯧."

"내가 체격은 좀 작아도 키는 우길 만하지 않아?"

은수는 세상에 대고 우기기 전에 친구에게 우기고 있는 덕심을 한심하게 노려보았다.

"너는 존재 자체가 여성 덩어리야. 얼굴이라도 대충 생기든가. 청초하기가 비무장지대의 이슬 머금은 방울꽃처럼 생겨서는 남장은 얼어 죽을."

"그러지 말고 네가 손 좀 써봐. 너는 잘할 수 있어."

덕심은 방바닥에 널브러진 메이크업 도구를 은수의 손에 쥐여주며 사정했다. 안타깝게도 가정주부로 들어앉았지만, 한때 영화판 최고의 특수 분장사가 될 재목으로 촉망받던 은수의 솜씨가 필요했다.

"아우! 됐어! 일단 서류라도 통과하고 말해."

"서류 통과하면 도와줄 거지? 응? 응?"

"어. 약속할게."

대충 대답하는 은수도 계산이 따로 있었다. 무려 마윤 그룹 전략 기획본부의 비서를 뽑는 자리라고 했다. 그곳이 얼마나 대단한 곳인지 은수는 누구보다 잘 알고 있었다. 대학도 나오지 않은 덕심의 서류가 통과할 리 만무했다. 갸름한 얼굴형에 아담한 체구는 둘째 치고 여성호르몬이 사람의 형상으로 태어난 덕심을 남자로 탈바꿈시킬 자신이 없었다. 차라리 외계 생명체라면 또 모를까.

띠링! 어깨에 뽕 패드를 넣고 거울 앞에서 자세를 잡던 덕심은 경쾌하게 울리는 메시지 알람 소리를 향해 몸을 던졌다. 긴장한 얼굴로 핸드폰을 확인하던 덕심의 입가에 회심의 미소가 지어졌다.

"야, 한은수."

"왜?"

"약속 지켜야 한다."

환하게 빛나는 핸드폰 화면을 은수의 얼굴 앞에 들이민 덕심의 표정이 의기양양했다. 몇 글자 안 되는 메시지를 중얼거리던 은수가 실소를 터트렸다.

"말도 안 돼. 합격? 여긴 뭐, 개나 소나 합격이야."

"이제 한은수가 말이 되게 만들어 줄 차례야. 오랜만에 천부적인 솜씨 좀 발휘해 봐."

어이 상실한 친구는 안중에 없이 덕심은 생글거렸다. 면접에서 떨어지면 어쩔 수 없지만, 왠지 운명이라 느꼈다. 엄청난 연봉은 덤, 천상의 미남들과 함께하는 근무 환경이 그녀에게 어서 오라 손짓했다.

"역시 정신 나간 도전 정신이었나. 면접장 문고리 잡자마자 바로 탈락이겠다."

엘리베이터 문에 비친 모습이 영 마음에 들지 않았다. 아무래도 은수 고것이 일부러 실력 발휘하지 않은 것이 분명했다.

"나도 이제 감이 다 떨어졌구나. 운명은 무슨."

한눈에 스타가 될 상을 알아보는 탁월한 감각으로 시대를 풍미했던 강덕심이 이렇게 저무는가 싶었다.

마윤 그룹, 전략 기획본부 비서실. 경력이 없어도 연봉이 무려

세금을 떼고도 5천만 원을 웃도는 일자리였다. 예전 같으면 콧방귀 끼고 말 연봉이었지만, 당장 돈이 급한 덕심에게 이보다 더 좋은 기회는 없었다. 그날 선상 카페에서 성훈 무리를 마주친 이후로 덕심은 매일같이 구직사이트를 뒤졌다. 마윤 그룹 인사채용 알람 설정을 해놓고도 불안해서 온갖 경제 뉴스와 증권가 소식지, 취준생 카페에 가입해서 정보를 모았다. 그렇게 애쓰던 어느 날 드디어 채용 공고가 올라왔다. 구직카페에 남겨진 후기들을 보니 허구한 날 구인하는 곳이니 신중하란 말이 많았다. 고난과 역경이 대단한 자리인 듯했다.

그때부터 마윤 그룹과 오너 일가에 대해 공부했다. 세계 경영의 표준이라는 소리를 듣는 초대기업답게 재미있는 루머가 난무했다. 특히, 마성훈. 그 멀쩡한 외모에 게이라는 소문은 그럴싸했다. 납득이 갔다. 원래 잘생기고 괜찮은 놈은 게이 아니면 유부남이니까. 그런데 고자 설이라니. 아무리 그의 외모가 관상용일지언정 꺼려지는 부분이긴 했다. 원래는 왕성한 자였는데 사고 이후 여자라면 질색하는 체질로 바뀌었다는 신비한 썰도 있었다.

아무튼, 대놓고 얼굴 지상주의인 덕심에게 더할 나위 없이 탐나는 일자리였다. 그런데 하필 남자여야 한다는 조건이 붙었다. 서류는 어영부영 통과했지만, 오늘 있을 면접은 자신감 0에 수렴했다. 그냥 돌아설까 고민하던 덕심은 자신을 둘러싼 공기가 묘하게 껄끄러워졌음을 깨달았다.

"어이, 거기……."

아까 로비에서부터 자신을 이상하게 쳐다보며 안내했던 경비 아저씨가 덕심에게 손짓했다. 덕심은 집에서 열심히 연습했던 남자

목소리를 흉내 냈다.

"저 말씀이신가요?"

의도치 않은 미성이 튀어나오는 바람에 등줄기에 땀이 솟았다.

"그래. 그쪽이요. 왜 거기 있어요? 거기는 임원 전용 승강기인데."

"아!"

그러고 보니 엘리베이터 버튼에 금테가 둘려 있었다. 임원 전용이라고 쓰여 있는 안내판이 눈부시게 자체발광하고 있었다.

"죄송합니다!"

묵직하고 어색한 바리톤 음색으로 사과한 덕심이 주변을 둘러보며 다른 승강기를 찾았다.

"이봐요. 젊은이."

우아하지만 단단한 힘이 느껴지는 목소리가 덕심을 붙잡았다. 소리가 난 쪽에는 하얗고 풍성한 은발이 눈부신 노부인이 서 있었다. 굵은 웨이브가 진 은색 단발과 검은색 트위드 정장이 멋지게 잘 어울리는 모습이 나이를 무색게 했다.

'고이란 회장, 재계의 마녀.'

덕심은 사전 조사에서 눈여겨보았던 인물이 앞에 떡하니 서 있는 것을 믿을 수 없었다. 어리바리한 눈을 끔뻑이고 섰는데 이번에는 상거지 차림을 한 노인이 덕심을 가리켰다.

"저 사람, 잡아요. 형님."

명림의 말이 떨어지기 무섭게 가드들이 덕심을 둘러쌌다.

명림의 주변을 날아다니는 파리 한 마리가 아까부터 덕심의 신경을 거슬렀다. 파리가 그리는 궤도를 눈으로 좇으며 자신에게 집중된 따가운 시선을 외면해 보려고 노력했다. 날 때부터 고귀했을 것 같은 고이란 회장과 그 옆에 당당하게 앉아 있는 구질구질한 노인의 조화가 오묘했다. 두 사람의 끈질긴 눈길은 덕심의 얼굴에 구멍이라도 낼 기세였다.

　"명림, 그 파리는 계속 그렇게 달고 다닐 거야? 당장 잡아 죽였으면 싶은데."

　잔잔한 목소리였지만, 파리를 죽이겠다는 고 회장의 어조가 은근 소름 끼쳤다.

　"산에서부터 계속 따라오는 걸 어떡해요. 그리고 지금은 살생할 때가 아니란 말이에요. 정결 또 정결해야 한단 말이우. 성훈이를 위해서 좀 참아요."

　고 회장은 드디어 기도의 답을 들었다면서 급히 하산한 명림의 몰골과 악취가 마음에 들지 않았지만, 지푸라기를 잡는 심정으로 견디고 있었다.

　"그래. 강덕……준 씨, 오늘 기획본부 비서실에 면접 보러 왔다고요?"

　"네!"

　이상한 분위기에 도저히 적응하지 못하고 있던 덕심은 갑작스러운 질문에 놀라 큰 소리로 대답했다. 나름 사나이답게 우렁차게 답했지만, 고 회장의 표정은 시리기만 했다.

　"여자는 뽑지 않는다는 것 잘 알고 온 것 같은데. 본명이 어떻게 되나?"

벌써 걸렸구나.

"사실은……. 강덕심이 본명입니다. 강덕준은 제 남동생입니다."

덕심은 고 회장의 빤한 시선을 마주 볼 수 없었다. 지은 죄가 없어도 감히 쳐다볼 엄두가 나지 않는 대단한 기가 느껴졌다. 사기치려던 것을 들켰으니 어떤 말로 위기를 모면해야 하나 그 생각뿐이었다. 대 마운을 상대로 일을 벌였으니 사기죄로 몰리는 것이 아닐까. 돈이면 다 되는 이 세상, 대기업 입김에 바로 구속당하는 것이 아닐까. 불길한 상상에 빠진 덕심은 달달 떨리는 무릎을 진정하려고 노력했다. 그런 덕심을 유심히 바라보며 고 회장이 입을 열었다.

"명림, 어때?"

"일단 잡아요. 이 사람이 문제 해결의 실마리가 확실해요. 방금 산에서 내려와서 내 감이 아주 짱짱할 때니까 이번에는 믿어 보세요."

"그런데 녀석이 여자라면 질색하니 이 일을 어쩌면 좋아?"

"그게 문제긴 한데……. 남장이 저리 안 어울리니 큰일이네요. 그래도 누가 봐도 어설픈 분장을 하고도 배짱 좋게 온 걸 보면 물건은 물건이구먼."

세심한 눈길로 덕심을 살피던 명림이 고개를 주억거렸다. 그 모양새가 어쩐지 이 말도 안 되는 상황을 만든 덕심을 마음에 들어하는 것 같았다.

"뭐 다른 수가 없겠어? 장 실장?"

고 회장이 소파 뒤에 근엄하게 서 있는 호군을 불렀다.

"글쎄요. 차라리."

"그래. 차라리 뭐?"

"그냥 여자인 채로 입사하는 게 낫지 않을까요. 물론 어떤 장치가 필요하겠지만, 저 상태로는……."

"그런가? 정공법이라……."

덕심은 이 일의 중심이 자신인 것 같은데 저들끼리 주고받기만 하는 상황이 어리둥절하기도 하고 마음에 들지 않기도 했다.

"저, 어르신들."

"말해 봐요."

"그러니까 지금, 혹시 제가 비서실에 입사하는 방법을 의논하시는 건가요?"

어느새 본래의 목소리로 돌아온 덕심은 그 때문인지 더 예쁘장하게 보였다. 그런 덕심에게 인자하게 미소 지어 보인 고 회장이 고개를 끄덕였다.

"그래요. 하지만 조건이 있어요."

"……?"

"마성훈 부회장은 나의 하나뿐인 손자예요. 알겠지만 몇 년 전 큰 교통사고 이후 몹쓸 소문이 돌아서 아주 곤란한 상황이에요."

"아……. 예."

게이냐 고자냐. 그것이 알고 싶은, 그 소문은 덕심도 익히 아는 바였다.

"고자는 아니겠죠."

생각에 빠졌던 덕심은 자신도 모르게 속에 말을 툭 내뱉고 말았다.

"크흠!"

고 회장의 심기 불편한 기침 소리에 얼른 정신을 차린 덕심이 안절부절못하며 사과했다.

"아, 죄송합니다."

"다시 본론으로 들어가시죠."

호군의 중재로 분위기가 다시 정돈되었다.

"아, 그래. 전략기획본부에는 현재 남자만 있어요. 수족으로 부리는 비서진은 물론 말단 직원까지 모두."

"네. 압니다."

"그 녀석이 결벽증처럼 여자를 멀리하니. 우선은 어떻게든 여자를 근처에 두는 것부터."

"면역을 강화하는, 뭐 그런 방법을 쓰시겠다는 건가요?"

에이, 설마 그런 주먹구구식 처방을 쓰겠어? 21세기에 그것도 세계를 선도하는 마운 그룹에서.

"말이 통하네요. 명석하군. 우리 성훈이의 여비서로 근무해 주면 좋겠어요."

막 던져본 생각이 진짜였다니. 덕심은 자신이 사기당하고 있는 게 아닌지 의심스러웠다.

"여비서는 질색한다면서요. 아예 면접 기회조차 주지 않는데 어떻게."

"그 문제는 일단 접어두죠. 인사권은 전적으로 저한테 있습니다."

호군이 검지로 자신을 가리키며 득의양양하게 웃고 있었다.

"일단 비서실에 집어넣게."

막상 비서실 입성이 결정될 것 같자 오히려 덕심이 당황했다.

"잠깐, 잠깐요! 하루 만에 쫓겨나면요? 반나절도 못 가면요? 아니, 근데 이거 진짜예요? 몰래카메라인가?"

남장을 해서라도 잘생긴 오너 옆에서 돈도 벌고 뽕도 따려던 덕심의 호기로움은 어디론가 날아가 버렸다.

"흠……."

고 회장의 목구멍에서 앓는 듯한 신음이 흘러나왔다.

"이봐요. 덕심이라고 했나?"

동글동글 귀여운 인상인 명림이 묘한 눈빛을 빛내며 덕심의 앞으로 바짝 다가왔다. 그녀의 형형한 안광은 덕심의 뱃속을 다 헤집는 것 같이 강렬했다.

"당신, 할 수 있어. 적임자야. 날 믿어봐. 형님, 이 사람에게 적절한 미끼 좀 물려 봐요."

마시던 찻잔을 내려놓은 고 회장이 놀라운 조건을 심상한 목소리로 꺼내놓았다.

"부회장의 비서로 일 년간 무사히 버티면 현재 보장한 연봉의 더블."

"네?"

"부회장이 여자와 연애하거나 스캔들을 터트리는 데 일조하면 플러스 십억. 하지만 스캔들 상대의 퀄리티는 보장해야 합니다. 난잡한 스캔들은 오히려 마이너스니까."

십억! 자그마치 십억!

비서로서 보장받는 연봉만으로도 눈이 멀었던 덕심의 머릿속이 혼란해졌다. 정말 그 돈을 다 받을 수 있는 건지. 이용만 당하고 버려지는 건 아닌지. 과연 버틸 수나 있을는지……. 쏟아지는 잡념으로 어지러운 것도 잠시, 돈에 대한 강렬한 욕구가 그녀를 차분하게 만들었다. 십억이면 유학 간 덕준이 뒷바라지도 할 수 있고, 아빠가 저지른 골치 아픈 일도 마무리 지을 수 있었다.

"뭐가 어떻게 됐든. 일 년을 버티고 스캔들이라도 터트리면 된다는 거죠?"

"그래요. 그리고 기한 안에 조건을 충족하면 그대로 계약 종료해 주겠어요. 어때요. 할 수 있겠어요?"

"네! 어떻게든 해내고야 말겠습니다!"

돈 앞에서 배짱이 두둑해진 덕심을 기분 좋게 바라보던 명림은 덕심을 응원했다.

"잘 해낼 것이 분명해. 그사이 기의 흐름이 더 강해졌어."

"그런데요. 어르신."

"응?"

덕심은 그윽한 눈길로 명림을 바라보며 아까부터 궁금했던 것을 물었다.

"혹시, 그 어깨에 앉은 파리한테 신탁 받은 건 아니죠?"

마지막 남은 신기를 누룽지 긁듯 닥닥 긁어모은 명림에게서 김새는 소리가 들리는 듯했다.

2. 특명, 위장 비서

　외부 행사를 마치고 돌아온 성훈은 집무실 앞 벽에 기대어 있는 실루엣을 확인하고는 잠시 걸음을 멈췄다. 시간이 지날수록 대하기 어려운 상대는 분명 자신을 기다리는 모양새였다. 뒤를 따르던 비서진들까지 당황하는 것이 느껴졌다.

　"제가 말씀드리겠습니다."

　성훈은 나서는 호군을 손을 들어서 막았다.

　"괜찮습니다."

　벽에 기댄 채 자신을 바라보고 있는 여자의 입가에 옅은 미소가 배어 있었다. 한때는 성훈의 정혼자였던 어린애가 어느새 성숙한 분위기를 물씬 풍기는 여인이 되어 있는 것은 볼 때마다 적응되지 않았다. 성훈이 적당한 거리를 두고 멈추자 연주는 쓰게 웃었다.

"웬일이야? 동준 형 만나러 온 거야?"

"응. 점심 먹자고 불러내 놓고 바쁘다네."

입술을 삐죽거리는 표정에서 예전의 철부지 소녀 같던 모습이 언뜻 지나갔다.

"안에서 기다리지 왜."

"실은 만나고 갈까, 그냥 갈까 고민 중이었어."

"그럼 아직 점심 전인 거지?"

"응. 그런데 먹고 싶지 않아. 차나 한잔 얻어 마시고 갈게."

"그래."

연주와 함께 집무실에 들어온 성훈은 간단한 다과를 지시했다.

"앉지 않고 뭐해?"

커다란 창 앞에 선 연주의 뒷모습이 어딘지 스산해 보였다. 항상 깔깔거리던 여자애를 저렇게 만든 것은 시간일까, 자리일까. 지금은 사촌 형의 아내가 된 연주의 달라진 모습이 안쓰럽다는 생각이 드는 순간, 성훈은 자신을 경계했다. 주제넘은 걱정은 분란을 키울 뿐이었다.

"오빠, 미안해."

성훈을 등지고 창밖만 바라보는 연주의 목소리가 울먹이는 것처럼 들렸다. 연주에게 보이지 않는데도 성훈은 조용히 고개를 저었다. 배신자라고 손가락질 받고, 문란한 여자로 낙인찍힌 연주에게 사과해야 하는 것은 자신이었다.

"너는 잘못이 없어."

사고 후 몇 달 만에 깨어난 성훈에게 들린 것은 약혼녀였던 연주가 사촌인 동준의 처가 됐다는 소식이었다. 그 소리를 듣고도 아무 감흥이 없었다. 모두 심한 충격의 영향이라고 넘겨짚었지만 그건 아니었다. 오히려 연주에게 잘된 일이기에 진심으로 축복했다. 너무 어릴 때 어른들에 의해 정해진 관계였고, 자라면서 딱히 나쁘지 않은 감정으로 지냈을 뿐이었다. 사랑은커녕 남녀 간의 감정 자체가 없었던 것을 연주의 결혼 소식을 들은 후에 확실히 깨달았다. 그래서 성훈은 사고 후 한 번도 찾아오지 않는 연주를 탓하지 않았다. 오히려 자신이 더 미안했다.

"네가 잘살고, 행복하기를 원해."

"오빠는."

드디어 성훈을 바라보고 선 연주의 메마른 표정이 버석거렸다.

"나를 사랑한 적이 없지? 나를 여자로 느낀 적도 없지?"

성훈이 자신의 남편이 될 미래를 철석같이 믿었던 연주는 자연스럽게 그를 사랑하게 되었다. 소녀 시절을 지나면서부터는 성훈이 남자로만 느껴졌다. 함께 있으면 두근거렸고 살을 맞대고 싶어서 근질거리는 것을 숨기느라 힘겨웠다.

대학에 입학하던 날, 엄청난 용기를 끌어내어 차 안에서 그를 유혹했고 첫 키스를 나누었다. 뽀뽀보다도 못한 키스였다. 성훈의 표정, 말로 형용할 수 없는 그 얼굴을 잊을 수 없었다. 마지못해 어쩔 수 없이 의무감 때문에 입술을 비볐다는 감정이 여실한 표정. 연주는 비참한 마음을 숨기기 위해 그의 품에 얼굴을 기댔다. 평온하기만 했던 남자의 심장 소리가 원망스러웠다. 너도나도 예쁘다고 칭찬하는 자신의 외모가 처음으로 마음에 들지 않은 날이었다.

"이제 와서 그런 것들을 뭣하러 생각해."

"나쁜 놈."

연주의 입에서 원망 서린 말이 튀어나온 순간, 집무실 문이 벌컥 열렸다.

"서연주!"

비서들을 제치고 무람없이 문을 열어젖힌 동준의 눈에 분노가 가득했다. 질투에 치받혀 물불 가릴 경황이 없는 동준을 본 연주의 어깨가 잘게 떨렸다.

은수는 쌍심지가 타오르는 눈으로 앞에 앉은 호군을 노려봤다.

"덕심이는 워낙 상황이 급하니까 돌았다 치고 오빠까지 왜 이래?"

"나도 마지막이라 생각하고 던진 카드야. 닦달당하는 것도 하루 이틀이지 못 살겠다."

무게감 있게 잘생긴 호군이 붉어진 귓불을 매만지며 머쓱하게 웃자 감미로운 인상이 풍겼다.

"실장님이 은수 사촌이었다니. 이것은 분명 우리의 운명인 게지요."

덕심은 희망으로 밝게 빛나는 눈동자를 굴리며 은수와 호군을 번갈아 쳐다봤다.

"자, 이제부터 부회장님에 대한 정보를 넘기세요. 고 회장님 말씀 들으셨죠? 전격적으로 지원하라는."

"야, 그만둬. 그놈 이상해. 네가 들어가자마자 알레르기 반응 일으키면서 호흡곤란으로 119 부를 놈이야."

"그러니까 계획을 세우겠다는 거잖아. 왜 해보지도 않고 포기해?"

돈이 얼만데, 얼굴 보는 재미가 얼만데. 꿍얼거리는 덕심을 노려보는 은수의 눈초리가 적나라했다. 언제까지 남자 얼굴에 얼빼놓고 살 건지 한심하다는 핀잔은 덤이었다.

"얼굴에 그렇게 당해놓고 정신 못 차리냐?"

"얼굴은 덤이고."

"돈이 덤이겠지."

신랄한 눈빛에 상처받은 것처럼 덕심이 금세 풀 죽은 목소리를 냈다.

"너도 알잖아. 지금 나한테는 돈이 제일 중요하고 급해. 하나뿐인 내 동생 덕준이⋯⋯. 그렇게 공부 좋아했는데 타향 멀리 이국 땅에서 누나가 망한 줄도 모르고오⋯⋯!"

진심 같은 눈물이 반지하 방의 얼룩진 장판에 뚝뚝 떨어졌다. 여자의 눈물을 본 호군은 몸 둘 바를 몰라 큼큼거렸고 은수의 무거운 한숨이 방바닥을 두드렸다.

"야! 너 왜 울어? 너답지 않게."

"나는 울지도 못하냐?"

사실, 덕심도 자신의 과장된 연기에 놀라는 중이었다. 그동안 내가 정말 힘들게 버텼구나 하는 서러움이 기회를 타고 북받쳤다.

호군은 좁은 방에서 오랜 시간 쪼그리고 있던 다리를 두드리며 은수를 타일렀다.

"은수야, 친구 좀 도와줘라. 너희들 어릴 때부터 손발 잘 맞았다면서."

"내 귀에는 오빠 좀 살려달라는 소리로 들리는데?"

똑똑하고 강단 있는 덕심의 약한 모습을 처음 본 은수의 목소리도 한층 누그러져 있었다. 동기간처럼 붙어 다녔던 단짝이 하루아침에 손쓸 틈도 없이 무너지는데 아무 힘도 보태지 못했던 지난 시간이 미안했다.

"나 가봐야 해. 큰 시누이네 계모임 있다고 부르셔."

"시누 계모임인데 네가 왜 가?"

덕심은 손등으로 눈물을 찍으며 의아해했다.

"아, 몰라! 그리고 신의 손이라도 설득력 있는 남장은 무리야. 차라리 어르신으로 콘셉트를 잡던가."

"어르신?"

"아!"

불퉁하게 내뱉고 나가버린 은수의 뒤에 남은 덕심과 호군의 머리 위에서 전등불이 반짝거렸다.

집기가 널브러진 집무실 내부를 바라보는 성훈의 눈빛은 차분하게 가라앉아 있었다.

"부회장님, 치우는 동안 잠시 다른 곳으로……."

"아니. 괜찮습니다."

성훈은 송구한 얼굴로 권하는 성익준 대리에게 가볍게 웃어 보였다. 사촌인 동준이 한참 어린 자신을 좋아하지 않는 것은 익숙했지만, 연주와 자신의 사이를 의심하고 있었다는 것은 충격이었다. 연주의 일거수일투족을 감시하고 있었나? 동준의 등장에 놀란 연주가 하얗게 질리던 모습이 눈에 선했다. 다혈질인 건 알고 있었지만, 전후 사정 따위 알아볼 생각도 없이 난동을 부리는 모습은 처음 보는 광경이었다.

"장 실장님은 어디 가셨습니까?"

"급한 일로 외근 중입니다."

"네……."

또 고 회장에게 불려가 닦달을 당하는 중일 거란 짐작이 갔다. 점점 자신 때문에 곤란을 겪는 사람들이 늘어나는 것이 신경 쓰였다. 모르겠다. 증상이 왜 이렇게까지 심해졌는지. 차라리 어릴 때부터 함께 자라다시피한 연주라면 괜찮았을까? 연주에게 생각이 미치자마자 성훈의 표정이 일그러졌다. 그나마 편하다는 이유로 연주를 그렇게 취급하는 것은 지나치게 이기적이지 않은가. 연로한 고 회장을 생각해서라도 노력을 하긴 해야 했다. 그리고 연주.

'너, 연주 보란 듯이 이러는 거지?'

이를 짓씹으며 다그치는 동준에게 코웃음을 쳤지만,

'서연주, 너도 정신 차려. 너는 이제 유부녀야. 이 마동준의 처라고. 죽은 줄 알았던 놈이 돌아왔다고 다시 예전으로 돌아갈 수 있을 거란 헛된 망상은 버려.'

역시 연주의 안위가 걱정스러웠다.

"어때요? 실장님."
평소의 경쾌하고 맑은 목소리를 감춘 덕심의 말투는 느긋하다 못해 나태하고 답답하게 느껴졌다.
"흐음. 내 동생이지만 은수는 정말……. 기가 막히네요."
덕심의 입가에 깊게 팬 팔자 주름을 눈여겨보던 호군은 하마터면 로비 한가운데서 박수를 칠 뻔했다. 음영만으로 20대 여자를 한순간에 중년의 독신녀로 만들어 놓은 은수의 솜씨에 혀를 내둘렀다. 게다가 잔머리 하나 없이 촘촘하게 묶은 머리와 캣아이 스타일의 뿔테 안경은 덕심을 깐깐하고 융통성 없는 사감 선생님으로 보이게 했다.
"칙칙한 피부까지 축 처져 보이는 것이 아주 제대로네요. 이 새치는 어떻게 한 거죠?"
"브릿지요. 아침마다 뿌리 부분에 바르는 펜이 있어요. 새 머리카락이 나와도 감쪽같을 거래요."
"호오."
"진짜 대박이죠. 나도 내가 이렇게 후줄근해질 수 있다는 사실에 놀랐어요."

하늘거리면서도 볼륨 있는 몸매는 실루엣이 엉성한 싸구려 슈트 안으로 숨겨 버렸다.

"이 몰골로 지내는 것이 속상하지만, 겨우 일 년이니까……. 무사히 임무 완수하는 것만 신경 쓸 거예요."

엘리베이터 문에 비친 낯선 모습을 살피며 덕심은 강단지게 말했다.

"그런데 그건 뭐죠?"

"아, 이거요?"

덕심은 옆구리에 낀 커다란 파일을 펼쳐 보였다.

"스타일북이요. 마성훈 부회장님 스타일은 부유해 보이긴 하는데 좀 구닥다리 느낌이 있어요. TPO를 맞추는 건 기본, 나이 대에 맞는 젊고 유능하고 파워풀한 이미지를 살리는 게 좋을 것 같아서 연구 좀 해봤어요."

"강 비서, 내 말 잘 들어요."

비서실 출입구 앞에서 멈춘 호군은 사뭇 무거워진 표정이었다. 덕심 역시 곧 마성훈을 봐야 한다는 생각에 심장이 튀어나올 듯 벌렁대는 건 마찬가지였다.

"눈에 띌만한 어떤 언행도 안 됩니다."

나대지 말라는 뜻인가? 덕심은 펼쳤던 스타일북을 덮고 공손한 자세로 경청했다.

"당분간은 정말 쥐 죽은 듯이, 나 죽었소. 알겠죠?"

"네……."

"일단 이번 주는 쫓겨나지 않는 것을 목표로 합시다."

"알겠습니다."

깊은 심호흡을 한 호군은 문고리를 잡고도 몇 초간 멈춰 있었다. 성훈 앞에서 둘러댈 변명 시나리오를 머릿속으로 정리한 후에야 문을 열 수 있었다.

"안녕하십니……까?"

"안……!"

신입이 온다는 소식에 기다리고 있던 최명장 과장과 성익준 대리는 빼꼼히 드러나는 덕심을 보는 순간 입을 떡 벌렸다. 노골적인 경악이 드러난 눈동자의 떨림을 고스란히 느끼며 덕심은 수줍게 고개를 숙였다.

"안녕하십니까. 오늘부터 기획 본부에서 일하게 된 강덕심입니다."

"아, 예."

"안, 안녕하세요."

인사를 주고받고 나자 비서실은 어색함의 물결에 휩싸였다. 서로 멀뚱멀뚱 바라보고 있지만, 머릿속은 오만가지 생각으로 복잡했다. 민망한 침묵을 깨고 성큼성큼 걸어간 호군은 구석에 있는 책상을 가리켰다.

"우선 강 비서 자리는 여기."

"네."

넓고 넓은 비서실에서 가장 후미진, 부회장의 집무실 쪽에서는 시선도 가지 않는 그런 곳에 덕심의 책상이 있었다. 그녀의 자리가 굳이 왜 그런 곳인지 명장과 익준은 어렴풋이 알 것 같았다. 부회장은 항상 일에 골몰해 있었고, 거침없는 걸음으로 비서실을 가로질러 집무실을 드나들기 때문에 눈에 거슬릴 것 없는 위치긴 했다.

"그래도……. 가능할까?"

명장의 나직한 소리에 익준도 고개를 갸우뚱 기울였다. 개미만 한 소리로 덕심에게 오늘만 버텨달라고 신신당부한 호군은 비장한 얼굴로 돌아섰다. 잔뜩 긴장한 얼굴로 자신을 바라보는 명장과 익준에게 '탕비실로'라는 사인을 보낸 후 앞장섰다.

"다들 모여 봐."

"실장님, 이게 무슨 일입니까?"

"아니, 저희한테 일언반구도 없이 갑자기……."

잠시 황망함에 빠진 부하 직원의 얼굴을 살핀 호군이 비장한 어조로 말했다.

"회장님 지시야."

"언제는 지시 안 하셨습니까?"

"그렇긴 하지. 하지만 이번에는 사안이 좀 달라. 너희들도 적극적으로 협조해. 강 비서가 자리를 보전할 수 있도록."

"우리야 좋죠. 남녀차별 소리도 안 듣고, 안 그래도 쌍화점 소리 듣는 것도 억울한데."

"문제는 부회장님이지, 저희야 뭐."

익준의 바른말 앞에서 나머지 두 사람은 난감한 표정을 지었다.

"강덕심 씨, 너희가 보기에 몇 살 정도로 보여?"

호군의 질문에 잠시 고민하던 명장은 고개를 살살 저었다.

"글쎄요. 여자 나이는 잘……."

"그래도 대충."

"환갑?"

"눈이 없으십니까? 어딜 봐서 저분이 환갑입니까?"

키들거리는 익준은 뭔가 아는 듯한 얼굴이었다.

"그럼 너는 어떤데."

"음……. 아까 빠르게 스캔해 본 결과."

쌍화점 소문을 가장 억울해하는 익준의 가느스름하게 뜬 눈이 예리하게 빛났다.

"스타일이 후져서 그런지 나이는 좀 들어 보이지만요. 피부 결이 고왔단 말입니다."

"너, 눈이 꽤 좋구나."

내심 뜨끔한 호군이 한 말을 칭찬으로 들은 익준이 너스레를 떨었다.

"제가 말입니다. 여자를 볼 때 허투루 본 적이 단 한 번도 없는, 나름대로 작업 꾼이거든요. 아마 저분은 겉보기와 달리 중년? 마흔 중반쯤?"

"그래?"

그제야 호군의 입가에 미소가 번졌다.

"도대체 몇 살인데요? 경력은 꽤 있겠네요."

"경력 없어."

뜨악 하는 두 사람을 두고 호군은 밖으로 나갔다. 자리에 앉아 자신이 넘겨준 업무 매뉴얼을 살피는 덕심을 보며 안도의 한숨을 내쉬었다. 얼마나 먹힐지 알 수 없으나 우선 명장과 익준을 손쉽게 속인 것은 고무적인 신호였다.

부회장이 곧 도착할 시간이었다. 원래 호군과 함께 하는 출근길이지만, 오늘은 고 회장의 특별 지시가 있다는 이유로 빠질 수 있었다. 지금은 작고한 회장과 부회장을 보필하며 20년 세월의 관록을 자랑하는 호군도 이 상황 앞에서 초조할 수밖에 없었다. 부디 부회장도 눈썰미가 그저 그렇기를 바랄 뿐, 이번만은 연로한 고 회장의 간절한 염원을 들어주기를 바랄 뿐이었다.

벌컥. 출입문이 열리는 소리도 자신만만했다. 말끔한 모습의 성훈은 들어서자마자 슈트 단추를 풀고 넥타이를 느슨하게 비틀었다. 비서진들이 하는 인사를 귓등으로 들으며 성큼성큼 크게 걸었다. 바로 뒤에 따라붙은 호군이 넌지시 그를 불렀다.

"부회장님."

"5분 후에 보고 듣겠습니다."

언제나 그렇듯 쳐다보지도 않고 시원한 보폭으로 지나친 성훈이 집무실 문 앞에서 우뚝 멈춰 섰다. 천천히 돌아선 성훈의 눈길이 정확하게 덕심의 자리로 날아들었다.

"저게 뭐죠?"

불쾌함을 숨기지 않고 자신을 바라보는 성훈의 시선을 담담하게 받은 덕심이 절도 있게 허리를 굽혔다. 공손히 인사하는 덕심의 귀에 신랄하지만 매혹적인 성훈의 목소리가 들렸다. 귀에 착착 감긴다 감겨. 어부들을 홀렸던 세이렌의 목소리가 저랬나 보다. 지금 심정 같으면 그에게 욕을 들어도 아름다운 세레나데로 들릴 것 같았다. 여러분, 얼굴 잘하는 회사가 바로 여기 있습니다! 보스의 얼굴이 곧 복지였다. 덕심은 마냥 행복했다.

"이게 지금 말이 됩니까? 내 눈이 잘못된 게 아니라면 있을 수 없는 일입니다!"

서슬 퍼렇게 다그치는 성훈의 태도는 호군의 예상을 넘어서는 것이었다. 함부로 속을 내비치지 않는 성훈은 아무리 기분이 나빠도 목소리를 높이지 않는 사람이었다.

아침부터 비서실에 부는 칼바람을 맞은 세 남자의 황망한 얼굴과 달리 덕심의 얼굴은 평온하기 그지없었다. 자신이 불러일으킨 평지풍파를 모르쇠 하는 모습 앞에서 명장과 익준은 연륜 깊은 배짱을 느꼈다.

"부회장님. 자초지종은 들어가셔서……. 저도 회장님의 명을 거역할 수 없었습니다."

"뭐라고요? 지금 저게 회장님의 뜻이란 말입니까?"

되묻는 성훈의 눈빛이 기묘했다. 경악으로 짙어지는 눈동자를 마주친 호군은 자신이 뭔가 잘못 짚었다는 것을 알아챘다. 부릅뜬 성훈의 눈이 가리키는 곳에는 덕심이 있지 않았다. 정확히는 그녀의 책상 위에 놓인 구형 핸드폰을 향하고 있었다. 핸드폰의 기종을 확인한 호군도 사색이 되었다. 가장 기본적인 것을 간과하다니. 덕심의 변장술이 먹히냐 마느냐만 신경 쓰다가 실수를 저질렀다.

"지금 마윤 그룹의 심장인 전략 기획본부실에서, 그것도 내 눈앞에서 무려 어이폰이 나왔다는 것이 말이 됩니까?"

지구상에 존재하는 마윤 그룹 유일의 라이벌이라 불리는 A사의 베스트셀러 어이폰. 그것을 포착한 순간 이성을 잃은 성훈은 지금 아무것도 보이지 않았다. 취재하러 온 기자들이 타사 기종을 지닌 것도 마음에 들지 않아 마윤의 신형 핸드폰 오로라 시리즈를 선물하고야 마는 성훈인지라 지금 상황이 무척 심기 불편했다.

"죄송합니다, 부회장님. 제 불찰입니다."

재빠른 손으로 핸드폰을 치워버린 덕심이 거듭 사과하며 고개를 숙였다. 그제야 성훈의 시선이 덕심에게 닿았다. 새롭게 일그러지는 짙은 눈썹에서 불쾌와 짜증이 드러났다.

"당신은 누구십니까?"

성훈의 사나운 다그침 앞에 선 덕심이 마른 입술에 침을 바르며 거짓을 말할 준비를 했다.

"저는……."

"부회장님, 설명은 제가 드리겠습니다."

덕심을 노려보는 성훈의 시야 앞에 급히 끼어든 호군이 그를 끌고 집무실로 들어갔다.

"장 실장님, 지금 내 공간에 여자가 있습니다. 그것도 어이폰을 쓰는 아주머니가. 지금 제가 어이가 있겠어요? 없겠어요?"

"네. 압니다. 제가 오늘 아침에 직접 데리고 출근했습니다. 오늘부터 저희와 한 팀으로 일할 강덕심 비서입니다. 회장님 특별 지시를 일개 월급쟁이인 저는 거부할 수 없었습니다."

성훈의 입에서 벼락이 떨어지기 전에 호군은 일목요연하게 정리한 사실을 속사포처럼 전달했다.

"할머니……. 그랬겠죠."

고이란 회장의 뜻이란 소리를 들은 성훈은 맥없이 자리에 주저앉았다. 이마에 손을 짚은 채 잠잠했던 성훈이 번뜩 고개를 들었다.

"회장님께서 직접 뽑았습니까?"

"네. 저도 자세히 아는 바가 없습니다."

"아무래도 명림, 그분의 입김이 작용한 것 같은데요."

코웃음을 친 성훈이 전화기를 들었다.

"장 실장님이 중간에서 항상 곤란하셨던 건 저도 이해합니다. 이번에는 제가 직접 회장님과 담판을 짓겠습니다."

Rrrrr. 성훈의 손안에 있던 개인 핸드폰이 은은한 멜로디를 연주했다.

"여보세요?"

상대방의 목소리에 집중하고 있는 성훈의 표정이 불만스럽게 일그러졌다. 전화를 끊고 난 성훈은 한동안 침묵했다. 펜으로 서류철을 툭툭 두드리며 생각에 빠져 있더니 느릿하게 한숨을 내쉬었다.

"실장님, 우리 회장님께서 병원에 들어가셨답니다."

"네?"

호군은 진심으로 놀랐다. 고 회장이 병원에 입원한다는 설정은 사전에 모의하지 않은 바였다. 그녀의 병세가 정말이라면 그룹 차원의 비상 상황이 발생한 것이다.

"진짜일까요? 아니겠죠. 이런 뻔한 수를 쓸 만큼 우리 할머니도 어쩔 수 없는 걸까요?"

"원래 자식 일은 마음대로 되지 않는다는 말이 있지 않습니까. 연세도 있으니 약해지실 수밖에요. '재계의 마녀'라는 별명도 세월 앞에서는 무상한 겁니다."

기운 빠진 모습으로 자리에서 일어선 성훈이 슈트 상의를 매만지며 물었다.

"일단 뵙고 오죠. 오전 일정 괜찮습니까?"

"한 시간 후에 사장단 월례 보고회가 있습니다. 이후에는 R&D 센터 기공식 행사가 있어 부산으로 내려가셔야 합니다."

고개를 끄덕인 성훈이 집무실 밖으로 나갔다. 성훈은 기립한 비서진을 그냥 지나치지 못하고 걸음을 멈췄다. 덕심을 바라보는 심경이 복잡했다. 이 상황에서 자신의 곱지 않은 눈길을 태연하게 받아내는 덕심의 담백한 태도가 신기하기도 했다.

"신입은……. 나중에 다시 얘기합시다."

성훈은 얌전하게 고개를 까딱이는, 기분 좋아 보이는 덕심의 표정에 실소가 터졌다. 할머니의 비호를 등에 업은 여자가 경멸스러웠다.

성훈을 따라 나가던 호군은 의미를 담은 고갯짓을 남겼다. 아직 괜찮다는 사인을 알아들은 덕심은 한시름 놓으며 자리에 앉았다. 태연한 척했지만 짧은 시간 뭔가가 휘몰아쳐 나간 것 같아 영혼까지 후들거렸다. 눈치를 살피던 익준이 걱정스레 물으며 다가오려고 했다.

"괜찮으세요?"

"STOP!"

급히 손바닥을 들어 그가 다가오는 것을 막은 덕심이 천천히 고개를 저었다.

"선배님들 저는 괜찮습니다. 일들 보세요."

"예……."

명장과 익준은 공손한 듯하나 묘하게 상전 같은 덕심의 태도를 지적하지 못했다. 신입이지만 한두 살 연상도 아니니 따지는 것이 아무래도 어려웠다.

"신입, 좀 이상하지?"

"뭔가 있어요. 특별한 기류가 느껴져요. 변화의 바람이랄까?"

익준의 눈에 혼자 멀찍이 떨어져 앉아서 실실 웃는 여자가 범상치 않아 보였다. 미쳤거나 기가 세거나.

✳

"이제 좀 살 것 같다. 커피만 마셨더니 속이 아리다 아려."

퇴근 후, 은수를 만난 덕심은 한고비 넘겼다는 안도감과 함께 허기짐을 느꼈다. 은수는 너무 배가 고파서 위가 쓰리다는 덕심을 데리고 죽집에 왔다. 종일 긴장한 탓에 굳어 있던 위장을 달래며 죽을 떠먹는 덕심을 오랫동안 지켜보았다.

"누가 했는지 정말 분장이 신의 경지다. 일은 할 만하디? 오늘 있었던 일 좀 풀어놓아 봐. 종일 궁금해 죽는 줄 알았잖아."

"그냥 놀았어. 일을 안 주잖아. 하루 종일 부회장님 사진만 보다가 퇴근했어."

"사진을 봤다고?"

"응. 홍보실에서 검토하라고 넘긴 자료가 있더라고. 그리고 정작 실물은 아침에 잠깐 보고 끝. 그 사람 일정이 살인적이야. 눈코 뜰 사이 없더라고."

"그 인간이 너 보자마자 발광할 줄 알았는데 의외로 싱거웠네. 전에도 몇 번 여직원이 들어갔다가 별꼴을 다 당했다는 소리를 얼핏 들었거든."

입안에서 오물거리던 죽을 꿀꺽 삼킨 덕심이 피식 웃었다.

"안 그래도 출근할 때는 딱 죽겠더라고. 이렇게 심장이 급박하게 뛰다가 길에서 돌연사하겠지 싶도록. 그런데 막상 마주치니까 견딜 만했어."

"진짜 간 큰 년."

혀를 내두르는 은수에게 어깨를 으쓱해 보인 덕심은 아침에 마주쳤던 성훈의 눈빛을 떠올리며 황홀하게 웃었다.

"그 잘생긴 얼굴을 보니까 세상 시름이 다 날아가더라니까. 역시 진화론은 아니야. 다 같이 진화했는데 누구 하나만 특출나게 진화한다는 건 말도 안 돼."

"또 그놈의 신의 축복론. 너를 누가 말리냐. 너 그렇게 얼굴에 약한 것도 선천성 질환 아니야?"

"그럴 수도 있겠다. 내가 참 의지가 강한 사람인데 잘생긴 얼굴만 보면 내 뜻대로 할 수 있는 게 없어."

"그렇게 잘생겼어? 실물이 훨씬 멋있어? 우리 사촌오빠보다 더?"

은수는 주변에서 흘끔거리는 시선을 의식하며 목소리를 낮추었다. 한참 연장자에게 반말지거리한다고 수군거리는 소리도 들렸다.

"아, 진짜 노벨 외모상은 왜 없는지 한림원에 건의할 뻔했잖아. 세계인의 안구 평화에 지대한 공헌을 한 사람들을 무시하는 처사다."

"이제 네 최애는 마성훈이 됐구나."

"당연하지. 오랜만에 덕질을 하니까 꼭 어렸을 때로 돌아간 것 같고 생의 기쁨이 흘러넘쳐."

"야, 근데……. 그 사람한테도 네 징크스가 통하는 것 아니야?"

잠시 골똘히 생각하던 덕심이 고개를 저었다.

"그럴 리가. 여자라면 질색이라는 사람이 나이든 여자를?"

"네가 최애로 찍었던 이들이 어떻게 됐는지 생각해 봐. 한 명도 빠짐없었잖아."

"그 사람은 그럴 사람이 아니야. 눈빛이 단단한 것이 다른 남자들하고 달라. 완전히 다른 세상, 다른 인류."

"만약 그렇게 된다 해도 괜찮지 않아? 고이란 회장님 바람대로 되는 거니까. 너는 돈도 벌고 싸모님도 되고."

"싸모님? 으웩. 생각만 해도 소름 끼친다."

정말 싫은 듯 진저리를 친 덕심이 자리에서 일어났다.

"가자. 얼굴이 너무 답답해. 얼른 씻고 이 촌스러운 옷도 벗고 싶어. 내일을 위해 마인드 컨트롤도 해야 해. 내일은 부회장님이 그냥 넘어갈 것 같지 않아."

"벌써? 차라도 한잔하고 싶었는데."

덕심은 평소와 다르게 해가 진지 오랜데도 미적거리는 은수가 미심쩍었다.

"그런데 너 이 시간에 이렇게 밖에 나와 있어도 돼? 네 남편이 오늘은 웬일로 전화가 없다."

"음. 요즘 아주 바빠. 정신없이 바빠."

대답하며 웃는 은수는 어딘가 날이 서 보였다. 덕심은 와이프를 지나치게 사랑해서 집착증이 있는 남편과 또 거하게 부부싸움을 했나 짐작하며 친구의 어깨를 두드려주었다.

꽃

　내내 눈을 감고 있는 성훈은 잠들지 않은 것이 확실했다. 호군
은 아침에 있었던 일을 곱씹고 있을 것이 뻔한 성훈의 반응을 기
다리고 있었다.
　"실장님."
　"네."
　"내 옆에 접근 못 하게만 해주시면 됩니다."
　"네. 주의 기울이겠습니다."
　성훈은 꾀병으로 입원한 것이 확실한 고 회장을 무시하지 못
했다.
　"할머니는 그런 사람을 어디서 데려오신 건지……. 실장님은 아
시는 것이 있습니까?"
　확실히 발뺌하려고 마음먹어 놓고도 그런 것이 익숙하지 않은
호군은 차마 입을 열지 못했다.
　"신입은 미혼인가요?"
　"그, 그렇답니다."
　"왜?"
　"뭐……. 그냥 결혼도 남자도 다 싫어서."
　"저하고 비슷한 부류군요."
　"그런가 봅니다."
　적당한 대답과 적절한 고갯짓. 결국, 거짓에 서툰 호군은 그저
성훈이 하는 말에 맞장구를 치는 것으로 전략을 바꾸었다.
　"할머니도 참. 그 와중에 외모는 따지시고."

"네?"

"젊었을 때 꽤 아름다웠을 것 같지 않아요?"

"누굴 말씀하시는지……."

"지금까지 신입 비서 얘기하고 있지 않았습니까?"

"아. 그렇습니다."

호군의 귀에 더 이상 성훈의 말이 들리지 않았다. 물론 덕심의 본래 모습이 빼어난 것은 확실하다. 하지만 칙칙한 색상으로 분칠하고 일부러 노화를 당겨온 모습을 보고는 그런 생각이 들지 않았다. 깐깐하고 신경질적인 노처녀, 중년의 독신녀 강덕심은 전혀 매력적이지 않았다. 어쩌면 성훈의 취향이 그런 쪽인가? 호군은 조용히 눈을 감고 있는 성훈을 뜨악한 눈으로 쳐다봤다.

그곳에, 여자가 나타났다!

덕심의 출근 첫날, 마윤 그룹 전체가 들썩였다. 아무도 그녀를 보지 못했기에 베일에 가려진 존재에 대한 소문은 상상의 MSG를 더해 맛깔스럽게 조리되었다.

이튿날부터 하루아침에 바뀐 공기가 느껴졌다. 부회장 비서실에 여자 비서가 들어왔다는 소문이 일파만파 퍼졌다는 것을 덕심도 알 수 있었다. 출근길 엘리베이터 구석에 다소곳이 은닉하고 있는 덕심의 귀와 낯이 간지러웠다.

'25층에 여비서 들어왔다는 소리 들었어?'

여러분, 그게 접니다.

'봤어?'

본 사람 없을 걸요? 종일토록 25층 비서진들 말고는 만난 사람이 없네요.

'예뻐?'

죄송합니다. 화장 지우면 그래도 볼만한데 안타깝습니다.

'어떻게 입사한 거래?'

여러분, 믿기 어렵겠지만 천운입니다.

당사자가 옆에 있는 줄도 모르고 떠드는 사람들은 소문의 열기로 흥분 상태였다. 지루한 일상의 쫄깃한 씹을 거리가 됐지만 덕심은 이해했다. 본인이 들어도 흥미진진하니 남들은 오죽할까. 속사정까지 알게 되면 얼마나 난리가 날까. 일주일 내내 평소 결제받는 것을 꺼리던 임원진들로 부회장실은 문전성시를 이루었다. 지방에 있는 지사 임원들까지 상경했을 정도였다.

'어? 지금 안 계시다고? 그런데 이쪽이 새로 왔다는 그…… 비서인가?'

그들은 부회장이 부재중일 때만 귀신같이 알고 드나들었다. 비닐봉다리보다 투명한 속내가 우스웠다.

'어라! 나이가 많네?'

'요즘 젊고 예쁘고 스펙 좋은 애들 많잖아?'

고리타분한 덕심의 외모에 금세 흥미를 잃은 사람들은 무례한 말을 아무렇지도 않게 해댔다. 왜, 여자 비서는 젊고 예쁜 꽃이어야 하는가. 사회생활에 있어 한 번도 굽신거려 본 적이 없는 덕심은 대놓고 따지고 싶은 것을 가까스로 참아내야 했다. 그러나 드디어 첫 위기가 찾아왔다. 하고 싶은 말이 많아서 먹고 싶은 것도 많게 생긴 계진상 부장을 보는 순간 감이 왔다. 이름이 괜히 계진 상이 아닌 것이다. 계 부장은 노크도 없이 비서실 문을 열어젖히 며 멱따는 소리를 질렀다.

"암행어사 출두요!"

아직 누가 누구인지 모르는 사람이 더 많은 덕심은 아침부터 또라이가 침입한 줄 알았다. 뒤룩뒤룩한 엉덩이로 바지를 꼭꼭 씹으면서 넓은 비서실을 둘러보는 계 부장은 암행어사가 아니라 변학도에 가까웠다.

"새 얼굴이 왔다던데…… 저거야?"

넓은 비서실의 외딴섬처럼 따로 떨어져 있는 덕심을 발견한 계부장이 뒤뚱거리며 다가왔다.

"뭐야. 왜 이렇게 늙었어?"

자리에서 일어난 덕심은 적당한 미소와 깍듯한 예절을 다해 인사했다.

"안녕하십니까. 강덕심입니다."

덕심은 자꾸만 다가오는 계 부장을 피해 주춤거리느라 식은땀이 솟았다. 경제인 조찬 모임 때문에 부회장을 의전 중인 장 실장의 부재가 불안했다. 바지를 꼭꼭 씹어 먹던 엉덩이를 덕심의 책상에 걸치고 앉은 계 부장의 짤뚱한 다리가 허공에서 흔들거렸다. 아, 꼴 보기 싫어라. 미감이 예민하게 발달한 덕심은 짜증이 치솟았다.

"강덕심 씨, 내가 누군지 알아?"

마윤의 서울 본사를 비롯해 각 계열사에 있는 임원만 해도 수백 명이었다. 머뭇거리는 덕심을 대신해 멀리서 지켜보던 최명장

과장이 나서주었다.

"경영혁신팀장이신 계진상 부장님이십니다."

"죄송합니다. 아직 숙지하지 못한 부분이 많습니다."

즉시 사과하는 덕심에게 콧방귀를 낀 계진상은 계속 거들먹거렸다.

"아무리 그래도 마윤 패밀리는 기본적으로 외우고 있어야지. 나이만 먹었지 기본이 안 되어 있네. 당신, 누가 뽑았어?"

"고이란 회장님께 직접 임명받았습니다."

"할머니가?"

"네."

"왜? 어떻게 아는 사이야?"

"명림 선생님께서 추천하셨습니다."

어이없다는 듯이 인상을 일그러트린 계 부장은 검지를 들어 빙글빙글 돌렸다.

"그 정신 오락가락하는 무당 나부랭이 소리를 듣고 뽑았다고? 우리 할머니도 치매가 옮았나?"

"계진상 부장님!"

경고하는 명장의 목소리가 날카로웠다. 아무리 마윤 일가라고 해도 함부로 고 회장을 입에 올리지 않는 것이 철칙이었다.

"알았어. 알았어. 없을 때는 나라님 욕도 하고 그러는 거야."

명장의 뜨거운 한숨이 코뿔소의 그것 같았다. 덕심은 피식 웃는 계 부장의 기름진 볼살을 한가득 꼬집고 흔들고 싶었다.

"난 또, 우리 부회장 취향이 연상인 줄 알았지. 몸으로 비비다 성공한 계집 하나 들어왔나 했는데 아닌가 보네. 제대로 할 줄 아는 게 있으려나?"

"저 일 잘합니다. 걱정하지 않으셔도 됩니다."

계 부장은 묘하게 버르장머리 없게 들리는 덕심의 말투에 감정이 상했다. 경력도 없이 빽으로 들어온 늙수그레한 신입까지 자신을 무시한다는 자격지심이 발동했다.

"이게 어디서 말대꾸야?"

덕심은 더는 자신의 책상 위에 올라탄 푸짐한 엉덩이를 봐주고 싶지 않았다. 참으라고 만류하는 이성을 거스르고 입술이 먼저 움직여버렸다.

"이제 그만 제 책상에서 내려가 주십시오."

"뭐? 너 지금 뭐라고 했어?"

"저의 업무 공간입니다. 내려가 주십시오."

"하. 이게? 너 회장님이 뽑았다고 까부는가 본데."

"바지는 한 치수 크게 입으시는 것이 품위에 도움이 되실 것 같습니다."

뜬금없는 의상 지적에 당황한 계 부장이 눈을 끔뻑거렸다.

"……?"

"제가 패션에 민감합니다."

"야! 너나 제대로 입고 다녀. 어디서 인민복 같은 거나 주워 입고 와서는."

"그래도 바지 먹방 보다는 낫습니다. 적어도 거북하지는 않으니까요."

"이게 미쳤나."

똑또독 똑똑! 문을 두드리는 경쾌한 소리가 날 선 분위기를 깨트리더니 낮고 부드러운 목소리가 공간을 감미롭게 채웠다.

"계진상 부장님. 아침부터 혈기방장하십니다."

어느새 활짝 열린 출입문에는 마성훈이 당당하게 서 있었다. 넥타이 매듭에 검지를 걸어 느슨하게 만드는 모습을 본 덕심의 심장이 잠자리 날개처럼 파닥거렸다. 이래서 쌍화점 소리가 나오는구나. 그 뒤에 버티고 있는 장호군 실장과 성익준 대리까지, 하모니를 이루는 그들은 신의 완벽한 피조물이었다.

바지 주머니에 양손을 찌른 빠딱한 자세와 최상위 포식자의 오만한 미소. 성훈의 자태에 홀린 덕심은 핸드폰을 들어 사진을 찍고 싶은 충동을 간신히 억눌렀다.

"성훈이 왔냐?"

"계진상 부장, 어디서 내 이름을 함부로 부르십니까?"

성훈의 서늘한 지적에 진상의 얼굴이 벌겋게 달궈졌다. 평소 사석에서 성훈을 헐뜯던 버릇이 생각 없이 튀어나왔다. 한참 어린 사촌이지만, 어릴 때부터 후계자 교육을 받아 온 성훈은 마윤의 왕세자 같은 존재였다. 일가 중에서도 그의 이름을 부를 수 있는 사람은 극소수였다. 우물쭈물 헤매는 진상의 앞으로 다가온 성훈은 매듭이 비뚤어진 그의 넥타이를 고쳐 매주는 친절을 베풀었다.

"계 부장, 아무래도 경영혁신팀은 이름을 고쳐야 할 듯합니다. 경영나락팀 어떻습니까? 올해 실적 그래프를 보면 땅을 파고 지옥으로 들어갈 형국이던데요."

"열심히 한다고 하는데 요즘 국제 정세가 하도 복잡하고……."

"그렇죠. 다 같이 어려울 때입니다. 그 어려움마저 초월하는 것이 글로벌의 표준을 만드는 마윤 아닙니까?"

성훈이 힘주어서 넥타이를 바짝 매주는 바람에 진상은 '컥' 하고 신음을 토해냈다. 그런 진상의 어깨를 다독여주던 성훈이 빙긋이 미소를 지었다.

"아, 요즘 유행이라고 해서 저도 먹방이라는 것을 본 적이 있는데요. 흥미롭더라고요. 그런데 바지 먹방은 참…… 흉측하네요. 우리 강 비서의 직언을 새겨들으세요."

쩔쩔매다가 쫓겨나가는 진상의 모습 따위 덕심의 안중에 없었다. 출근 일주일 만에 '우리 강 비서' 소리를 들은 것에 홀딱 반하고 말았다. 콘서트장에서 내가 제일 좋아하는 멤버가 수많은 팬 사이에 있는 자신을 손가락으로 콕 집어준 것보다 더한 경사였다.

"강 비서, 들어와요."

"네?"

제대로 들은 것이 맞는가? 집무실로 향하는 성훈의 뒷모습을 놀란 눈으로 쳐다보는 덕심의 어깨에 장 실장의 손이 척 올라갔다. 역시 성훈의 뒷모습에 시선을 꽂은 장 실장은 이를 앙다물고 속삭였다.

"그르지 믈랬지. 누네 띠지 믈라니까. 도대체 왜 그르지?"

"실장님, 복화술 장인이셨네요. 진짜로 말하지 않는 것 같아서 환청인 줄 알았어요."

해맑게 대꾸하고 난 덕심은 심호흡을 가다듬은 후 집무실로 들어갔다.

"특이해. 진짜 특이해."

장 실장은 그녀가 남다르다는 것을 인정했다. 맹호의 기상을 타고났다는 성훈의 앞에 서면 누구나 꼬리를 말고 수그러들기 마련이었다. 그러나 덕심은 변장술이 어색해 보이는 것만 신경 쓸 뿐 두려움이 없어 보였다.

"썩어도 준치라더니, 역시 명림 선생이시네."

✻

집무실 문을 닫고 돌아선 덕심은 자기도 모르게 웃음을 터트릴 뻔했다. 아까 그 밉상 계진상이 굳이 책상에 걸터앉았던 게 저걸 따라 한 거였나 보다.

널찍한 책상 끝에 걸터앉아 탁 트인 도심의 전경을 바라보는 성훈의 콧날에 손가락을 가져다 대면 베일 것이 분명했다. 길게 쭉 뻗은 다리의 끝은 어디인가. 젊고 잘생긴 보스의 일거수일투족은 눈앞에서 보고 있어도 현실감이 떨어졌다. 저게 어떻게 사람이냐고. 지금의 심정을 표현하자면, '눈 떠보니 순정만화의 여자 조연입니다만' 정도가 되겠다.

또각또각 걷는 덕심의 걸음 수를 세던 성훈이 고개를 틀었다.

"멈춰요."

"……?"

"앞으로 나하고의 거리는 그만큼입니다. 그 이상 가까워지지 않도록 주의하세요. 당신하고 호흡이 섞인다는 생각만 해도 토할 것 같으니까."

그와 나의 거리 한 걸음, 두 걸음……. 덕심은 어림잡아 다섯 걸음은 되어 보이는 거리를 측정하며 고개를 끄덕였다.

“네. 명심하겠습니다.”

“아까 계 부장한테 왜 그랬어요?”

나무라는 듯 차가운 목소리였지만 성훈의 표정은 너그러웠다.

“죄송합니다. 제가 주제를 모르고.”

“아니. 왜 그랬는지만 설명해 봐요.”

“이러나저러나 저는 마운 그룹 부회장의 비서입니다. 저를 무시하는 것은 부회장님을 무시하고자 하는 것과 마찬가지라고 생각했습니다.”

“그렇지.”

몸을 일으킨 성훈이 천천히 고개를 끄덕였다.

“앞으로도 그런 자세를 견지하세요. 내 사람은 까도 내가 깝니다. 어디서든 무시당하고 오지 말아요. 그게 더 큰 잘못이니까.”

“네. 알겠습니다.”

“나가봐요.”

덕심이 나간 후 잠시 생각에 잠겼던 성훈이 중얼거렸다.

“그래도 나이를 헛으로 먹지는 않았네.”

아줌마들은 일머리가 없다고 입찬 걱정하던 주위 사람들의 헛소리는 기우였다. 또박또박한 목소리로 진상에게 한 방 먹이던 덕심의 모습을 되새기던 성훈이 흐뭇하게 미소 지었다.

“나름 귀엽네.”

구내식당에 성훈이 나타나는 날은 유난히 분위기가 어수선했다. 그를 목격한 직원들이 동요하는 소리가 적나라하게 들렸지만 익숙한 성훈은 개의치 않았다.

"식판이 잘 어울리네."

성훈을 발견한 동준이 따라붙더니 맞은편에 자리했다.

"식판이 특별해 보여? 대한민국 육군 병장으로 만기 제대한 사람이야."

집안을 통틀어 몇 안 되는 군필자의 대꾸에 동준은 피식 웃고 말았다.

"귀하신 부회장님께서 구내식당에는 웬일이야?"

"특별히 식사 약속이 있지 않은 한 항상 이용하고 있는데. 형이야말로 웬일이야?"

"잠깐. 전화 왔어."

주머니에서 핸드폰을 꺼낸 동준이 잠시 멈칫하더니 통화를 시작했다.

"응. 연주야."

연주의 이름을 다정하게 부르는 동준의 시선이 성훈의 얼굴에 고정되어 있었다. 표정 변화 없이 밥을 뜨는 성훈을 쳐다보는 동준의 눈빛이 비릿했다.

"출장에서 돌아왔더니 재미있는 소식이 들리네. 성훈이가 여비서를 들였어."

성훈은 의도를 가지고 저격하는 통화 내용을 무시하기로 마음먹었다. 괜히 들쑤셔서 연주가 괴롭힘을 당하는 것이 염려스러웠다. 그러나 통화를 마친 동준은 굳이 껄끄러운 소리를 하고야 말았다.

"생각보다 우리 연주가 놀라지 않네. 많이 서운했을 텐데."

"형수님이 왜 서운해. 그리고 신입은 회장님 뜻이셔."

"연주 귀에 들어가라고 쇼하는 것 아니고?"

"괜한 오해는 이제 그만해."

성훈이 손가락을 튕기자 옆 테이블에 떨어져 있던 호군이 일어났다.

"강 비서는 어디 있습니까?"

"최 과장과 저쪽에서 식사 중입니다."

"오라고 하세요."

호군의 손짓 한 번에 불려온 덕심이 정확히 테이블에서 다섯 걸음 떨어진 곳에 멈춰 섰다.

"인사하세요. 무선사업부 마동준 전무님이십니다."

"안녕하십니까. 신입 비서 강덕심입니다."

인사를 받고도 한동안 침묵하고 있던 동준은 미심쩍은 표정을 드러냈다.

"경력 사원입니까?"

"아닙니다."

"명림 선생님이 픽했어."

성훈의 대답을 들은 동준이 마뜩잖다는 듯 미간을 좁혔다.

"그래? 아직도 회장님은 명림을 믿는 건가?"

"보시다시피."

다시 덕심에게 시선을 돌린 동준이 부드럽게 웃으며 질문을 이었다.

"명림 선생은 어떻게 아는 사이죠?"

"모르는 분입니다."

"……?"

"어이없으시겠지만 그냥 길 가다가 제안받았습니다."

"그럼……. 전에는 무슨 일을 했어요?"

"아무것도 안 했습니다. 백수였습니다."

동준은 나른한 말투와 어울리지 않게 거침없이 대답하는 덕심이 인상 깊었다. 덕심이 풍기는 기묘한 분위기 때문인지 아니면 명림의 이름을 들어서인지 그녀의 존재가 특별해 보이긴 했다.

"무슨 꿍꿍이야?"

"내 의도 아니라니까. 회장님은 나한테 있는 문제를 해결하려고 나름대로 노력하는 거고 나는 뜻에 따를 뿐이야."

"그걸 믿으라고?"

"형, 나한테 문제 있는 것 사실이야. 지금 강 비서가 왜 저렇게 멀리 떨어져서 가까이 오지 않겠어."

동준은 예민한 문제를 서슴없이 인정하는 성훈을 여전히 믿지 못했다. 의혹이 풀리지 않은 동준의 눈빛에 속이 답답해진 성훈이 한숨을 내쉬며 수저를 내려놓았다.

"젊고 예쁜 비서를 자꾸 내치니까 겨우 생각해 내신 거야. 그냥 그림자처럼 붙어있기라도 하라고."

제법 간절한 티가 나는 성훈의 설명을 듣고도 동준은 의심을 내려놓지 않았다. 분명 멀쩡했던 놈이었다. 정혼자가 있었고, 같은 부서의 여자 사원들과 밤샘 프로젝트도 거뜬히 해내던 정상적인 남자였다. 사고 이후 생긴, 여자를 가까이 두지 못하는 증상은 심리적 요인이라는 뜬구름 잡는 진단만 나왔다. 약혼자가 깨어날 기미가 없자 그 사촌과 결혼해버린 연주를 향한 비난과 낯 뜨거운 소문이 무성했다. 그것을 막기 위한 성훈의 애절한 배려라고 동준은 굳게 믿고 있었다.

"주간 회의합시다."

호군이 먼저 커다란 회의 테이블 상석에 자리 잡았다.

"강덕심 씨, 왜 거기 앉아요? 이리 와요."

덕심은 혼자 멀찍이 떨어져 앉는 자신에게 손짓하는 익준에게 고개를 저어 보였다.

"장 실장님을 제외한 분들은 저와 다섯 보 이상의 거리를 유지해주세요."

나는 백 미터 중년이니까.

"왜 그래야 합니까?"

표면적으로 덕심의 사수인 명장이 와락 인상을 구기며 짜증스럽게 물었다. 생각해서 끼워주려고 해도 엇나가는 덕심의 태도가 나날이 거슬렸다.

"회장님 뜻이야. 강 비서한테 가까이 가지 마."

장 실장의 말에 명장이 서류철을 내리치며 따졌다.

"참나. 21세기에, 그것도 글로벌의 표준인 마윤에서 지금 이게 말이 됩니까? 창피해서 어디다 말도 못 하겠어요."

"대외비인데 어디다 말씀하시려고요?"

"뭐요? 따박따박 사수한테 말대꾸나 하고."

말대답에 기분이 상한 명장이 힘상궂은 눈으로 덕심을 노려 봤다.

"저도 힘들어요. 대충 넘어가 주세요."

　덕심은 작은 목소리로 구슬프게 사정했다. 하루에도 수십 번을 화장이 지워지지 않았나 확인해야 했고, 누가 부르면 가슴이 벌 렁거렸다. 이러다 보너스 10억은커녕 연봉도 제대로 타 먹기 전에 비명횡사할 각이었다.

"저라고 바이러스로 지내는 게 편한 줄 아세요?"

"바이러스라뇨?"

"부회장님은 저더러 그림자처럼 있으라고 하시지만, 저를 바이 러스 보듯 하시니까요. 골치 아프고, 신경 쓰이고, 박멸해야 마땅 한 강 비서."

"아……. 그건 너무."

　익준이 절감한다는 듯 깊이 고개를 끄덕였다.

'강 비서는 빠져요. 거기서 멈춰요. 가까이 오지 마세요. 몰라도 됩니다. 그냥 가만히 있어요.'

　입사 이후 덕심이 가장 많이 들었던 말이었다.

"아무리 부회장님의 사정이라지만 왕따 취급받는 강 비서님 보 는 건 저도 힘들더라고요. 우리가 이해하죠."

"뭐가 불쌍해. 그냥 저러고 있겠어? 강덕심 씨, 도대체 얼마나 받아요?"

"엄청 많이요."

덕심 역시 명장이 별로인지라 약 올리듯 대답했다. 하루 세 번 엄마한테 전화하는 마마보이 주제에 선배라고 거들먹거리는 꼴이 비위 상했다.

"뭐야 액받이 무녀도 아니고."

"최명장, 그만해."

호군이 비아냥거리는 명장을 말리고 나서야 회의가 시작되었다.

3. 강비서, 요즘 내가 이상합니다

"아, 정말 답답해 미치겠다."

지하 주차장 가장 구석에 세워놓은 경차에 올라탄 덕심은 파우치를 열어 클렌징 티슈를 꺼냈다. 안경을 벗고 피부 건강 따위 생각할 겨를 없이 빠른 손길로 메이크업을 지우고 나자 숨통이 트이는 것 같았다. 마법이라도 부린 듯 거울 속에는 뽀얗고 보들보들한 피부와 연분홍빛 입술을 한 덕심이 있었다. 작은 얼굴 안에 담긴 오목조목한 이목구비 중에서 물기 어린 옅은 갈색 눈동자는 청순함의 방점이었다. 바짝 당겨 묶었던 머리를 풀자 청순한 이미

지에 요염함이 한 스푼 더해졌다.

"조만간 클럽이라도 가서 스트레스를 풀어야지. 부회장님 얼굴 보는 낙이라도 없었으면 질식했겠다."

RRRRR. 전화를 받자마자 무겁게 가라앉은 은수의 목소리가 들렸다.

― 아직이야?

"지금 퇴근했어. 차에서 옷 갈아입고 있거든. 바로 갈게."

― 알았어. 도착할 때쯤 전화해.

"OK."

도대체 무슨 일인지 몰라도 은수는 퇴근 후 같이 갈 곳이 있다고 했다. 막 시동을 걸려는 찰나 전화벨이 울렸다.

"실장님이 왜?"

퇴근 후 상사에게 걸려오는 전화가 이렇게 재수 없었구나. 덕심은 과거 소속사 매니저들에게 밤낮 가리지 않고 전화했던 일을 잠시 반성했다.

"네. 실장님."

― 강 비서, 지금 혹시 사무실인가?

"주차장인데요. 이제 막 퇴근이요."

― 다행이네.

뭐가 다행이야. 짜증 나는 남의 속도 모르고.

"무슨 일이신데요."

― 내 책상 서랍 열면 외장 하드가 하나 있어. 그것 좀 챙겨서 내일 바로 수원 LED 공장으로 출근해.

"곤란해요. 저 화장도 지우고 옷도 갈아입었어요."

－ 나도 곤란한데. 나는 벌써 수원에 와있어. 내일 있을 행사 때문에 지사장님하고 회의 중이야. 25층 전용 엘리베이터 타고 올라가면 눈에 안 띄어.

잠시 입술을 씹으며 고민한 덕심이 흔쾌히 대답했다.

"알겠어요."

어차피 모두 퇴근하고 아무도 없는데 별일 있으려고.

쾌속으로 운행하는 엘리베이터를 타고 비서실에 들어가 호군이 부탁한 일을 처리하는 것까지는 물 흐르듯 순조롭고 평화로웠다. 텅텅 빈 복도를 종종 걸어서 대기 중인 엘리베이터에 오르자 잠시나마 떠느라 고생했던 간덩이가 편안해졌다. 은수에게 온 문자 메시지를 확인하느라 핸드폰을 꺼내는 동안 스르르 문이 닫혔다.

"후우……. 간 떨려서 죽을 뻔했네."

그리고 말이 끝나자마자 심장이 미친 듯이 요동칠 일이 발생했다. 닫혀야 할 문이 도로 열리고 있었다. 차라리 귀신이길. 짧은 순간, 25층 전용 엘리베이터를 이용하는 몇 안 되는 사람들이 주마등처럼 스쳤다. 큰 키, 넓은 어깨, 시원하게 뻗은 긴 다리, 명품 수제 구두, 오늘 그가 입고 있던 차콜 그레이 슈트. 애석하게도 귀신이 아니라 종일 덕심을 무시했던 인간이 엘리베이터에 발을 들였다. 아, 나의 십억. 나의 즐거움. 모두 안녕……. 고액 연봉은커녕 아직 월급도 못 타봤는데. 태블릿에 코를 박은 성훈은 구석에 사람이 있는 것을 모르는 것 같았다.

매도 먼저 맞는 것이 낫다는 옛말은 너무나 옳았다. 언제 고개를 들어 자신을 보고 고함을 칠 것인지, 기다리는 시간이 억겁 같았다. 빛을 뺨치는 속도로 운행하는 엘리베이터의 속도가 기어가는 것처럼 느껴졌다. 손에 든 태블릿에 뭐가 있는지 몰라도 그렇게 골똘히 있지 말고 차라리 나를 봐요. 마음속 생각을 알아들은 것처럼 성훈이 고개를 들었다. 무광택 스테인리스 문에 비친 덕심의 실루엣을 확인한 성훈이 천천히 고개를 돌렸다. 덩달아 덕심도 고개를 모로 돌렸다. 차마 그를 마주 쳐다볼 용기가 없었다.

괜찮아요? 많이 놀랐죠? 안부를 물어야 할 만큼 그는 아무 말이 없었다. 띵! 하는 도착 음과 함께 문이 열렸다. 문에 비친 여자가 허상인가 싶어 잠시 고민 중이던 성훈의 정신도 돌아왔다. 옆으로 돌아서 있던 여자가 흘끔 고개를 드는 바람에 그대로 눈이 마주쳤다.

"당신 누구야?"

"저는……."

글썽이는 눈동자와 질끈 문 분홍색 입술이 성훈의 동공 가득 들어찼다.

"그러니까 저는."

매섭게 치켜 올라간 성훈의 눈매가 평소보다 더 이지적으로 느껴졌다. 이 와중에도 그의 얼굴에 빠져들 뻔했지만, 급히 정신을 챙긴 덕심은 호랑이굴에서 탈출할 기회만 엿보았다. 마침 너무 놀란 탓인지 성훈도 뻣뻣하게 굳어 보였다. 때는 지금, 망설일 틈이 없었다.

"누군데 이 엘리베이터를……."

성훈이 팔을 뻗어 덕심을 붙잡으려고 했다.

"장 실장님께 물어보세요!"

하지만 한발 빠르게 버럭 소리를 지른 덕심이 그대로 내달렸다.

붙잡을 엄두도 내지 못할 만큼 매끄럽고 빠른 몸놀림이었다. 뭔
가에 홀린 사람처럼 멍청하게 서 있는 성훈의 시야에는 벌써 로
비 문을 나서는 덕심의 뒷모습만 남았다.

"방금 뭐였지?"

이미 문이 닫힌 엘리베이터에 남은 성훈은 잠시 마주쳤던 물기
어린 청순한 눈동자를 되새겼다. 구석에 서 있었던 건 분명 여자
였는데 아무렇지도 않게 손을 뻗어 붙잡으려고 했었다. 여자와 한
공간에 있는 것도 모자라 접촉을 시도하다니. 놀라긴 했지만, 당
연히 들어야 하는 혐오감과 구역감도 없었다. 손을 펼쳐서 들여
다보던 성훈이 실소를 터트렸다.

택시에 뛰어들자마자 덕심은 급히 호군에게 전화를 걸었다. 오
랜만에 전속 질주를 했더니 폐가 찢어질 것처럼 아팠다.

"걸렸어요! 부회장님한테!"

— 무슨 소리죠?

일이 터졌을 때 더 차분해지는 호군다운 담백한 어조였다.

"분명 아무도 없는 줄 알았는데 계셨나 봐요. 제가 먼저 엘리베
이터를 탔는데 갑자기 나타났어요."

— 부회장님께서 알게 됐습니까?

"아닌…… 것 같아요. 1층에 도착한 순간 도망쳤어요. 그런데."

"말해 봐요."

"누구냐고 물어서, 제가 장 실장님한테 물어보라고 했어요."

수화기 너머 호군의 침묵 덕분에 덕심은 아직도 진정하지 못한 심장 박동을 고스란히 느껴야 했다.

"죄송해요. 누구냐고 묻는데 눈앞이 캄캄해서."

"아니야. 잘했어요. 일단 끊어요. CCTV부터 처리해야겠으니."

통화를 마친 덕심은 잘게 떨리는 손을 꼭 붙들었다. 놀란 가슴이 좀처럼 진정되지 않았다.

약속한 단골 카페에 도착한 덕심은 친구의 뒤통수에 대고 헐레벌떡 외쳤다.

"은수야, 나 있잖아!"

"너, 뭐."

그러나 뒷말을 잇지 못했다. 화려한 미인은 아니어도 해사한 매력이 넘치는 은수의 안색이 지나치게 어두웠다. 표정은 고요했지만, 어딘지 위태로운 것이 폭풍 전의 잔잔한 물결 같았다.

"뭐야, 너. 무슨 일이라도 생긴 거야? 얼굴이 왜 이렇게 상했어?"

멍한 눈을 한 은수가 믿을 수 없는 소리를 중얼거렸다.

"술이 떡이 돼서는 나더러 은희라고 불렀어. 그때는 취해서 실수하는 줄 알았지."

"……?"

"그러더니 술에 취할 때마다 유정, 인희, 수경, 보람, 나타샤, 제니퍼……."

"잠깐! 한은수. 그 미친놈이…… 설마, 네 남편이니? 염찬수?"

나지막이 한숨을 내쉰 은수가 다 식어 빠진 커피로 목을 축였다.

"그러던 어느 날은 한창 하고 있는데. 내가 위에 엎드려 있었거든."

뒤늦게 알아들은 덕심이 머뭇거리며 대답했다.

"어? 어……."

"나 혼자 달아오른 싸한 느낌이 들어서 보니까 핸드폰으로 게임을 하고 있더라."

덕심은 무슨 말을 해야 할지 몰라 입이 떨어지지 않았다. 너무 기가 차서 욕도 안 나오는 지경이었다. 은수가 왜 저렇게 조용하게 넋이 나갔는지 알 것 같았다.

"그동안 너 혼자 참고 있었어? 병신같이?"

덕심이 발끈하며 따지는 데도 은수는 쓸쓸하게 웃기만 했다.

"말하면 뭐하니. 에너지만 낭비지. 그 힘으로 증거 모아서 위자료 챙길 준비 했어."

"잘…… 했어."

무려 5년을, 한결같이 귀찮고 지긋지긋하게 은수를 따라다니더니, 겨우 이런 끝장을 보려고 그 난리를 친 건가. 결혼 후에도 은수에게 집착하며 사사건건 감시하고 통제하던 주제에 정작 자기는 바람을 피우고 있었다니. 세상에 믿을 놈은 정녕 없는 모양이었다.

"내가 시부모하고 시누이한테 볶이고 시들어가는 동안 사업은 승승장구하고. 매일 예쁘고 젊은 여자 연예인들만 보고. 그러다 보니까 색다른 재미를 알게 됐나 봐."

"그래서 오늘은 왜."

"오늘 드디어 현장을 덮치려고."

말을 마친 은수가 자리에서 일어나더니 운동화 끈을 다시 단단

히 맸다. 그래서 편한 옷에 운동화를 신고 오라고 했었구나. 덕심
도 의지를 다지며 신발 끈을 고쳐 맸다.

"가자!"

어디로 가는지도 모르면서 덕심은 상처받은 친구와 어깨를 나
란히 하고 휘황찬란한 밤거리로 나섰다.

분명 고깃집에서부터 얼싸안고 나온 늘씬한 여자와 걷는 걸 봤
는데. 금요일 밤의 인파에 밀린 덕심과 은수가 휘청거리는 사이
찬수의 행방이 묘연해졌다.

"이럴 땐 우리가 운전하는 것보다 사택(사생 택시)이 제격이긴
한데."

"한창 미쳐서 팬질 할 때도 안 쓰던 사택은 무슨."

은수의 말투는 심드렁했지만, 인파 속을 헤집는 눈길은 촘촘한
레이더망을 펼친 상태였다. 오늘 꼭 사생결단을 내고야 말겠다는
화끈한 의지가 느껴졌다. 가방 속에는 고성능 마이크로 녹음기가
있었고 손에는 고화질 줌렌즈가 장착된 카메라가 있었다.

"야! 저기!"

은수는 덕심이 가리키는 곳을 향해 카메라를 들었다. 줌을 당
겨 여자와 희희낙락하는 찬수의 모습을 몇 장 담은 은수가 비웃
었다.

"쪼잔한 새끼. 돈도 많은 게 호텔도 아니고 모텔을."

"방도 못 잡았나 보다."

"둘이 홀딱 벗은 현장을 잡아야 하는데."

은수의 말이 끝나기도 전에 몹쓸 것들은 택시를 잡아타고 있었다.

"야, 우리도 차!"

"거기까지 갈 시간 없어!"

덕심은 남녀를 태운 택시의 번호판을 외우며 은수를 끌고 도로로 나갔다. 마침 앞에 도착한 택시 문을 열고 외쳤다.

"기사님! 저 앞쪽으로 먼저 간 은색 택시 좀 따라가 주세요. 차량번호 4885에요."

"……."

멀뚱멀뚱 있는 기사를 기다리다 못한 덕심이 뒤에서 그의 어깨를 두드리며 날카롭게 외쳤다.

"어서요!"

"아, 네. 알겠습니다."

운전 실력이 빼어난 기사 덕분에 앞서간 택시를 손쉽게 따라잡을 수 있었다.

"기사님, 고마워요."

"……."

기사는 무척 과묵하고 진중한 성격인 듯했다. 은수가 연신 감사를 표하는 데도 기사는 아무 반응 없이 미행하는 데 집중했다. 드디어 목적지에 도착한 몹쓸 것들이 택시에서 내리는 것이 보였다. 은수는 카메라를 꼭 붙들고 떨리는 숨을 진정했다.

"혹시 남편입니까?"

"아…… . 네."

"현장 포착하러 가시는 건가요?"

"……."

남의 일에 관심 두는 기사가 불쾌해진 덕심이 대화에 끼어들었다.

"지금 떠들 시간 없어. 은수야, 여기 택시비. 어라?"

요즘은 미터기가 없는 택시도 있나? 택시비를 내밀던 덕심은 그제야 잘못된 것을 알아차렸다.

"어머, 어떡해. 택시가 아니었네요?"

이제 보니 기사의 차림새도 번듯한 정장 차림이었다. 찬수를 쫓는데 열중한 나머지 애먼 차에 올라 미행을 지시한 꼴이었다.

"죄송해요. 저희가 정신이 없어서."

차에서 내린 덕심은 사과하는 은수를 따라 기사에게 고개를 숙였다.

"엇!"

고개를 들자마자 눈에 들어온 남자의 얼굴을 확인한 덕심은 혼이 승천할 지경으로 놀랐다. 오늘 마가 낀 날이 확실하다. 마성훈에 이어서 성익준 대리까지. 이 남자들이 왜 불쑥불쑥 앞에 나타나고 난리인지 모르겠다.

넉넉히 사례하고 사과하는 은수를 낚아챈 덕심은 찬수가 들어간 모텔로 도망치듯 걸었다. 아직 상황을 모르는 은수는 자신 때문에 덕심이 흥분했다고 판단했다.

"덕심아, 침착해. 이럴 때일수록 침착해야 해."

"알아. 그런데 일단 입 다물어."

종종 걷는데 익준의 목소리가 갈고리가 되어 덕심의 뒷덜미를 잡아챘다.

"잠시만요. 두 분, 어떻게 할지 계획은 있어요?"

급히 따라오는 구둣발 소리를 들은 덕심이 자지러지듯 외쳤다.

"있어요! 우리가 다 알아서 해요!"

"제 도움이 필요할 듯한데요."

두 여자 앞에 선 익준은 선량하고 정의로운 청년 그 자체였다. 막상 현장을 덮칠 일이 코앞으로 들이닥치자 막막했던 은수는 그가 괜히 고마웠다.

"감사합니다만, 저희가 알아서 해볼게요."

"저, 이런 것 잘해요. 대학생 때 흥신소에서 알바 했거든요."

뽀얀 얼굴로 싱긋 웃으며 화답한 익준이 엘리베이터로 직행했다.

"3층에서 멈췄어요. 두 분은 이거 타고 올라오세요. 저는 계단이 더 빠르거든요."

대답도 듣지 않고 웬 오지랖이야! 라고 외치고 싶었지만, 어느새 은수의 눈빛이 신뢰로 반짝이는 것을 보고 말았다. 익준의 오지랖이 어찌나 든든하던지 우리끼리 해결하자는 말이 차마 나오지 않았다. 결국, 주객이 전도되어 익준의 지시를 따르게 되었다.

"은수야, 저 사람 우리 비서실 직원이야. 성익준 대리라고."

"뭐? 진짜? 혹시 너 알아본 것 아닐까?"

"아닌 것 같아. 나, 오늘 수명이 수십 년은 줄어든 것 같아."

엘리베이터 문이 열리자 3층 복도 중간쯤에 서 있던 익준이 손짓하는 것이 보였다.

"이 방으로 들어갔어요."

"야, 벗고 뒹구는 것 찍어야 한다면서."

"응. 지금부터 생각을."

덕심과 은수가 머리를 짜내기도 전에 익준이 벨을 눌렀다.

"미쳤어요? 왜 벨을 눌러요?"

"두 분은 문 뒤에 숨어요."

명함을 꼬깃꼬깃 접으며 방긋 웃는 익준은 정말이지 지나치게 믿음직스러웠다. 오빠 소리가 절로 나올 뻔했다. 한껏 달아올랐던 찬수가 문을 열더니 짜증을 부리며 욕설을 지껄였다.

"에이 씨X! 뭡니까?"

"실례합니다. 혹시 온수가 안 나온다고 카운터에 전화하지 않으셨습니까?"

모텔 직원인 척 친절하게 몇 가지를 묻고 난 익준은 닫히는 문틈에 재빨리 구겨놓은 명함을 끼워놓았다.

"한 오 분 후에 들어가시면 될 거예요."

은수는 착잡하게 웃으며 고개를 끄덕였다.

"감사합니다."

"제가 찍을까요. 아무래도 직접 보고 나면 잔상이 오래 남으실 텐데."

덕심은 끝까지 친절한 오지랖을 부리는 익준에게 손사래를 쳤다.

"아니에요. 지금까지만 해도 정말 고마웠어요. 이만 가보세요. 은수야, 내가 찍을게."

"그래. 그게 낫겠다. 덕심아."

은수의 입에서 떨리는 목소리로 덕심의 이름이 나오는 순간, 세 사람 사이에 무거운 정적이 감돌았다. 세상에 동명이인은 많다.

비록 덕심이란 이름이 흔치 않지만 분명 나 혼자만 쓰는 이름이 아닐 것이다. 뻔뻔해지기로 결심을 굳힌 덕심이 고개를 들었다.

"괜찮겠어요? 강 비서님?"

멀끔하게 잘생긴 익준이 피식거리며 묻는 말에 평온한 가면을 썼던 덕심의 표정이 무너졌다.

사색이 된 덕심을 바라보는 익준은 쥐를 잡은 고양이처럼 흥미진진해 보였다.

"어쩐지 조금씩 이상하다 싶은 느낌이 있었는데. 오늘 이렇게 해소되네요. 퍼즐이 한방에 딱!"

"성 대리님, 함부로 입 놀리면 안 되는 건."

"알죠. 장 실장님은 이미 아시는 것 같고……. 그러니까 회장님 특명이라는 것은 사실이라는 말이고. 저도 머리는 있습니다."

난감함에 입술을 물어뜯는 덕심을 지켜보던 익준이 유쾌하게 웃으며 속삭였다.

"자, 이 문제는 일단 뒤로 미루고 지금 당장 해야 할 일을 해야겠죠?"

덕심이 들고 있던 카메라를 가로챈 익준이 가지런한 이를 드러내며 사악한 미소를 지었다.

"누님들은 여기 계세요. 이런 건 프로가 해야지 드라마틱하게 찍히죠. 어리바리하다가 기선을 제압할 기회마저 날려서야 되겠어요?"

"그냥 우리가 할게요."

"쯧!"

굳이 스스로 하겠다고 나서는 은수의 창백한 얼굴을 본 익준이 혀를 차며 고개를 내저었다. 덕심에게 고갯짓으로 은수를 잡으라고 지시한 후 호흡을 고르더니 조용히 문을 열고 들어갔다. 덕심은 가늘게 떨고 있는 은수의 손을 꽉 붙들어 주었다. 곧이어 방안에서 소란이 벌어졌나 싶더니 이내 잠잠해졌다. 텅 빈 얼굴로 서 있던 은수가 조용히 입을 열었다.

"쟤 괜찮은 애 같다. 차라리 네 편으로 만들어서 써먹어. 무슨 일이 생겨도 호군 오빠 혼자보다는 나을 수도 있어."

"지금 너는 이 와중에 그런 생각이 드냐?"

"이 와중에 뭐. 기분이 좀 더럽긴 하지만, 꼬인 팔자가 펴는 순간인데 왜."

덕심은 하얗게 질린 얼굴로 애써 씩씩하게 웃고 있는 은수를 꼬옥 끌어안았다.

"강 비서님, 굿 애프터 눈!"

외근에서 돌아온 익준은 휘파람을 불며 눈을 찡긋거렸다. 무례하고 능글맞게 웃더니 손가락으로 덕심과 탕비실을 번갈아 가리켰다. 마뜩잖았지만 하다 만 이야기를 마무리 지을 필요가 있었다. 익준은 어두운 분위기를 몰고 들어온 덕심에게 커피잔을 내밀었다. 그의 여유로운 웃음과 손길이 괜히 얄미웠다.

"강 비서님, 점심은 드셨어요?"

"네. 커피 고마워요."

고고하게 서서 커피잔을 기울이는 덕심을 자세히 관찰하던 익준이 조용히 탄성을 터트렸다. 자세히 뜯어봐도 긴가민가할 정도로 감쪽같은 변신이었다. 어제 본 그 청초한 사람과 같은 얼굴이라고 믿을 수 없었다.

"처음부터 뭔가 이상했어요. 피부 결이 눈에 띄게 고왔거든요. 그나저나 미모가 후덜덜 해서 놀랐어요."

"성 대리님은 눈썰미가 대단하시네요."

"그런 소리 자주 들어요. 꺼림칙한 마음에 매일 유심히 살피고 또 살폈는데 강 비서님은 정신이 다른 곳에 가 있더라고요."

"입사 초기라 신경 쓸 것도 많고. 일도 배워야 했으니까요."

"들키면 안 되기도 하고?"

이왕 알려진 사실, 덕심은 허심탄회하게 고개를 끄덕였다. 은수의 말대로 차라리 같은 편이 더 늘었다고 생각하기로 했다.

"장 실장님은 어디 가셨어요?"

"부회장님과 면담 중이세요."

익준의 대답을 들은 덕심은 불편한 마음에 한숨을 내뱉었다. 어제 있었던 우연한 마주침에 대해서 추궁당하고 있을 호군을 생각하니 미안하기 그지없었다.

"실장님 돌아오시면 성 대리님도 알게 됐다고 말씀드릴게요."

"차라리 같은 편을 하시겠다는 소리로 들립니다만."

"맞아요. 성 대리님도 일개 월급쟁이인데 회장님 뜻을 거스를 순 없지 않아요?"

하하 웃은 익준이 어깨를 으쓱거렸다.

"아닌데. 우리 집 부자인데. 놀고먹을 수 없어서 회사 다니는 것뿐이에요."

"그래서요?"

슬슬 짜증이 나기 시작한 덕심의 인상이 앙칼지게 일그러졌다. 마치 항복하는 것처럼 두 손바닥을 번쩍 든 익준이 다소 진지해진 태도로 말했다.

"날 세우지 마세요. 저 그렇게 양아치 아닙니다. 궁금한 게 있어요."

"뭔데요."

"은수 누나 말이에요."

언제 봤다고 누나야? 이 자식 뭐야? 위아래로 흘겨보는 덕심의 시선에도 아랑곳하지 않는 익준은 정말 진지해 보였다.

"남편하고 어쩌려는 거예요? 이혼하겠죠? 그 사진까지 봤으면……."

"아마, 그럴 거예요. 그런데 그게 성 대리님하고 무슨 상관이죠?"

"흠……. 제가 상관있는 사람이 되고 싶어서 그렇습니다."

"지금 내 친구를 팔아먹으란 소리예요?"

"아니요. 제가 괜찮은 놈인 걸 보여드릴 테니 은수 누나한테 잘 좀 어필해 주십사하고 부탁드리는 거죠."

"솔직히 지금 성 대리님 태도……. 엄청 날티 나요."

"억울한데요."

덕심의 통박에도 익준은 흔들리지 않았다. 처음과 달리 부드럽게 웃는 얼굴이 꽤 진정성 있게 느껴지기까지 했다. 이 인간도 꽤 놀고 다닌다는 소리를 들었는데. 첫눈에 은수가 마음에 들어왔다는 익준의 고백을 듣는 덕심의 고민이 또 하나 늘었다.

＊

  회의실에서 성훈과 독대한 호군의 표정은 바람 한 점 불지 않는 고요한 호수와 같았다. 과연 마윤 그룹 비서실의 이십 년 베테랑다운 시치미였다. 상대방을 쏘아죽일 기세로 응시하던 성훈이 느릿하게 입술을 뗐다.

"뭘 숨기려고 CCTV까지 손보시고."

"……."

"귀신에 홀린 줄 알았습니다. 난생처음 보는 여자가."

분노에 찬 한숨을 내쉰 성훈이 말을 이었다.

"사용자가 제한적인 엘리베이터 구석에서 나타났는데 장 실장님께 물어보란 말을 남기고 홀연히 사라졌습니다."

난생처음. 그 소리에 장 실장은 안도의 한숨을 내쉬었다. Show must go on. 이 어이없는 쇼는 계속 이어질 모양이었다. 그렇게 가까이 있었고 한참을 쳐다봐 놓고도 알아채지 못하다니. 명림의 말대로 하늘의 뜻인지도 모르겠다.

"도대체 누굽니까?"

"우선 놀라게 해드린 점 죄송합니다. 그 아이는 제 사촌 동생입니다. 중요한 자료를 두고 왔는데 마침 회사 근처에 있다고 해서 부탁했습니다. 엘리베이터 비밀번호도 제가 알려줬습니다."

"그럼 그렇다고 말할 것이지 죄인처럼 도망을 친다고요?"

"부회장님이 여자를 무척 싫어한다는 소문을 들어서 자기 딴에는 배려랍시고 그랬답니다."

준비된 거짓. 성훈은 대본을 읽듯이 유연하게 쏟아내는 호군의 말을 도무지 믿을 수 없었다.

"그런데 CCTV는 왜 지우셨습니까?"

"그건 저도 모르는 일입니다."

하! 날 선 실소를 터트리는 성훈의 추궁하는 눈빛 앞에서도 호군은 우아한 태도를 흩트리지 않았다.

"그 거짓은 일단 믿어드리죠."

바람을 일으키며 자리를 뜨던 성훈이 다시 호군을 돌아봤다.

"그 또한 어설픈 미인계 아니겠습니까?"

혼자 남은 호군은 성훈이 남기고 간 말을 되새겼다.

"미인계……. 미인계라. 그 와중에 감상을 남겼단 말이지."

부회장의 이상 증세가 나아지고 있는 건 아닐까. 언젠가 스쳐 지나간 여자를 보고도 비슷한 반응을 보인 적이 있었다. 여자에 관해서는 신경질적인 반응 외에는 보이지 않던 성훈의 미묘한 변화가 느껴졌다.

✳

쾅! 외부에서 듣기에는 그저 '퍽' 하는 소리였지만, 덕심의 뇌리에는 우레와 같은 '쾅!' 이었다. 부딪히는 순간 코뼈가 우그러진 것 같은 통증을 느꼈는데도 악, 소리도 지르지 못했다. 분명 문을 열고 나갔는데 어째서 문에 부딪혔는지 이해할 수 없었다.

"강 비서님, 괜찮아요?"

혼미해지는 의식의 틈을 타고 다급하게 묻는 익준의 목소리가 들렸다.

"으, 으. 모르겠어요."

고통으로 일그러진 눈을 간신히 뜨자 코앞에 버티고 선 성훈의 얼굴이 보였다.

"부회장님!"

다섯 걸음. 그와 내가 지켜야 할 거리. 오직 그 생각으로 뒷걸음 치던 덕심은 제 손이 누군가에게 꽉 붙들려 있는 것을 발견했다. 이게 뭐야? 부회장님이 왜 내 손을 붙들고 있어? 화들짝 놀라 휘둥그레진 덕심의 눈동자에 경악에 찬 성훈의 모습이 맺혔다. 그리고 잡았던 덕심의 손을 미련 없이 떨쳐 내는 장면이 이어졌다.

"강 비서님!"

익준의 외마디 소리와 함께 이번에는 꼬리뼈가 부서지는 것 같은 고통이 찾아왔다. 그대로 바닥에 엉덩방아를 찧은 덕심은 앓는 소리를 내며 널브러졌다.

"아니, 부회장님……."

차마 상관에게 따지지 못한 익준이 급히 달려와 덕심을 부축했다.

"미안합니다."

표정이 굳어진 성훈이 짧은 사과의 말을 남기고 집무실로 들어가 버렸다.

"성 대리님, 나 엉덩이가 산산조각이 난 것 같아요. 내 코는 괜찮아요? 피 안 나요?"

"안 나요."

덕심은 탄탄한 가슴팍에 부딪히느라 얼굴에서 이탈한 안경을 고쳐 썼다.

"아우, 가슴이야 바위야. 무슨 사람 몸이 저렇게 딴딴해."

"그래도 부회장님이 강 비서님 구해보겠다고 손을 붙들었어요."

"그게 뭐요."

"그게 뭐라니요. 부 회장님은 여자 솜털 끝도 건드리지 않는다고요. 칠색 팔색하시니까요."

꼬리뼈를 문지르는 덕심의 찡그린 얼굴은 펴질 줄을 몰랐다. 앞뒤로 받은 충격이 너무 대단해서 의무실에 눕고 싶은 마음뿐이었다.

"진짜 그렇게까지? 사람이 코앞에서 위기에 처했는데도?"

"그럼요. 오늘은 부회장님이 얼결에 반응하신 거 같아요. 바로 손 놓아버리는 것 봐요. 사람이 나뒹굴든 말든."

"하긴. 기껏 구해줘 놓고 그냥 놓아버리는 게 말이 되나……."

아무리 잘생긴 얼굴로 삶의 활력소를 제공하는 보스였지만 오늘 일은 실망이었다. 과거에도 덕심은 사랑했던 스타들의 인성이 바닥을 드러내면 가차 없이 정이 식곤 했었다.

집무실에 들어온 성훈은 한동안 자리에 앉지 못했다. 뒤로 넘어지는 덕심을 보는 순간 엉겁결에 붙잡았던 손을 펴고 한참을 들여다보았다.

"아무렇지 않잖아."

역겹고 불결하고 짜증이 나야 마땅한데. 왜, 어째서? 소독제로 씻어 내고 싶은 마음도 들지 않았다. 부드러운 몸이 부딪히고 팅겨 나가는 찰나 아무 생각 없이 자연스럽게 손이 뻗어 나갔다. 손을 놓아버린 건 아무렇지 않은 자신에게 놀란 반응이었다. 더하여 원망스럽게 쳐다보던 눈. 안경을 썼을 때와 확연히 다르게 느껴졌던 눈이 마음에 남았다.

"그만!"

털어내듯 머리를 흔든 성훈은 쓸데없는 잡념으로 복잡했던 마음을 정리했다. 분 단위로 시간을 쪼개 쓰는 처지에 망상으로 귀중한 시간을 낭비할 수는 없었다. 슈트 상의를 벗어서 옷걸이에 걸던 성훈은 멈칫했다.

"무슨 화장을 이렇게 두껍게 했어."

상의 가슴팍에는 마치 가면처럼 사람의 얼굴 모양이 찍혀있었다. 털어도, 털어도 남아있는 화장품 잔여물을 지우던 성훈은 잊고자 했던 눈망울에 다시 사로잡혔다.

나는 바이러스다. 면역력을 높이기 위해 침투했지만 박멸해야 마땅한 바이러스, 그게 나다.

오늘도 덕심은 나직이 중얼거렸다. 자신을 볼 때마다 서슴없이 불쾌한 티를 내는 성훈을 견뎌 내는 주문이었다.

회의석 끄트머리에 앉아 회의록을 작성하는 덕심의 정수리가 따끔했다. 고드름으로 머리통을 때리는 것 같은 차고 아픈 느낌. 아우, 씨! 이건 아무리 팬심이 지극해도 견디기 힘들다.

"중국 공장은 철수하는 것으로 결정하겠습니다. 경영하는 데 있어서 안정성 확보에 어려운 만큼……."

덕심의 뒤에 걸린 82인치 화면 속에서 아시아 총괄을 맡은 임원
이 의견을 표하는 중이었다. 슬쩍 고개를 들다가 성훈과 눈이 마
주쳤다. 잘난 외모 앞에서 맥락 없이 스러지는 나약한 강덕심. 야
속했던 마음이 한순간에 흩어지는 자신이 한심했지만 저주받은
팔자는 어쩔 수 없지 싶었다.

딱 떨어지게 각이 맞는 고급스러운 슈트와 단단하게 매듭지은
타이는 부회장이 전략 기획실 비서실을 들어서는 순간 흐트러진
다. 잠갔던 슈트 단추를 끄르고 넥타이 매듭에 손가락을 걸어 흔
들면서 집무실로 들어간다. 언제 어디서고 이목이 쏠리는 삶의 피
로가 느껴지는 순간에도 마성훈은 섹시하고 난리였다.

45도 정도 돌아간 의자에 삐뚜름하게 앉은 성훈은 지금도 설
렁설렁했다. 회의에 참석한 사장단들의 보고와 의견을 흘려듣는
것처럼 무성의해 보였지만, 잠자코 있다가도 정곡을 찌르는 의견
을 내놓았다.

"공장을 다시 국내로 이전하도록 하죠."

성훈의 말에 차마 대놓고 반대하지 못하는 사장단의 헛기침 소
리가 잘게 터져 나왔다.

"부회장님, 인건비를 비롯해서 여러모로 동남아 공장이 유리합
니다."

"알죠. 그건 만천하가 다 아는 기본 상식이죠."

펜으로 회의 테이블을 톡톡 두드리던 성훈이 부드럽게 미소 띤
얼굴로 좌중을 훑었다. 여유로운 태도로 불안의 불씨를 다스린
성훈이 의견을 이었다.

"공정한 무역 체제를 보장받을 수 없는 시장보다는 차라리 국내가 장기적으로 안정성 있다는 판단이 서는데요. 더는 소재와 부품 개발에 있어서 국내 기술을 빼앗기고 싶지도 않고요."

"네. 오히려 현 정부의 정책과 맞물려 혜택을 받을 수도 있습니다. 마윤의 기업 이미지 제고에도 좋은 영향을 끼칠 수 있을 듯합니다."

오히려 해외 총괄 사장단들이 더 반기고 나섰다.

마우스를 클릭하다 무심코 고개를 든 덕심은 또 성훈과 눈이 마주쳤다. 앞으로는 화면 앞에는 자리 잡지 말아야겠다고 다짐했다. 요즘 들어 더 자주 노려보는 성훈 때문에 팬심도 흐릿해지고 빈정만 상하고 있었다. 차라리 처음처럼 없는 사람 취급해주길 바랐다. 그만 좀 째려봐라. 훔쳐보는 재미를 누릴 수 없을 정도로 요즘 들어 자꾸만 부회장의 곱지 않은 시선과 부딪히고 있었다.

조간 브리핑이 끝나자 사장단 석에서 일시에 한숨이 터져 나왔다. 회의마다 기저귀를 차야 할 만큼 길고 가혹했던 전대 회장님들에 비하면 성훈은 합리적이었다. 그래도 임원진들의 엄살은 줄어들지 않았다. 노트북 전원을 끄면서 덕심도 조용히 한숨을 토했다. 호군을 뒤에 달고 회의실을 나서는 성훈을 보자 갑갑했던 속이 후련해졌다.

요즘 덕심의 일상을 누군가에게 말한다면 제정신임을 의심받거나 꿈에서 깨라는 핀잔을 들을 것이다. 그러나 지금, 이 순간은 정말 꿈만 같았다. 뉴스에서도 보기 힘들다는 고이란 회장과의 점심 식사, 게다가 이십 년 전 APEC 정상들을 위한 만찬 이후로 개방한 적이 없다는 희원정으로의 초대라니.

집사로 보이는 직원의 뒤를 따르는 덕심은 국립공원이나 고궁을 산책하는 기분이었다. 가슴이 오랜만에 생기발랄하게 뛰놀았다. 세월을 견뎌낸 노송과 기암으로 꾸민 멋스러운 정원은 가도 가도 끝이 없을 것 같았다. 재산을 날리기 전 덕심의 자랑이었던 한강뷰 펜트하우스는 인형의 집 수준이었다. 널찍한 연못 위에 걸쳐진 돌다리 건너편에는 두 노인이 마중 나와 있었다.

"어서 오게나."

"안녕한가!"

굵은 웨이브가 세련된 고 회장의 은발이 가을 햇살 아래 기품 있게 반짝였다. 옆에 선 명림의 천진난만한 얼굴에는 반가운 기색이 역력했다.

"초대해 주셔서 영광이에요. 이거는 약소하지만."

내밀고 보니 정말 초라했다. 부자들만 알음알음 주문해 먹는다는 유명한 떡집의 보자기 포장이 부끄러웠다. 머뭇거리며 내미는 보따리를 덥석 낚아챈 명림이 아이처럼 좋아했다.

"이거 내가 좋아하는 떡이네. 어린 아가씨가 이 집은 어떻게 알았어?"

"정말요? 아, 다행이다."

그제야 덕심의 얼굴에 안도의 기쁨이 떠올랐다.

"우리라고 먹는 게 별다르려고. 쌀로 밥 해 먹고 떡 해 먹고 밀가루로 국수 해 먹고 다 똑같다네."

고 회장이 인자하게 웃으며 덕심의 걱정을 해소해 주었다.

"그나저나 정말 감쪽같네. 그렇지? 명림."

강덕심 비서의 평소 차림새를 꼼꼼히 살핀 고 회장이 감탄하며 칭찬했다.

"그러게나 말이에요. 내 친구라고 해도 속겠어. 화장해 준다는 친구도 같이 오지 그랬어. 솜씨가 귀신같네. 그려."

"제 마음대로 여기를 어떻게 데려오겠어요."

하긴 그래. 명림이 고개를 주억거리며 동감해주었다.

"다 잘 먹는다고 해서 이것저것 만들어보라고 했는데 우리 강 비서 입맛에 맞았으면 좋겠어."

"당연히 맛있겠죠."

덕심의 입꼬리가 억지 미소로 파들거렸다. 사실 고 회장 앞에서 밥을 먹는데 뭘 먹은들 맛을 느낄까. 통틀어 세 번째 만남인데도 여전히 어렵고 어색하고 정신이 없었다.

"성훈이 나오라고 해요."

히끅! 고 회장이 집사에게 지시하는 말이 떨어지는 순간 너무 놀란 덕심이 딸꾹질을 터트렸다.

"끅! 부회장님도 계세요? 히끅!"

"응. 부러 오늘은 어떤 약속도 잡지 말라고 신신당부해놓았네."

왜요? 물음과 동시에 덕심은 이대로 자신을 해고하려고 부른 것이 아닐까. 그런 생각이 들었다. 그렇지 않고서야 정체가 탄로 날까 봐 전전긍긍하고 지내는 자신과 부회장을 한 상에 앉힐 생각을 할 리가 없었다.

"강 비서, 왔습니까?"

"히끅!"

소파에 앉았던 덕심은 엉거주춤 엉덩이를 들고 섰다. 휙 하고 지나가는 남자의 단단한 근육이 슬림하게 잡힌, 얇은 니트에 싸인 널찍한 가슴팍이 한눈에 꽂혔다. 망할 눈썰미가 고맙고 원망스러운 순간이었다.

"부회장님께서 계신 줄은 몰랐습니다. 끅!"

"내 집이니까요."

덕심은 맞은편에 앉으면서 거만하게 답하는 성훈을 오늘따라 더 제대로 쳐다볼 수 없었다. 겨우 익숙해진 상황이 아닌 탓인가. 아무래도 장소가 바뀌어서 그런 듯했다.

그와 내가 유지해야 할 거리, 다섯 걸음. 덕심은 겨우 두 걸음쯤 되는 거리를 견딜 수 없었다. 슬그머니 일어나 옆으로, 옆으로 자리를 옮겼다. 드넓은 거실과 앞구르기를 해도 넉넉한 소파가 고마웠다. 자리를 정한 덕심은 째릿하게 응시하는 성훈에게 손가락 다섯 개를 펴 보이며 생긋 웃었다.

"다섯 걸음 유지했습니다."

마음에 안 드는 것 나도 알거든요. 나도 댁이 있는 줄 알았으면 이렇게 안 왔거든요.

회사에서 보던 모습과 전혀 다른 성훈의 옷차림은 낯설고…… 얼어 죽을 또 멋있고 난리였다. 대충 빗어 넘긴 머리카락과 밝은 스카이블루 빛 니트와 치노 팬츠라니. 홍보실 자료에서는 한 번도 본 적 없는 nature born handsome이 눈앞에 있었다. 인류의 유산으로 남겨야 할 때인데, 카메라가 절실했다.

고 회장은 유심한 눈길로 성훈과 덕심을 살펴보았다. 확실히 성훈이 달라진 것 같았다. 겉보기에는 탐탁지 않은 듯했지만, 평소 여자를 대할 때의 날카로운 짜증이 덜 느껴졌다. 정말 면역력이라도 생긴 것일까. 아니지, 내 기대가 커서 눈이 실수했을 수도 있어. 잠시 들뜨던 감정을 정리한 고 회장은 감정을 드러내지 않으며 식전 차를 음미했다.

진정한 그림자 인간은 희원정의 집사인가보다. 덕심이 배워야 할 기술이었다. 걸음마저 스르륵 걷는 것처럼 느껴지는 집사가 조용히 다가오더니 나직한 소리로 전했다.

"회장님, 마동준 전무님 내외분이 오셨습니다."

"동준이네가?"

"그치들이 여기는 웬일로?"

설핏 놀라는 고 회장과 달리 명림은 무람없이 인상을 찌푸렸다.

"왔으니 점심이라도 함께해야겠구나. 들이게나."

집사가 물러가고 몇 분간 거실에는 기묘한 적막이 흘렀다. 그동안 덕심은 마성훈-서연주-마동준으로 이어지는 막장 삼각관계를 복습했다. 언론에 노출이 거의 안 된 서연주라는 여자가 몹시 궁금했다. 그녀 역시 대단한 집안의 딸이었지만, 어느 정도의 매력이길래 마성훈과 마동준을 아우르게 되었을까.

"할머니. 저희 왔습니다."

이미 눈에 익은 동준이 들어서며 훤칠한 미소를 지었다. 그의 옆에 붙어서 다소곳하게 따르는 여자, 서연주. 처연한 아름다움이 은은하게 실내를 밝혔다. 마치 백합 향을 내뿜을 것 같은 우아한 여성스러움이 인상적이었다. 일부러 그러는 것인지 자리에서 일어난 성훈은 동준과 의례적인 악수를 하면서도 연주 쪽에는 시선을 두지 않았다.

"어쩐 일이니? 여기를 다 들르고."

인자하게 웃으며 묻는 고 회장에게서 엄격한 냉기가 흘렀다.

"오랜만에 성훈이 쉬는 날인데 가시방석 주려고 왔나 보고만."

고 회장은 속에 담아야 할 말을 굳이 입에 올리는 명림에게 지긋한 눈길로 주의를 주었다.

"연주야, 너는 성훈이하고 인사 안 해?"

"잘 지냈어요?"

머뭇거리는 연주의 인사말은 누가 들어도 어색하고 안쓰러웠다. 마 전무가 일부러 저러는구나. 와이프 말려 죽일 남자네. 성훈과 연주 사이를 오가는 동준의 눈초리가 뱀같이 차고 음흉스러워 덕심은 자신도 모르게 몸을 떨었다.

"네. 형수님도 잘 지내시죠?"

아, 숨 막혀. 재벌은 왜 이렇게 사는 거야? 덕심은 집에 돌아가는 길에 소화제를 사 먹어야겠다고 생각했다. 겨우 식전 차만 두어 모금 마셨을 뿐인데 체기가 느껴졌다.

자신의 정혼녀였던 여자에게 형수님이라고 부르며 정형적인 인사말을 하는 성훈도 대단해 보였다. 인사를 마친 성훈은 자신의 맞은편에 앉는 동준 내외를 피할 모양인지 벌떡 일어섰다. 그리고 옆으로, 옆으로, 덕심의 맞은편에 떡하니 자리를 잡았다. 휘둥그레진 눈으로 놀란 티를 낸 덕심이 엉덩이를 들려고 하자 성훈이 날카롭게 미간을 구겼다.

그냥, 여기? 있으라고요? 당신 앞에? 눈으로 묻는 덕심에게 피식 웃어 보인 성훈이 시선을 돌려서 대화에 집중했다. 분위기를 살피느라 눈동자를 굴려서인지 덕심은 현기증이 일었다.

"강 비서님은 희원정에는 웬일로? 벌써 굉장한 신임을 얻는 모양입니다."

흥미로운 시선으로 자신을 훑는 동준에게 덕심은 살짝 고개를 숙여 보였다.

"그러는 동준이 너는 여기 웬일이냐?"

묻는 고 회장에게 고개를 돌린 동준이 넉살 좋게 말했다.

"외가에 제사가 있어서 다녀오는 길이에요. 마침 성훈이에게 할 말이 있어서 들렀어요."

"무슨 할 말."

애써 시선을 동준에게만 고정하고 있는 모습이 부자연스러운 성훈이 물었다.

"성훈아, 너 선이나 한번 봐라. 로이스 그룹 알지?"

"로이스 그룹이면 국내 기업이 아니잖아."

"응. 로이스에 한국계 며느리가 있어. 방계 쪽인데 그 집 딸이 괜찮거든. 내가 콜롬비아 있을 때 알게 된 사이야."

"혼혈? 얼마나 괜찮으면 형이 이렇게 찾아왔을까."

미소를 머금은 채 잠시 생각에 잠겼던 성훈이 흔쾌히 대답했다.

"그래. 그 선 자리, 만들어봐."

모두의 시선이 성훈에게 쏠리는 소리가 들릴 지경으로 놀라운 순간이었다. 곧 잭팟을 터트릴 것 같은 예감이 든 덕심의 귀에 돈 세는 소리가 들렸다.

오기를 부리는 건지도 모르겠지만, 알게 뭐가. 일단 성훈이 그런 대단한 결심을 한 것이 희망적이었다. 여자가 근처에 오는 것도 싫어하는, 가까워지면 호흡이 섞여서 비위가 상한다는, 여자만 보면 그 잘난 얼굴이 싸가지 없이 일그러지는, 마성훈이 선을 보겠다고 제 입으로 선언했다.

〈기한 안에 스캔들이 나거나 애인이 생기면 계약 종료 가능〉

계약 조건을 떠올리는 덕심의 가슴이 기대로 부풀었다. 돈과 자유가 성큼 다가오는구나. 성훈의 잘생긴 얼굴을 더는 가까이서 볼 수 없게 되는 건 아쉬웠지만 생각보다 치명적이지 않았다. 길다면 길고 짧다면 짧은 몇 달간 무시당했던 순간들이 주마등처럼 스쳐갔다.

팬 대접도 못 받는 덕질의 무상함. 깨닫지 못하는 동안 바이러스 취급에 지쳐가고 있었나 보다. 팬클럽 회장, 홈페이지 마스터로 이름을 날린 강덕심. 기획사와 스타들 위에 군림하다시피 했던 덕심이 처음 받아보는 푸대접을 계산에 넣지 않은 것이 착오였다.

"강 비서야, 나 바람 쐬고 싶어."

어느새 덕심의 옆에 와서 앉은 명림이 아이처럼 보챘다.

"그, 그럼 제가 모실게요."

명림과 함께 정원으로 나온 덕심은 신선한 바람을 쐬는 순간 헛구역질을 했다. 성훈과 동준의 날 선 분위기 사이에서 덩달아 긴장했던 것과 기대로 들뜬 마음 탓이었다.

"참지 말고 그냥 여기다 토해도 돼. 애들이 치우니까 걱정하지 말고."

"읍! 아니, 아니에요."

덕심은 넘어오는 신물 때문에 뻐근해진 아귀를 손바닥으로 문지르며 고개를 저었다.

"생각보다 결과가 빨리 나오는구먼."

"겨우 선이잖아요. 아직 모르죠."

대책 없이 떠오르는 웃음을 삼키며 덕심은 애써 덤덤하게 반응했다.

"신중한 건 좋은 거지. 하지만 성훈이가 선뜻 마음을 먹었다는 건 아주 좋은 징조야."

"이번 기회에 부회장님이 잘됐으면 좋겠어요."

인기척을 느끼고 몰려오는 잉어 떼를 보면서 덕심이 중얼거렸다. 빤한 시선에 고개를 돌리니 명림이 가늘게 뜬 눈으로 응시하고 있었다.

"왜, 왜요?"

한때 대단했던 역술가라는 소리를 들어서인지, 가끔 명림이 이렇게 진지할 때마다 섬뜩했다.

"이번에는 안 될 거야."

"왜요? 어떻게 아세요?"

자신도 모르게 새된 소리를 지르고 말았다.

"아직, 네 기운이 더 강해. 그쪽하고는 아무것도 느껴지지 않아."

"이제 신기도 다 되셨다면서 함부로 장담하고 그러세요."

불만스럽게 웅얼거리는 덕심을 보고 기분 좋게 웃던 명림이 아련한 소리를 남겼다.

"네 계절을 모두 겪으면 떼려야 뗄 수 없이 푹 빠질 거야."

네 계절. 그렇다면 1년을 꽉 채워야 부회장의 요사스러운 질환이 낫는다는 소리인가? 조금씩 성훈에게 오만 정이 떨어져 가고 있던 덕심의 미려한 눈썹이 무참하게 찌그러졌다. 비닐 장판이 아닌 과학적이고 안락한 킹사이즈 침대에서 다시 잠들 생각에 붕 떠올랐던 기분이 곤두박질쳤다.

"근데 아줌마 친구는 어디 갔어요? 그 파리요."

"걔? 죽었지. 그때가 언제야. 파리는 오래 못 살아."

진지하게 고개를 주억거린 덕심은 내내 궁금했던 것을 물었다.

"그런데 제 운은 어떤지 보이세요?"

"안 알려줌."

"쳇! 치사하시다."

연못가에 나란히 앉은 두 여자는 티격태격하다가 웃음을 터트렸다.

총무팀에서 보내온 성훈의 주간, 월간 일정을 정리하던 덕심이 회심의 미소를 지었다. 드디어 오늘, D-day가 왔다. 잠들 때까지 분 단위로 쪼개 쓰는 성훈의 저녁 시간이 통으로 비어있는 공란이 뜻하는 것, 바로 맞선이었다. 구석에 앉은 덕심은 콧노래를 흥얼거리면서 체육 대회에 관한 문건을 비서실 식구들의 메일 계정으로 발송했다.

"무슨 좋은 일 있어?"

호군이 다가온 줄도 몰랐던 덕심이 활짝 웃으며 반겼다.

"사내 체육 대회 공문 발송했어요. 확인해 보세요. 그런데 전사 체육 대회 같은 건 안 해요?"

"전사가 다 같이? 그러면 올림픽이 되는 거지. 그룹 본사 체육 대회도 몇 년 만이야."

"전략 기획실은 체육 대회 열외입니다."

무뚝뚝하게 말하는 명장의 뒤통수를 노려보면서 덕심은 다시 호군에게 물었다.

"왜요? 왜 전기실은 체육 대회 열외예요?"

"부회장님이 바쁘니까. 부회장님 수발드는 우리가 체육 대회에 참가할 수는 없지."

"그렇겠네요."

"그 나이에 몸 쓰는 것도 버거울 텐데 체육 대회는 하고 싶은가 봅니다."

덕심은 사사건건 빈정대는 명장의 말에 코웃음을 쳤다.

"최 과장님도 마냥 창창한 나이는 지났을 텐데요."

"강 비서님!"

버럭 소리 지르며 일어나던 명장은 핸드폰이 울리자 갑자기 사근사근한 말투로 전화를 받았다.

"응. 엄마. 이번 주까지만 일하고 휴직에 들어가. 으응. 엄마 말대로 했지. 새로 온 신입이……."

명장은 마마보이답게 엄마에게 덕심 때문에 화가 난 일을 일러바치며 자리를 떴다. 입술을 삐죽거린 덕심도 자리에서 일어나 비어 있는 성훈의 집무실로 들어갔다.

옷장을 열고 걸려있는 옷가지를 유심히 살펴보면서 흰 장갑을 착용했다. 귀족적인 분위기를 내는 데 한몫하는 성훈의 흰 피부에 어울리는 잉크 블루 빛 슈트를 꺼냈다. 셔츠를 정한 후 타이를 고르고 있을 때 집무실 문이 벌컥 열렸다. 어김없이 넥타이 매듭에 손가락을 걸고 느슨하게 만들며 들어오는 모습은 오늘도 멋지고 난리였다.

"오셨습니까."

꾸벅 고개를 숙이는 덕심을 바라보는 성훈의 눈초리는 오늘도 곱지 않았다. 왜 저 바이러스는 아직도 박멸되지 않았는지 불만 가득한 표정이었다.

"새로 제작한 슈트가 마침 어제 도착했습니다. 평소에 입던 치수보다 소매 길이 2밀리, 라펠 폭 3밀리를 줄여서 좀 더 날렵하고 활동적인 느낌이 들도록 했습니다. 셔츠는 광택 없는 면으로 준비했고 타이는……."

"오늘따라 기분이 좋아 보이네요. 강 비서는."

옷장에서 스타일러로 옮겨지는 슈트를 보는 성훈의 표정은 말라비틀어진 밀랍처럼 생기도 감흥도 없었다. 되도록 성훈의 눈에 띄지 않게 움직이는 데도 이렇게 마주칠 때가 있었다. 그가 기분이 상했다고 판단한 덕심이 흰 장갑을 낀 손을 들어 보였다.

"보시다시피 장갑 끼고 만졌습니다. 혹시 몰라 스타일러로 소독하고 있고요."

"네."

영혼 없이 대답한 성훈이 다가오고 있었다. 느릿하게 저벅저벅, 조금씩 가까워져 갔다. 적당히 떨어진 거리가 주는 안정감은 덕심에게도 중요했다. 그가 다섯 걸음을 넘어서려는 순간 손바닥을 내밀며 크게 외쳤다.

"그만이요! 거기 서세요."

"왜죠?"

다행히 멈춘 성훈이 삐딱하게 물었다.

"분명히 부회장님이 정하신 룰입니다."

"그랬죠. 내가 정했으니까 깨는 것도 내가 깹니다."

뭐 이런 막무가내 공산당 자식이 다 있어! 왕세자처럼 살았다던 성훈은 제멋대로인 면이 많았다. 마지노선을 넘은 성훈이 좁히는 거리만큼 덕심도 뒷걸음으로 도망쳤다.

"호흡이 섞이면 비위가 상하신다고 하셨습니다."

"그걸 지금, 다시 확인해 보려고 하는 겁니다."

뚜벅. 뚜벅. 전진하는 남자와 뒤로 후퇴하는 여자는 시선으로 묶여 있었다.

"뭐, 뭘 말씀하시는 겁니까?"

"내가 왜 맞선보겠다고 한 줄 알아요?"

그건 댁의 사정이지, 내가 어떻게 알아! 제 발에 걸린 덕심이 잠시 휘청거리다가 다시 뒷걸음질을 쳤다. 마치 사이보그처럼 감정 없는 성훈의 얼굴이 자꾸만 가까워지고 있었다. 더는 물러설 곳이 없어진 덕심이 눈을 질끈 감고 고개를 숙였다.

"이상합니다. 강 비서가 나타난 후로……. 계속 이상한 일이 일어나고 있어요."

성훈의 목소리가 성대를 울리는 진동이 느껴질 만큼 가까워졌다고 생각한 순간, '퉁' 정수리가 남자의 단단한 가슴에 부딪혔다. 움찔하고 오그라드는 덕심과 달리 성훈은 평온했다.

"이것 봐요. 왜 아무렇지도 않은 건지. 나, 정말 괜찮아졌나 봅니다."

허공에 대고 하하 웃으며 혼잣말을 하는 성훈의 목소리가 약간 들뜬 것도 같았다.

"가, 감축, 드립니다."

"그런데 강 비서는 왜 이렇게 위축되어 있죠?"

"저도…… 남자가 가까이 오면 짜, 짜증이 나거든요."

세자 전에서 물러나는 무수리처럼 허리를 숙이고 빠르게 뒷걸음질 쳐 도망친 덕심이 집무실 문을 닫으며 한마디 남겼다.

"개짜증이요."

'개짜증이요.'

강 비서도 이런 기분이었나. 들여다보는 태블릿 속 뉴스 기사가 머리에 들어오지 않았다. 바이러스 같은 존재가 남긴 무례한 말이 남긴 여운을 되씹느라 집중이 되지 않았다.

'개짜증이요.'

"황당하긴 하네."

손목에 찬 시계를 확인했다. 맞선 상대가 도착하기 십 여분 전, 덕심을 통해 증세의 호전을 확인했음에도 불안한 마음은 어쩔 수 없었다. 숨통을 조이는 것 같은 감각이 시작되고 호흡이 헝클어지면서 숨이 가빴다. 오늘도 실패인가. 하는 수 없이 넥타이를 약간 느슨한 정도로 끌어내렸다.

찡그린 시야로 한 여자의 모습이 들어왔다. 사진으로 익혀 두었던 오늘의 맞선 상대는 실물이 훨씬 아름다웠다. 주변 공기마저 그녀의 움직임을 따라 술렁거렸다. 후. 긴 숨을 토해낸 성훈은 낮에 그랬던 것처럼 어떤 이상한 조짐도 일어나지 않기를 바랐다. 그녀를 맞이하기 위해 소파에서 일어났다. 마침내 훤칠한 미남자와 우아한 미녀가 마주 선 광경은 사람들의 시선과 넋을 사로잡기에 차고 넘쳤다.

"안녕하십니까. 마성훈입니다."

"안녕하세요. 린 로이스예요."

약간 느리고 어눌한 린의 한국어 발음이 사랑스럽게 들렸다. 린이 악수를 청하느라 내민 손을 내려다보는 성훈의 목울대가 느릿하게 오르내렸다. 스멀스멀 피어나는 좋지 않은 기운을 애써 무시하며 린의 손끝을 겨우 붙든 성훈의 입매가 일그러졌다. 강 비서 한정인가. 일시적인 착각이었을까. 자리에 앉자마자 성훈은 울렁거리는 속을 다스리기 위해 앞에 놓인 민트 차를 들이켰다. 린의 손끝을 만졌던 손이 찝찝해서 미칠 것 같았다. 결국, 항상 휴대하는 손 소독제를 꺼내고야 말았다.

"아무래도."

알코올이 휘발되는 느낌과 함께 속이 진정된 성훈이 애써 유지했던 미소 띤 가면을 벗었다.

"이만 일어나야겠습니다."

강 비서의 집이 어디였더라. 당장 확인해야 잠을 잘 수 있을 것 같았다.

이게 다란 말이야? 만난 지 겨우 몇 분이나 흘렀다고? 린은 아직 성훈의 감촉이 가시지도 않은 손끝을 비비며 우두커니 서 있었다. 무례한 말도 불쾌했지만, 바닥에 버린 구겨진 쪽지 같은 표정은 더 어이없었다.

지구에서 제일 잘 나가는 기업이면 다인가. 온몸으로 당신 같은 여자는 마음에 들지 않는다고 표현하는 남자의 오만함에 치가 떨렸다. 우아한 매너 속에 감춰두었던 오기와 고집이 불쑥 튀어나온 린이 몸 사리며 빠져나가는 성훈의 손목을 붙잡았다.

"이봐요. 마성훈 씨."

"손대지 말고 말씀으로 하시죠."

구렁이 담 넘어가듯 유려한 몸놀림으로 린의 접촉을 가볍게 물리치는 성훈은 흡사 태극권 유단자와 같았다. 뿌, 뿌리쳤어? 나를? 장미색 블러셔 덕분에 사랑스럽기만 했던 린의 볼이 수치심으로 검붉게 달아올랐다.

"하실 말씀 없는 것 같으니 먼저 가보겠습니다. 실례 많았⋯⋯."

심지어 사과의 말도 다 끝내지 않고 입을 틀어막더니 뛰쳐나가기까지 했다.

"뭐야. 감히⋯⋯. 토하는 거야?"

불꽃같이 치솟는 화를 얼음장 같은 얼굴 뒤로 숨긴 린은 부들부들 떨리는 주먹을 꼭 쥐었다. 주선자 마동준을 찾아가 뺨이라도 후려갈겨야 눈곱만큼이라도 분이 풀릴 것 같았다.

4. 예쁘고 수상한 강 비서

"장 실장님, 그간 저하고 쌓은 신뢰를 이렇게 저버리는 겁니까?"

– 정말로 저도 모르는 일입니다. 왜 강덕심 비서의 주소지가 제 집으로 되어 있는지…….

호군의 시치미에 짜증이 치민 성훈은 넥타이를 거칠게 풀러서 조수석에 내팽개쳤다. 대답하기 곤란한 질문은 모두 고 회장 책임으로 떠밀어 버리니 더 따질 수도 없었다.

"알겠습니다. 그렇다면 강 비서 연락처라도 보내세요."

– 오늘 절친한 친구한테 일이 생겨서 바쁘다고 했는데 연락이

될지 모르겠습니다.

"강 비서의 사적인 일정을 어떻게 그리 잘 아십니까?"

— 그야. 이른 시간에 퇴근해야 하는 사정을 얘기하고 나갔으니까요.

문득 엄청난 사기극에 휘말린 기분이 들었다. 모든 사람이 짜고 치는 고스톱판에 걸려든 가련한 아마추어 노름꾼이 자신이었다. 아, 그 영화. 트루먼 쇼. 거대한 세트장에서 영문도 모른 채 일생을 속고 살아야 했던 영화 속 주인공도 생각났다.

강덕심 010-XXXX-XXXX

호군이 보내준 전화번호를 저장한 성훈은 잠시 고민에 빠졌다.

"전화해, 말아."

남들이 보기에는 병신 같은 고민이겠지만, 마윤의 왕세자 마성훈에게는 자존심이 걸린 문제였다.

"하……. 전화해서 뭐라고 말해야 하나."

한 번 더 가까이 서봅시다. 만져 봐도 됩니까? 우리 마주 서서 숨 쉬어 봅시다. 흡. 하. 벌써 덕심이 뭐라고 대답할지 환청이 들렸다.

'개짜증 나요.'

그동안 그렇게 무시해놓고 이제 와서 급하다고 들이대는 것 같은 그림도 마음에 들지 않았다.

"아니, 내가 뭐……. 강 비서가 좋아서 그러는 건 아니잖아."

겨우 자기합리화로 용기를 얻은 성훈이 방금 전달받은 번호를 터치했다. 꽤 오랜 신호음이 흘러가는 동안 성훈의 마음도 갈팡

질팡 흔들렸다.

－ 네. 부회장님. 강덕심입니다.

수화기를 타고 들리는 덕심의 목소리를 듣자마자 성훈의 귓불이 뜨거워졌다.

"지금 어디 있습니까?"

－ 개인적으로 급한 일 때문에 외부에 있습니다.

"지금 혹시……. 잠깐 시간 좀."

낮게 가라앉은 성훈의 목소리는 침착했지만, 이마에 스미는 땀을 문지르는 손길은 초조했다.

－ 죄송합니다. 친구가 몹시 아파서 자리를 비울 수 없습니다.

"5분 만이라도."

내가 지금 뭐라고 지껄인 건가. 성훈은 방금 뱉은 말을 도로 주워서 꿀떡 삼키고 싶었다. 거래에 있어 을의 위치일지라도 항상 당당한 마성훈이 누군가에게 사정하다니.

－ …….

덕심의 침묵은 그녀가 말없이 짜증 내는 모습을 상상하게 했다.

"알겠습니다. 내일 처리하도록 하죠."

전화를 끊은 성훈은 차창을 내리고 바람을 쐬었다. 이게 뭐라고, 이렇게 사람을 긴장 타게 하는지 모르겠다. 이것은 첫사랑에 빠진 소년이 꿈에 그리던 상대와 첫 통화를 마친 후에 나타내는 증상이었다. 그러나 첫사랑은커녕 사랑에 발 담가본 적도 없는 성훈은 무지했다.

이른 아침, 아무도 출근하지 않은 사무실에서 호군과 덕심은 커피타임을 가졌다. 호젓해 보이는 것과 달리 나름의 비상 대책 회의였다.

"어제 갑자기 전화하시더니 5분만 시간 내달라고 해서 제가 얼마나 쫄았게요."

"강 비서 주소가 내 집으로 되어 있어서 망정이지. 갑자기 집 앞으로 찾아가려고 하신 것 같아."

"으아! 들킬 뻔했네요. 그런데 맞선은 어떻게 됐어요?"

"잘 될 리가 있겠어?"

당연하지 않냐는 듯, 호군은 피식 웃고 말았다.

"아이 씽!"

"얼마나 됐다고. 너무 인생 거저먹으려고 하는 것 아니야?"

"실장님, 하루하루가 살얼음판인 것도 모자라 바이러스로 사는 저는 명을 깎아 먹는 기분이라고요."

"하긴……."

성훈의 물건을 다룰 때는 흰 장갑을 껴야 하고, 일정 거리 이상 가까워져서도 안 된다. 심지어 되도록 눈에 띄지도 않아야 하며 목소리도 죽여야 하는 덕심의 하루하루는 예상했던 것보다 애처로웠다.

"그런데 저를 왜 찾으셨을까요? 어제 그날이라서 호르몬이 널을 뛰는 바람에 부회장님한테 대들었거든요. 그거 따지려고 하신 걸까요?"

"대들었다고? 부회장님께?"

놀라서 허리를 세우는 호군을 보자 덕심은 더욱 주눅이 들었다. 문 닫히는 소리에 묻혔길 바랐는데 예민한 부회장이 들었을 것만 같았다.

"어쩌면 못 들었을지도 몰라요."

"뭐라고 했는데."

"아니, 함부로 가까이 오더니 자기 증상이 좀 나아진 것 같다고 좋아하더라고요. 그게 얄미워서 그만."

"……?"

"개짜증 난다고 했어요."

"……."

심각하게 가라앉는 호군을 보자 덕심은 그간의 노력이 무색하게 오늘 권고사직을 당할 것만 같은 불길한 예감이 들었다.

"저 오늘 짤리는 걸까요? 지금 나가면 고용보험에서 실업급여도 안 줄 텐데……."

"잠깐만. 무슨 일이 있었다고?"

"제가 험한 말 했다고요."

"아니. 그 전에. 부회장님이 강 비서한테 가까이 갔다고?"

"네. 고개 숙인 제 정수리가 부회장님 가슴에 부딪힐 만큼이요."

걱정스럽게 대구하는 덕심을 바라보는 호군의 눈동자는 경악으로 휘둥그레졌다. 자진해서 맞선 보겠다고 한 것과 덕심에게 가까이 다가간 것은 어떤 관계라도 있는 걸까.

"그런데 부회장님은 아무렇지도 않으셨다는 말이지?"

"네. 저는 어색한 화장이 들킬까 봐 조마조마한데 혼자서 어찌나 후련해하시던지. 배알이 꼴려서 그만 짜증 난다고 했어요."

"그거, 좋은 신호 같은데?"

이유를 짐작하지 못한 덕심이 고개를 기울였다.

"강 비서는 단편적으로 겪어서 모르겠지만, 사고 이후 부회장님이 여자를 혐오하는 정도는 심각했어. 사실, 이때까지 강 비서가 이곳에 남아있는 것도 기적이란 말이야."

"그래요?"

"응. 회장님 때문에 참는다고 보기에도 굉장히 너그럽게 넘어간 편이지."

'너그러움'이란 단어가 언제부터 이렇게 너그럽게 쓰였단 말인가.

"그렇다면 이제 저도 슬슬 움직여야 할 때 같아요. 부회장님이 조금씩 나아지고 있다면, 물 들어올 때 노 저어야지요."

마성훈이 누군가와 사랑에 빠지는 기적까지는 바라지도 않는다. 단 한 건의 스캔들. 여자와 얽힌 소문 한 조각이라도 건지면 되는 것 아니겠어? 눈동자를 굴리며 생글생글 웃는 덕심을 유심히 보던 호군이 너털웃음을 터트렸다. 저런 표정을 지을 때면 사촌 동생 은수보다 더 어린 동생으로 느껴져 귀여웠다.

하하, 호호 정겨운 웃음소리를 뚫고 문이 벌컥 열렸다. 넥타이 매듭을 끌어 내리던 성훈이 문가에 멈춰선 채 이들을 지켜보고 있었다. 뭐가 또 심기를 거슬렸는지 그의 눈길에서 쏟아지는 서걱서걱한 살얼음으로 빙수라도 만들어야 할 판이었다.

"부회장님, 나오셨습니까."

호군을 따라 허리를 숙이는 덕심을 뚫어지라 보던 성훈이 관자놀이를 긁으며 미소 지었다.

"우리 전기실 팀워크가 좋아 보여서 저도 뿌듯하네요."

칭찬이 분명한데 왠지 꾸지람을 듣는 것 같았다. 큰 걸음으로 바람을 일으킨 성훈이 집무실로 들어가자 쾅 하는 소리와 함께 문이 닫혔다. 신경질적인 문소리에 제 발 저린 덕심이 성훈의 뒤를 따라온 익준에게 다가갔다.

"아침부터 왜 저러세요? 내내 저러셨어요?"

"아니요. 약간 경직된 느낌은 있었지만, 기분은 괜찮으셨는데……."

"나 때문인가."

각 부서에서 올린 결재서류를 취합하던 덕심은 도저히 성훈의 집무실에 들어갈 기분이 아니었다. 콕 집어서 보자고 할 때까지 일단 피해 다닐 작정이었다.

"성 대리님, 이 결재서류 좀 저 대신 부회장님께 전달해 주세요."

아직 대답도 하지 않은 익준에게 결재서류를 떠넘긴 덕심은 장갑을 벗어놓고 비서실을 빠져나갔다.

생각에 빠진 성훈의 눈빛은 책상을 불태울 듯 집요했다. 도자기 쟁반 위에는 오늘 아침 성훈이 섭취해야 할 영양제와 생수병이 놓여 있었다.

'미네랄이 풍부한 물맛을 좋아하시는 것 같아서 생수 업체를 바꿨습니다.'

어느새 사소한 곳까지 덕심의 영향력이 미치고 있었다. 처음에는 일부러 어떠한 업무도 맡기지 않았는데 수단이 좋은지 하나 둘씩 영역을 넓혀나가더니 입고 먹는 것까지 그녀의 소관이 되어 있었다.

덕심이 스스로 바이러스라고 비하하는 소리를 들었을 때 비웃었던 적이 있었다. 진짜 바이러스가 맞지 않는가. 박멸해야 할 바이러스가 아닌 예방 백신용 바이러스 말이다. 그나저나 장 실장과 언제부터 그렇게 돈독했지. 출근하자마자 덕심의 스스럼없는 웃음소리를 듣는 순간 공연히 심술이 났다.

"혹시 장 실장의 애인?"

외부에 알려진 바 없으나 젊어서 사별한 이후 오랜 시간 홀로 지낸 호군이었다. 축하해야 마땅한 일인데 믿고 싶지 않았다.

"이 무슨……. 유치한 감정이야?"

말도 안 된다. 말도 안 돼!

한편 노크하고도 한참 동안 반응이 없자 익준은 살며시 문을 열고 집무실의 동태를 살폈다. 공인인증서 비밀번호를 까먹은 사람처럼 망연자실한 얼굴로 앉아있는 성훈이 보였다. 요즘 들어 전략기획실이 어수선했다. 보스가 흔들리는 것이 느껴지는데 이것이 좋은 징조인지 어찌한 지는 눈치 빠른 익준도 가늠할 수 없었다.

부회장의 결재가 떨어진 서류를 부서별 결재함에 꽂아 넣고 있는 덕심의 곁에 선 익준이 빙글거렸다.

"왜 또 이러십니까. 성 대리님이 그렇게 웃어가면서 꼬신 여자들이 얼마나 될까, 심히 궁금하네요."

"그걸 셀 수 있을 거로 생각하는 강 비서님의 순진함에 건배를."

"그렇게 말할수록 우리 은수하고 이어질 확률은 점점 더 낮아질 텐데요."

"그렇게 까다롭게 나오실수록 제 주둥이는 가벼워질 거고요."

확, 째려보는 덕심의 눈에는 여전히 귀엽게 웃고 있는 능글맞은 익준이 보였다.

"농담이에요. 저 그렇게 함부로 여자들 만나고 다니지 않습니다. 사람을 겉모습만 보고 판단하시면 안 되죠. 은수 누나는 밥 잘 먹고 잘 자고 지내요?"

"그럼요. 우리 은수가 얼마나 야무지고 씩씩한데요."

지금 은수 통장을 두둑하게 부풀리고 있는 위자료를 들으면 기절할 것이다. 뜻 모를 코웃음을 치는 덕심의 뒤를 졸졸 따르던 익준이 진짜로 전해야 할 용건을 꺼냈다.

"오늘 저녁에 우리 전기실 회식 있어요."

"회식이요? 빠지고 싶은데."

난감한 얼굴로 도리질하는 덕심에게 피식 웃은 익준도 고개를 흔들었다.

"불가능합니다. 전기실 회식은 연례행사 급으로 드문 일이거든요."

"빨리 집에 가서 화장 지우고 싶은데."

"저도 화장 지운 강 비서님과 놀고 싶은데."

"회사에서는 입조심 좀 해줄래요?"

"저 좀 예뻐해 주시라니까."

"흠……. 제가 남자를 좀 예뻐하기는 하지만, 성 대리님 정도 외모로는 턱도 없어요."

"하긴 우리 부회장님 보고 나면 성에 차기 힘들죠."

"쳇! 부회장님이요? 됐다고 그래요."

으어!

꺄악!

갑자기 눈앞에 나타난 인영을 보고 동시에 비명을 지른 덕심과 익준은 너무 놀라 부둥켜안았다. 잠시 나누었던 대화를 성훈이 듣지 않았을까 하는 걱정부터 들었다. 삐딱하게 버티고 서서 두 남녀를 쳐다보는 성훈의 예리한 눈매를 보니 걱정이 한층 깊어졌다.

"지금 두 사람 뭐 하는 겁니까? 신성한 사무실에서 사내연애에 깊이 몰입한 겁니까?"

말도 안 되는 비난을 들은 덕심과 익준은 서로를 밀쳐내듯 퍼뜩 뛰어올랐다. 방금 무슨 오해를 산 거야. 농담으로 지나치기에는 노골적인 비난이 느껴지는 눈빛이라 덕심은 새삼 억울했다.

"아니, 부회장님. 강 비서님 나이가 몇인데 한창때인 저하고. 후우."

진심으로 뿔 딱지가 난 사람처럼 익준은 신경 써서 멋을 낸 머리를 거칠게 흩트리며 따졌다.

"오늘 전기실 회식은 열외 없습니다. 모두 참석하도록 하세요."

뚝뚝 끊어지는 말투가 강압적이었다. 합리적이라고 소문이 자자한 젊은 오너 마성훈은 어딜 갔단 말인가? 역시 만들어진 이미지에 속아 넘어간 사람들이 믿고 싶은 대로 만든 환상일지도.

"아니 젊은 사람이 왜 저렇게 사고가 유연하지를 못해. 저래서 큰일 하겠어?"

덕심은 이미 큰일을 하고도 남는 보스의 뒷모습을 흘겨보면서 투덜거렸다.

종일 유치한 감정에 휘둘린 성훈은 두 팔 사이에 머리를 묻고 자괴감과 사투를 벌였다. 이성이 주인을 통제하지 못하는 기이한 경험이었다. 그럴 생각이 아니었는데 어느새 끼어들어, 되지도 않는 소리를 지껄였다. 도대체 강 비서의 매력이 무엇이길래 장 실장에 이어서 성 대리까지. 최 과장은 엄마 허락 없이 여자를 사귀지 못하니 패스. 망상에 빠져든 성훈은 논리와 객관성을 잃은 지 오래였다. 깊이를 모르고 굴을 파고든 그의 머릿속에서 강덕심은 이미 마성의 매력녀로 자리 잡고 있었다. 익준이 대들 듯 따진 나이 차이도 관대한 마음으로 이해했다. 어느덧 자신과 덕심의 나이 차이까지 계산하고 있었다.

덕심의 예상대로 회식은 바늘방석이었다. 가야금 소리가 은은한 한정식집에서 맛본 1인분에 수십만 원씩 하는 한우 갈비도, 번쩍번쩍 빛나는 실내 장식에 눈이 멀 것 같은 프라이빗 클럽에서의 뒤풀이도 그저 그랬다. 무대에서는 오늘을 마지막으로 길고 긴 휴가에 들어가는 명장이 온갖 멋진 척을 하며 발라드를 불러대고 있었다. 선곡도 엄마에게 물어보고 한 것인지 꽤 오래된 유행가였다. 온더록스 잔에 얼음을 채우면서 덕심은 혀를 찼다.

"나는 부서 회식에 부서장이 따라오는 건 정말 아니라고 생각해요."

"그거 지금 나 들으라고 하는 말이야?"

과장되게 억울한 표정을 짓는 호군의 어깨를 툭 친 덕심이 까르르 웃었다.

"우리 부서는 좀 특수하잖아요. 우리의 부서장은 부회장님이잖아요."

"그런데 강 비서, 원래 우리 부회장님 얼굴 보는 것 좋아했잖아."

"좋아했죠. 한때는 얼굴만 봐도 무릉도원을 걷는 것 같았어요. 얼굴 보다가 도낏자루 썩는 줄도 모를 만큼 사랑했어요."

"사랑했다고?"

"이거 왜 이러세요. 껍데기만요."

덕심은 장난스럽게 웃으며 되묻는 호군에게 버럭 성을 냈다.

"하지만 내 자존감을 깎아 먹으면서까지는 아닌 것 같아요. 나는 나를 제일 사랑하거든요."

"강 비서는 사랑을 해봤어?"

"해봤죠. 저 이래 봬도 연애 박사였어요."

"아직 어리네. 연애 말고 사랑 말이야."

처연하게 가라앉는 호군의 눈빛 앞에서 덕심은 조용해졌다. 은수에게 들은 호군의 순애보를 떠올리자 그의 앞에서 함부로 사랑을 논하는 것이 예의에 어긋나는 것 같았다. 대학 시절부터 사귀었던 여자 친구는 호군의 프러포즈를 받고 한 달 후에 불치병 판정을 받았다. 손쓸 틈도 없이 병이 깊어진 여자 친구를 포기하지 않고 결혼한 호군은 아내를 지극정성으로 돌봤다고 했다. 그들의 애틋하고 행복했던 결혼 생활은 1년도 유지하지 못하고 끝이 났다. 아직도 아내를 잊지 못해 재혼하지 않는다는 남자. 부드럽고 중후한 미소를 볼 때마다 그 다운 러브스토리라는 생각이 들었다. 명장의 옆에서 코러스를 넣어주던 익준이 뛰어오더니 덕심의 옆에 딱 붙어 앉았다.

"누나도 한 곡 불러요."

"성 대리님, 제발 입조심 하라니까요?"

신경질적으로 어깨를 떨치며 익준을 밀어내는 덕심을 본 호군이 빙긋이 웃었다.

"익준이가 집안에서 막내라 그런지 장난도 심하고 애교가 많죠. 하지만, 강 비서 말대로 너는 언행을 좀 조심할 필요가 있어. 그러다가 부회장님 앞에서 실수 한 번 하지 싶어."

"명심 또 명심하겠습니다!"

넉살 좋게 받아치며 술잔을 받던 익준은 멀찍이 떨어져 상석에 앉은 성훈을 흘깃거렸다.

"오늘 우리 보스, 주량 넘긴 것 같지 않아요?"

익준의 말에 덕심이 눈썹을 찡그렸다.

"벌써? 얼마나 마셨다고?"

"마 세자 저하는 곱게 자라셔서 그런지 주량이 약한 편이에요."

호군이 엄한 목소리로 익준을 혼내는 소리를 들으면서 덕심은 자리에서 일어났다. 유난히 길게 찍힌 전화번호를 확인한 덕심은 설레는 마음을 안고 밖으로 나갔다.

"내 동생, 이 시간에 웬일이야?"

ㅡ 공부하다가 누나 생각나서. 통화한 지 너무 오래된 것도 같
고. 건강하게 잘 지내지?

건강한 덕준의 목소리를 듣는 덕심의 입가에 행복한 미소가 떠
올랐다.

"그럼. 잘 있지."

ㅡ 집에 별일은 없고? 아빠는 통 연락이 안 돼.

아빠의 안부를 묻는 소리에 덕심은 터져 나오려는 한숨을 힘겹
게 삼켰다.

"워낙 바쁘시잖아. 그러려니 해."

ㅡ 누나 속 썩일까 봐 그러지.

"이제 나이 들어서 그러지도 못해. 걱정하지 말고 너는 공부나
열심히 해."

통화를 마친 덕심은 무거워진 마음을 털어내기 위해 밤공기를
깊이 들이마셨다. 오랜만에 주량을 살짝 넘겼더니 가벼운 두통이
느껴졌다. 잔머리 하나 없이 바짝 묶었던 머리를 풀자 두피가 편
안하게 이완되는 느낌에 눈이 감겼다.

"강덕심 씨."

머리카락 사이사이에 손가락을 넣고 흔들던 덕심은 그대로 굳
어졌다. 어눌하지만 듣기 좋은 목소리는 분명 그녀의 보스, 마성
훈 부회장의 것이었다.

"네. 부회장님. 여기는 왜 나오셨어요?"

"더워서요. 잠시, 바람이나, 쐴까, 하고, 나왔습니다."

술에 취한 티를 내고 싶지 않은 자존심인지 성훈은 뭉개지는 발
음을 감추기 위해 신경 쓰는 것 같았다.

귀엽네. 우리 부회장.

"여기 잠시 계시겠어요? 들어가서 생수 한 병 가져올게요. 싫으시면 성 대리님 통해서."

"아니. 아니. 강 비서."

덕심의 말을 끊은 성훈은 휘청이는 몸을 바로 세웠다.

"네. 말씀하세요."

그러나 성훈은 더 이상 말을 잇지 않았다. 대신 한 걸음, 두 걸음. 도장을 찍듯 정확한 걸음으로 다가오고 있었다. 왜 또 저러는 거야. 그나마 한번 경험이 있었고, 그믐달이 뜬 어두운 밤이고, 상대는 술에 취했다. 그가 다가오는 만큼 멀어지는 덕심의 표정이 여유로울 수 있는 이유였다.

"그대로 서 있어, 줘요."

"네?"

"부탁합니다. 그대로, 있어 주세요."

평소에도 오만하고 드라이한 말투일지언정 매너를 잃지 않는 성훈의 말투가 더욱 정중해져 있었다. 간절하게 부탁하는 마성훈은 처음이었다.

"잠깐이면 됩니다. 나쁜 짓 하려는 것도 아닙니다. 제가 꼭 확인하고 싶은 게 있어서 그래요."

취한 중에도 경계하는 덕심을 걱정하는 모양이었다.

"부회장님, 많이 취하신 것 같아요."

성훈의 부탁을 들어줄 마음이 생긴 덕심이 넌지시 그의 상태를 물었다.

"네. 진짜 많이 마시긴 했습니다. 생각이 복잡해서 마셨는데, 더

어지러워졌어요."

취했으니까 어지럽지, 이 사람아. 덕심이 피식하고 웃음을 터트리자 성훈도 따라서 미소 지었다. 그러자 성훈의 잘생긴 외모를 더욱 빛내주는 디테일이 눈에 들어왔다. 그의 도톰한 아랫입술 한가운데에 세로로 패인 줄이 오늘 밤 유독 섹시해 보였다.

"이제부터, 가까이 가겠습니다."

우두커니 서 있는 덕심이 허락했다고 판단한 성훈이 천천히 다가오기 시작했다. 다섯, 넷, 셋, 둘. 두 걸음을 사이에 둔 성훈이 잠시 멈추었다. 어두운 거리를 관통하는 찬 바람이 덕심의 긴 머리를 훑고 지나갔다. 꽁꽁 싸맨 머리칼 속에 묻어 있던 향긋한 샴푸 향이 성훈의 코끝을 스쳤다.

"이것 봐요. 아무렇지 않다니까요. 강 비서님 냄새가 나는데도 말이죠."

덕심은 터져 나오려는 웃음을 삼키면서 고리타분한 뿔테 안경을 고쳐 썼다. 척, 척. 가까워져 마주 선 성훈이 고개를 갸웃 기울였다.

"역시 아무 일도 없어. 그래서 내가 괜찮아진 줄 알고 선을 본 겁니다."

"제가 죄송해야 할까요?"

"아니요. 강 비서가 왜. 내가 문제지."

성훈이 허리를 숙이는 바람에 둘의 얼굴이 가까워졌다. 흠칫 뒤로 물러서는 덕심의 등을 손으로 받친 성훈이 물었다.

"애인 있어요?"

"네에?"

생각지도 못한 질문을 받은 덕심은 지금 성훈에게 안겨있다시피한 현실까지 망각했다. 미친놈 보듯 입매를 일그러트린 덕심을 시무룩하게 바라보던 성훈이 한 번 더 물었다.

"애인 말입니다. 남자친구, 있습니까?"

"아니요. 없습니다."

그제야 꽤 망측한 자세인 것을 깨달은 덕심이 성훈의 팔을 떼어낸 후 몇 걸음 떨어졌다. 덕심의 단호한 태도에 실망한 성훈은 주인에게 거절당한 골든레트리버처럼 귀가 축 처진 꼴이었다.

"그럼. 그…… 뭐라더라. 어항 관리? 수조 관리? 뭐 그런 겁니까?"

"어장관리 말씀이신가요? 제가 그러고 다니는 거냐고 묻는 거예요?"

"네. 성 대리도 그렇고 장 실장님하고도."

자신의 비밀을 아는 두 사람과 편하게 어울리는 걸 두고 하는 말인가? 취했네, 취했어. 그렇지 않고서야 어떻게 저런 뻔한 오해를 할 수 있어? 덕심은 어이없어서 터지는 웃음을 참지 못했다. 픕!

"팜프파탈."

프랑스 샹파뉴 지방에서나 들을 것 같은 매끄러운 발음이 성훈의 섹시한 입술에서 흘러나왔다. 마치 솜사탕을 혀끝에 올려놓고 굴리는 것 같은 달콤한 발음으로 덕심을 요부라고 비난하고 있었다.

"도대체 무슨 말씀이세요?"

"내가, 그렇게 별로입니까?"

"하…… 부회장님, 지금 흑역사 만들고 계십니다. 편의점에 가서 숙취 해소 드링크라도 사 와야겠어요.”

“부회장님이요? 쳇! 됐다. 그래요!”

느닷없이 튀어나온 성훈의 여성스러운 말투를 들은 덕심의 얼굴이 기괴하게 일그러졌다.

“아까 성 대리한테 그렇게 말했지 않습니까? 내가 못 들은 줄 아십니까?”

“지금. 제 흉내를 내신 거예요? 부회장님, 정말 정신 차리셔야겠어요. 누가 보기라도 하면 큰일 나겠습니다.”

덕심은 매의 눈으로 주변을 살폈다. 여느 연예인 못지않게 화제를 몰고 다닐 뿐만 아니라 인기도 굉장한 성훈을 노린 파파라치가 지켜보고 있을지 모를 일이니까.

“감히, 나한테 그런 말을 하다니. 강 비서가 처음입니다.”

삐친 거야? 지금? 아무리 생각해도 호군에게 들은 정보 중에 마성훈의 주사나 주정에 관한 것은 없었다. 원래 취하면 이렇게 유치하고…… 귀여워지는 건가? 팟! 불이 붙었다. 덕심은 자존감을 짓밟는 성훈 때문에 꺼져 가던 애정의 불꽃이 다시 살아나는 것을 느꼈다. 몹쓸 얼굴 지상주의 같으니. 두 번째 덕통사고를 피하지 못한 덕심은 땅이 꺼지라 한숨을 쉬었다.

“부회장님 잘 생기셨습니다. 개인의 취향이나 호불호 따위도 소용없을 정도로 그냥 매우, 몹시 잘나셨다고요.”

“압니다.”

그 당연한 것을 이제 알았냐는 듯, 심드렁한 대꾸를 들은 덕심이 푸스스 웃었다. 생각해보니 이런 진귀한 상황을 언제 또 겪어보겠나 싶었다. 느슨하게 풀어지고, 아이처럼 투덜거리고, 불쌍한 척 매달리는 마윤 그룹 부회장을.

"사진으로 남기고 싶다."

홍보실에서 넘겨주는 설정으로 가득한 사진 말고, 생생하게 살아있는 오직 나만 아는 모습을 남기고 싶은 열망이 오랜만에 용솟음쳤다.

"찍어요. 찍어. 우리 강 비서가 원하면 찍어야지."

씨익 웃는 미소가 어찌나 싱그러운지, 정말 사진으로 남기지 않으면 후회할 것 같았다. 허락이 떨어지길 기다렸다는 듯 덕심은 바로 핸드폰 카메라를 켰다. 요모조모로 각도를 바꿔가며 사정없이 찍어대는 데도 성훈은 가만히 있었다. 딱히 포즈를 잡지도 않고 편하고 자연스럽게 있는 모습이 걸작으로 남는 순간이었다. 여한 없는 촬영을 마친 덕심이 후련하게 외쳤다.

"밤바람이 꽤 쌀쌀합니다. 그만 들어가시죠."

"강 비서."

무심하게 돌아서는 덕심에게 팔을 뻗던 성훈이 크게 휘청거렸다. 술기운 탓에 거리를 제대로 가늠하지 못하고 그대로 몸이 쏟아졌다.

"엄마야!"

커다란 성훈의 덩치가 덮치면서 두 사람이 바닥에 고꾸라졌다. 으으응. 어디선가 남심을 자극하는 가녀린 신음성이 흘러나왔다. 덕심과 눈이 마주친 성훈이 화들짝 놀라 소리쳤다.

"강덕심!"

품에 안겼다고 보기도 어설픈 자세로 넓은 등판 아래에 갇힌 덕심이 원망스러운 눈길로 성훈을 쳐다보았다.

"예쁜 것 봐……."

성훈은 밑에 깔린 사람을 구할 생각도 못 하고 넋이 빠져 중얼거렸다.

"좀, 비켜주세요."

"아! 미안."

덕심은 부축하려고 허둥거리는 성훈을 밀어내고 어딘가로 날아간 안경을 찾아 더듬거렸다.

"이게 무슨 일이야!"

호군의 목소리가 한산한 밤거리에 쩌렁쩌렁 울렸다. 밖으로 나간 두 사람이 한참이 지나도 돌아오지 않자 걱정이 되어 나왔다가 이상한 광경을 목격하고 말았다. 바닥을 기어 다니며 더듬거리는 덕심과 역시 바닥에 널브러져 앉아 혼이 나간 성훈. 덕심이 바람에 날리는 머리를 쓸어 올리며 호군에게 손짓했다.

"실장님, 부회장님 좀 부축해서 들어가세요. 저는 안경을 좀 찾아야 해요."

"괜찮겠어? 익준이 나오라고 할게."

"아니에요. 안경만 찾으면 돼요. 그리고 부회장님은…… 너무 취한 것 같으니 집으로 모셔야겠어요."

"그래. 이만 정리하자."

처음 보는 성훈의 흐트러진 모습에 호군도 놀란 눈치였다.

그냥 카메라를 갖다 대면 되는 사람. 포즈도 구도도 조명도 필요 없을 지경으로 잘생긴 남자. 덕심은 오늘 건진 사진을 한 장 한 장 넘기며 흐뭇하게 웃었다. 최고의 홈마로 날리던 때의 실력까지 더한 사진 속 성훈은 아름답기까지 했다.

"그동안의 서운함이 씻은 듯이 사라지네요. 부회장님."

어두운 밤, 헝클어진 앞머리 아래로 보이는 남자의 풀어진 눈빛. 이렇게 섹시한데, 술에 취한 모습이라고 누가 믿을까. 가장 마음에 드는 사진이었다. 그렇게 남자의 아름다움에 취한 덕심은 행복한 입꼬리를 내리지도 못하고 잠이 들었다.

'예쁜 것 봐.'

투명하게 반짝이는 갈색 눈동자는 햇살 아래 빛나는 물비늘보다 찬란했다. 마주 선 강 비서는 평소보다 훨씬 아름답고 젊어 보였다. 그러고 보니 회춘이라도 한 것처럼 강 비서는 젊은 아가씨의 모습이었다.

'제가 정말 예쁜가요?'

목에 감기는 강 비서의 두 팔이 어린 살결처럼 보드라웠다. 단단한 가슴에 살포시 닿으면서 납작하게 눌리는 말랑한 감촉을 느낀 몸이 부르르 떨렸다. 작은 몸을 성이 차도록 꽉 끌어안자 길고 풍성한 머리채에서 풀 내음이 풍겼다. 폐가 터지도록 가슴 가득 숨을 들이마셨다.

꼬끼오. 푸드덕푸드덕. 꼬끼오 꼭꼬!

"헉!"

눈을 번쩍 뜬 성훈은 눈에 보이는 낯익은 실내와 방금 겪은 꿈 사이에서 방황했다. 날이 밝았다며 요란하게 설쳐대는 핸드폰 알람 소리를 배경으로 놀란 가슴을 진정해보려 노력했다. 서서히 정신이 들면서 꿈과 현실의 경계가 뚜렷해졌다. 연이어 어젯밤 자신이 무슨 짓을 저질렀는지 명석한 머리가 기억을 소환했다.

'애인 있어요?'
'부회장님, 지금 흑역사 만들고 계십니다.'
'예쁜 것 봐.'

뭐라고!
벌떡 몸을 일으킨 성훈은 거친 숨을 헐떡거렸다. 어젯밤, 내가 강 비서한테 그런 말을 했단 말인가. 아니야, 꿈일 거야. 꿈에서 본 장면이야. 되뇔수록 자신이 없었다. 얼어 죽을 기억력이 원망스럽도록 선명하게 곧이곧대로 떠오르고 있었으니까. 내가 그 나이 많은 아주머니하고. 차라리 게이라는 소문이 낫지. 그렇게 우기며 스스로를 속여 보려고 노력했다. 꿈에서 본 덕심의 눈동자가 아직도 눈앞에 선했다.
"마성훈, 정신 차리자. 지난주에 김 박사님 진료를 건너뛰어서 그래."
정신을 차리기 위해 애꿎은 머리를 벅벅 긁으며 침대에서 일어났다. 그리고 눈에 들어왔다. 거추장스럽게 걸려있는 시트. 빳빳하게 곧추선 몸의 중심, 그곳에 걸쳐진 시트가 성훈이 움직이는 동선을 따라오다가 바닥에 툭 떨어졌다. 일생 중력에 순응하던 녀석이 반기를 들었다.

"네가 왜, 이제 와서 힘을 주고 그래."

팽팽하게 고개를 쳐들고 대드는 녀석을 생경한 눈으로 쳐다보던 성훈이 넋 나간 실소를 터트렸다.

평소보다 문이 거칠게 열렸고, 성훈이 유난히 신경질적으로 넥타이를 끌어 내리면서 들어왔다. 어제 그렇게 순했던 남자라는 사실을 믿을 수 없도록 냉정한 모습이었다. 그러나 차가운 표정에 그렇지 못한 귓불을 알아챈 이는 아무도 없었다. 화끈화끈한 귓불을 문지르며 자리에 앉은 성훈의 시야에 가지런히 놓인 숙취 해소제와 생수병이 보였다. 하얀 장갑을 끼고 준비했을 덕심이 생각났다.

"손이 어떻게 생겼더라."

또다시 떠오르는 쓸데없는 관심을 끊어내며 거친 손길로 숙취 해소제를 낚아채 입에 털어 넣었다. 빨리 먹어서 눈앞에서 치워야 이 말도 안 되는 잡념이 사라질 테니까. 덕심은 벌써 겨울이 왔나 싶도록 찬바람을 일으키고 사라진 성훈이 남긴 잔상을 곱씹었다.

"실장님, 아침에 무슨 일 있었어요?"

"아니. 숙취 때문인지 컨디션이 좋지 않으셔. 그러니까 오늘 특별히 정신 차리고 일하자고."

고개를 끄덕인 덕심이 익준에게 다가갔다.

"부회장님께는 성 대리님이 들어가세요. 이건 오늘 일정 목록이

고요, 이건 오늘 아침 뉴욕타임스하고 블룸버그 통신 정리한 것 그리고 이건."

"왜요. 어제 부회장님하고 의기투합하신 것 같은데 강 비서님이 들어가시지."

"어제는…… 술김이신 것 같은데요."

"아무리 술김이래도 기억하실 텐데요. 언제까지 이렇게 붕 뜬 위치로 계실 건데요. 이제 최 과장님도 빠져서 강 비서님이 할 일이 더 많아지는데."

완곡하게 거절하는 익준에게 더 부탁할 수 없었다. 덕심은 서류와 태블릿을 챙겨 들고 부회장실을 노크했다. 문을 열고 들어가자 역광을 받고 선 성훈의 늘씬한 윤곽이 그녀를 반겼다.

"좋은 아침입니다. 부회장님."

또각또각 걸어 들어오는 덕심의 발소리를 듣던 성훈이 고개를 돌렸다. 성훈이 지시했던 일정한 거리에서 멈춘 덕심이 태블릿을 들고 오늘 있을 일정을 읊었다.

"십오 분 후에 대면 결재가 있습니다."

"누굽니까."

"네트워크 사업부, 한상국 사장님입니다."

몇 가지 중요한 일정을 더 체크한 후 망설이던 덕심이 걸음을 뗐다. 뚜벅뚜벅. 책상 위에 서류를 올려놓는 덕심의 귀에 들리는 발소리, 성훈이 다가오고 있었다.

"이만 나가보겠습니다앗!"

공손히 고개를 숙이려던 덕심은 오히려 고개를 쳐들어야 했다. 덕심의 턱을 붙든 성훈의 집요한 눈길과 마주친 순간 무의식적으로 손이 나갔다. 퍼억!

위기 앞에서 괴력이 솟았다. 굳이 마음까지 먹을 틈도 없이 무심코 휘두른 풀스윙의 위력은 실속 있었다. 고개가 획 돌아간 성훈의 날렵한 턱선을 보고 감탄하느라 뒤늦게 놀란 덕심이 거친 숨을 들이켰다. 죄송하다는 말도 나오지 않을 만큼 덕심도 놀란 상황이었다.

"지금…… 뭐한 겁니까?"

느릿한 손길로 턱을 쓰다듬으며 고개를 돌린 성훈의 시선은 냉혹했다. 세자 저하의 옥체에 흠집을 낸 무수리처럼 납작 엎드려 '죽여주시옵소서!'를 외쳐야 할 때였다.

"어, 어떡하죠?"

"그걸 지금 왜 저한테 묻습니까?"

세상에! 부었어! 벌겋게 부푸는 성훈의 한쪽 뺨을 발견한 덕심이 허공에서 헤매던 손을 그의 얼굴로 가져갔다.

"지금 어디에 손을 댑니까?"

신경질적으로 뿌리친 팔뚝에 호리호리한 덕심의 몸이 가볍게 나부꼈다. 키가 190㎝에 육박하고 어깨가 아틀라스산맥 같은 남자에게 내쳐진 여자는 종잇장처럼 팔랑거렸다. 한 바퀴 빙글, 턴을 한 덕심이 소파 팔걸이에 머리를 부딪친 후 바닥으로 주르륵 미끄러졌다.

"강, 강 비서!"

순식간에 입장이 뒤바뀌어 성훈이 소스라치게 놀랄 차례였다. 다급하게 외친 성훈이 머리를 부여잡고 웅크리고 있는 덕심의 앞으로 몸을 던졌다.

"어디 봅시다. 괜찮습니까?"

"이거 놓으세요!"

얼굴을 들여다보려는 성훈을 밀어낸 덕심은 콧등에 걸린 안경을 추어올렸다. 벌써 푸른빛을 띠기 시작한 이마의 혹을 발견한 성훈이 안절부절못했다.

"아파. 아파도 너무 아파."

주섬주섬 자리에서 일어난 덕심은 흐트러진 옷차림을 점검하면서 씩씩거렸다.

"해도 너무하시네요. 아랫사람으로서 참으려고 했지만요. 솔직히 잘못은 부회장님이 먼저 하셨어요."

"……"

성훈은 입이 백 개라도 할 말이 없었다. 붉게 상기된 얼굴에 푸른 멍이 눈과 양심을 아프게 찔렀다.

"제가 아무리 나이 많은……. 그래요, 남들이 말하는 아줌마라고 해도 그렇지. 여자 얼굴을 함부로 만지질 않나. 정말 무례하세요."

고개가 점점 땅으로 꺼지는 성훈을 보자 덕심은 더욱 용기가 솟았다. 그동안 쌓인 것들이 얼씨구나 튀어나오기 시작했다.

"언제는 가까이 오지 말라고 윽박지르고, 같은 공간에서 숨 쉬는 것도 토 나온다고 해놓고 이제는 막, 막……."

"미안해요. 강 비서."

울먹거리는 눈으로 자신을 노려보는 덕심 앞에 차분하게 선 성훈이 재차 사과했다.

"내가 실수했어요. 그런데 그건 내 병이라서 나도 어쩔 수 없었던 부분입니다. 강 비서한테만 요구한 건 아닙니다."

"저도 병이거든요. 남자가 가까이 다가오는 것 저도 싫습니다. 질색입니다."

"그럼 강 비서도 비슷한……. 그래서 아직 독신으로?"

"반가워하지 마세요. 그리고 떨어져 주세요."

싸늘하게 돌아섰던 덕심은 문을 나서기 전 사무적인 강 비서로 돌아왔다.

"부회장님, 대면 결제 시간이 됐습니다."

탁, 문 닫히는 소리와 함께 덕심은 가슴을 쓸어내렸다. 욱신거리는 이마를 거울에 비쳐 보니 생각보다 심각한 파란 색이었다. 그래도 몸으로 때워서 위기를 넘겼으니 다행이었다.

그나저나 부회장의 증상이 갑자기 호전된 이유가 뭔지 궁금했다. 혹시 젊은 여자한테만 그랬던 건 아닐까? 골똘히 생각에 빠진 덕심의 의식을 깨우는 노크 소리가 들렸다. 장난스럽게 웃던 익준이 덕심의 이마를 보고 눈을 부릅떴다.

"강 비서님, 이마가 왜 그래요?"

"아, 부딪혔어요."

"정말이에요? 혹시 부회장님이 한 대 친 것 아니에요?"

엄밀히 말하면 부회장이 휘두른 팔에 맞은 거지만 그래도…….

"멀쩡한 부회장님을 왜 이상한 사람 만들어요. 그나저나 왜 왔어요?"

"체육 대회 때 입을 트레이닝복 신청하라고 해서 제가 강 비서님 것까지 알아서 신청했어요."

"우리 부서는 체육 대회 참가 안 한다면서요."

"그래도 옷은 나눠주나 봐요. 보니까 엄청 고가 브랜드에다 디자인도 괜찮더라고요."

"네. 알겠어요."

"의무실에 가서 파스라도 발라요. 이마 중앙이라서 되게 웃겨요. 연세도 있으신 분이."

덕심은 짓궂게 놀리는 익준을 사납게 노려봤다.

"알았다고요!"

동생처럼 귀엽다가도 깐족거릴 때는 얄미워서 한 대 쥐어박고 싶었다.

"메이크업을 더 정교하게 해야겠어."

비장하게 혼잣말하는 덕심을 한심하게 쳐다보던 은수가 코웃음을 쳤다.

"안 들켜. 걱정하지 마. 하긴 멍 때문에 컨실러를 더 두껍게 바르긴 해야겠다."

"왜 이렇게 화장이 진하냐고 물었어."

"누가? 회사 사람들이?"

"아니, 부회장님이."

"시력이 꽤 좋은가보다? 거들떠보지도 않고 다섯 보 이상 가까이하지도 않는다면서."

심오한 시선을 허공 어딘가에 두었던 덕심이 천천히 고개를 내저었다.

"요즘 이상해졌어. 갑자기 나한테는 아무 증상이 안 나타난다고 하면서 막 얼굴을 들이밀고 냄새 맡고 그런다니까."

"그래서. 진짜로 아무렇지도 않고?"

"그런가 봐. 자꾸 나를 붙들고 자기가 괜찮아진 건지 아닌지 확인하려고 들어서 귀찮아."

곰곰이 있던 은수가 긴밀한 목소리로 물었다.

"널 좋아하는 건 아니고?"

"갑자기 스토리가 왜 그리로 튀어?"

"네 화려한 전적을 거슬러 올라가 보면, 가능성이 없지 않으니까."

"이번에는 아니야. 그리고 지나치게 못 오를 나무잖아. 생각만 해도 피곤이 몰려온다."

미간을 좁힌 덕심이 부르르 진저리를 쳤다.

"그건 그래. 뽕알 두 쪽밖에 없는 염찬수 그 자식도 시댁에서 그렇게 유세를 떨었잖아. 마윤 그룹이면 어떨지 상상도 못 하겠다. 그런 집안은 이혼도 어렵다는데."

"그러니까. 하루빨리 스캔들 하나 터트려서 팔자 고치고 빠져나올 거야. 내 평생에 이렇게 피로한 덕질은 처음이야."

"노심초사하느라 행복하지 않아서 그래. '어덕행덕'이 그냥 생긴 말이 아니다."

"그러게. 어차피 덕질할 거면 행복하게 덕질해야 하는데 말이야. 그게 안 되니까 아무리 보기 좋은 떡이라도 얹힌단 말이지."

"일단 여자를 가까이할 수 있게 됐으니 반은 성공한 것 아니야? 다른 여자들도 괜찮대?"

그 점은 덕심도 궁금했다. 다른 여자. 그게 중요한 거니까.

"아직 그 정도는 아닌가 봐. 게다가 그 가까이할 수 있는 여자에서 나는 제외야."

'젊고 스펙 좋은 신붓감.' 성훈이 육체적, 정신적으로 아무 이상 없는 남자라는 소문이 파다해질 것. 고이란 회장이 내세운 조건이었다.

"정말 고 회장님이 바라는 대로 면역이란 게 생긴 걸까? 그러면 조만간 다른 여자들도 가능하지 않을까?"

"면역? 그럼 조금씩 다른 여자들도 만나봐야 하는 것 아니야?"

"은수야, 아무래도 내가 너무 겁 없이 덤볐나 봐. 어려워."

"긍정적으로 생각해. 성공 못 해도 최소한 고액 연봉은 보장받잖아."

생각보다 쉽지 않고 오기와 패기도 바닥나고 있었다.

"인간의 욕심은 끝이 없어. 처음에는 초봉 5천만 해도 좋더니 지금은 그놈의 10억을 포기 못 하겠어."

"그럼. 돈만 생각하고 부회장을 확 꼬셔 버려! 어차피 산 좋고 정자 좋고 와이파이까지 잘 터지는 건 무리야."

"너……. 내 연애의 끝이 전부 어땠는 줄 아는 애가 할 말이니?"

팬과 스타로 만났던 구 남친들. 쟁쟁한 스타들이 덕심에게 사랑을 고백했고, 그들의 고통을 모른 척할 수 없어 마음을 받아 주었다.

'너는 나를 한 남자로 봐줄 수는 없는 거야?'

'질렸다. 팬인지 여자친구인지 구분이 안 가는 관계를 더는 못

참겠어.'

'그냥 화면 속의 나만 사랑해줘. 그동안 재미있었다.'

'상담 치료라도 받아 봐. 너 같은 애들을 오타쿠라고 하던데. 심해지면 사회 부적응자가 된다더라.'

더는 그런 이별의 말을 듣고 싶지 않았다. 성훈이 자신과 사랑에 빠질 확률이 없다는 게 천만다행이었다. 결혼한다면 그저 무명의 평범한 남자를 만나서 알콩달콩 살고 싶었다.

"그나저나 은수야, 너는 연애 안 하니? 이제 홀가분한 데다 부자까지 됐으니 좀 즐겨."

"너야말로 왜 갑자기 스토리 전환이야?"

"성 대리가 너 좋다잖아."

"꺼지라고 해라. 물론 그치도 생긴 건 반반하다만 조신한 맛이 없어. 너무 나대."

얼굴 지상주의자인 주제에 역설적으로 연애는 관심 없는 두 여자가 동시에 고개를 주억거렸다.

덕심의 이마에 볼록 솟은 혹이 가라앉고 푸른 멍이 옅은 노란색으로 변할 때까지 성훈은 잠잠했다. 여전히 덕심과 다섯 걸음의 거리를 사이에 두었지만, 전처럼 까칠하게 굴거나 무시하는 일은 없었다.

성훈은 틈나는 대로 고민하면서 티 나지 않게 덕심을 관찰했다.

오래 묵은 트라우마, 어느 날 문득 나타난 강비서, 갑자기 호전되는 듯한 증상. 덕심 이외에도 괜찮은 여자들이 있을까 이리저리 부대껴 봤지만, 결과는 절망적이었다. 심지어 하도 덕심을 관찰해서 그런지 꿈에 나오는 횟수가 부쩍 늘었고, 아침마다 신체 건강한 대한 남아인 것을 확인하는 괴로움도 컸다. 그것도 모르고 덕심은 다른 여인들과 성훈의 만남을 성사시킬 방법을 모색하느라 진짜로 머리가 하얗게 셀 지경이었다.

"더는 시간을 허비할 수 없어. 사활을 걸고 최선을 다해야 해."

호텔 베이커리에서 오후 간식으로 낼 크렘 브륄레를 찾아 나오면서 덕심은 결심을 다잡았다. 야무지게 주먹을 쥐고 횡단보도를 건넌 덕심의 앞을 가로막는 여자가 있었다. 예쁘장한 얼굴에 도도하게 흐르는 빛이 꽤 자존심 강한 타입으로 보였다.

"왜 이러시죠?"

"린 로이스예요."

"그런데요."

다짜고짜 통성명하는 여자에게 뾰족하게 받아치던 덕심의 뇌리에 불현듯 떠오른 기억.

'로이스 가문인데 콜롬비아 후배이기도 해.'

마동준 전무가 부회장에게 디밀었던 맞선 상대가 바로 너로구나. 눈동자를 굴리더니 슬며시 미소 짓는 덕심을 위아래로 훑어본 린이 실소를 터트렸다.

"유일하게 가까이하는 여자라더니. 겨우 이런 늙다리를."

146

화장 까면 내가 너쯤은 발라버린단다. 그 정도 반응은 이제 아무렇지도 않은 덕심이 비서답게 웃어 보였다.

"우리 부회장님께 무슨 볼일이라도 있으신가요?"

"난, 복수할 거예요."

"네? 뭘요?"

"감히 나를 무시하다니……. 차도 내가 차겠어요."

누구를? 부회장을? 차고 싶어도 사귀어야 찰 것이 아닌가.

"얼마면 돼요?"

한국어가 부족해서 이리도 뒤죽박죽인 건가.

"내가 마성훈 씨와 가까워질 수 있게 도와주면 대가는 충분히 지급하겠어요."

이것은 부업일까 아르바이트일까. 덕심은 갑자기 명림이 떠올랐다. 성훈에게 네가 적임자라는 그 예언은 똥파리가 남긴 헛소리가 아니었나 보다.

은밀한 스카우트 제의를 받은 덕심은 퇴근 후 약속 장소로 잠입했다. 밀실 같은 스위트룸에서 접선한 덕심과 린은 한동안 서로를 탐색하느라 잠잠했다. 불과 세 시간 전에 만났던 린은 옷과 머리와 화장까지 달라져 있었다. 자신을 아끼고 사랑하는 데 여념이 없는 티가 났다.

"아까 하던 말을 계속해 보죠."

꽃 그림이 화사한 홍차 잔 손잡이를 붙든 린의 새끼손가락이 곧

게 펴져 있는 모습이 인상적이었다.

"계속하고 말 것도 없습니다. 저는 부회장님의 비서로서 그리고 마윤 그룹의 일원으로서."

생긴 대로 고지식한 말을 쏟아내는 덕심의 말을 끊은 린은 요란스럽게 웃으며 손을 흔들었다.

"어머, 그런 고리타분한 말은 집어치워요."

"제 말 끊지 마세요."

바비 인형같이 어여쁘고 어린 아가씨는 생애 처음 듣는 나무라는 말투에 놀란 모양이었다. 찻잔과 소서를 든 손이 떨리는지 달그락거리는 소리가 미세하게 들렸다.

'어디서든 무시당하고 오지 마세요. 내 사람들은 까도 내가 깝니다.'

그토록 잘 까대는 성훈이 한 말이 덕심을 더욱 기세등등하게 했다.

"얼마를 쳐주든 저는 로이스 양의 제안을 받아들일 생각이 없습니다."

"그렇게 충성할 처지가 아닌 거로 아는데요?"

"......?"

"무시당하고 있잖아요. 마성훈한테. 그 더러운 기분, 나도 잘 알아요."

동지의식에 호소하는 건가. 하지만 이미 익숙해진 처지라서 그런지 린이 품은 앙심을 이해할 생각은 없었다.

"몸값 올리려는 설정이라면 그냥 솔직해져요. 강덕심 씨가 제일 약한 고리라고 생각해서 접근했어요. 나 같으면 그런 대접 받으면서 붙어있지 않을 테니까요."

"로이스 양 같은 금강석 스푼은 그런 가정 자체를 세울 필요가 없죠."

가볍게 고개를 까딱한 덕심은 작별을 고했다.

"복수하든 엉덩이에 똥침을 놓던 로이스 양이 알아서 하세요. 방해하지는 않을게요. 하지만 부회장님을 사건 후에 찬다는 설정은 클래식이지만 현실성이 없어요. 어떤 남자인지 알잖아요."

린은 덕심이 나간 후에도 흘겨보던 눈을 풀지 않았다. 꽤 두둑한 보수를 제안했음에도 가볍게 차버리다니. 최저시급보다 훨씬 많이 쳐준다는 데도 눈 깜짝 안 하는 늙다리 여비서 때문에 또 한 번 자존심이 상했다.

"후줄근한 주제에 감히."

호텔 정문을 빠져나온 덕심은 빡빡하게 당겨 묶은 머리부터 풀어헤쳤다.

"아오, 머릿살 아파."

깐깐한 독신녀 설정 탓에 머지않아 탈모가 올 지경이었다. 긴 머리를 휘날리며 경쾌하게 걷는 덕심을 멀찍이서 지켜보던 호군이 시동을 걸었다. 그는 덕심을 믿지 못하는 고 회장의 지시로 간간이 미행하곤 했다. 린 로이스와 덕심의 만남이 어떤 결과를 나을지, 일단 보고는 미뤄두기로 했다.

아침부터 내리던 빗줄기는 가늘어졌지만, 종일 오는 비답게 추적추적 질기기도 했다. 희원정 마당에 앉은 고 회장과 명림은 지글지글 끓는 기름 소리를 들으며 술잔을 기울였다.

　"회장님, 감기 걸리십니다. 저희한테 맡기고 들어가시죠."

　집사는 부추전을 능숙하게 뒤집는 고 회장의 손에서 뒤집개를 뺏어버리고 싶어 손이 근질거렸다. 주변에 도열한 고용인들도 생경한 광경 앞에서 어쩔 줄을 모르고 있었다.

　"들어가라니까. 늙은이들이 마당에서 전 좀 부쳐 먹으면서 놀겠다는데 왜들 이렇게 호들갑이야."

　고 회장은 막 부쳐낸 전을 접시에 수북이 담아 집사에게 안겨주었다.

　"우리는 알아서 할 테니까 들어가서 나눠 먹어."

　"회장니임."

　곧 울음이라도 터트릴 듯 발을 굴리는 집사에게 잘 가라고 손을 흔든 고 회장은 전을 찢어서 명림의 입에 넣어주었다.

　"맛있냐?"

　"성님은 이 좋은 재주를 평생 안 쓰고 뭐 했대요? 그깟 돈 버느라 손끝에 꿀이 발린 것도 몰랐구면."

　"그러게. 내가 이렇게 음식에 소질이 있는 줄 이제야 알았네."

　멀리 구름다리를 건너오는 우산을 쓴 키 큰 남자가 보였다.

　"에휴, 아깝기도 하지. 저 인물에, 성격에. 여복이 그리 없나."

　"여자들이 복이 없는 거지. 저 아까운 남자를 채 가질 못하니. 어때, 장 실장 짝은 안 보여?"

　막걸리를 시원하게 들이켜고 캬, 소리를 요란하게 지른 명림이 고개를 저었다.

"이제는 아무것도 안 보여요. 내 마지막 신기까지 박박 긁어서 성훈이한테 썼다니까요."

가까이 온 호군이 두 노인의 우중 소풍을 보고 빙긋이 미소 지었다.

"춥지 않으세요? 맛있는 냄새가 희원정 전체에 진동합니다."

동그란 얼굴에 생긋 미소를 띤 명림이 호군을 반겼다.

"안 추워. 우리 잘생긴 장 실장은 오늘 무슨 일로 왔어? 성훈이하고 덕심이는 잘 지내고?"

"네. 다들 잘 지내고 있습니다."

뒤집개를 명림에게 넘긴 고 회장이 자리에서 일어났다. 호군이 씌워주는 우산 아래에서 한동안 조용히 걷던 고 회장이 침묵을 깼다.

"이번 주도 달라진 점이 없어? 우리 명림이가 하도 지 말을 믿으라고 해서 장단 맞춰 놀아주고는 있는데……. 역시 글렀지?"

"여전히 주변에 여자 그림자도 얼씬 못하게 하십니다. 그런데 강 비서한테는 꽤 너그러워지셨습니다."

걸음을 멈춘 고 회장은 물안개가 피어오르는 인왕산 자락에 시선을 던졌다.

"너그러워졌다는 건, 어떤 의미인가?"

"다섯 걸음을 해제하셨습니다. 그런데 오히려 강 비서가 저리 가라고 짜증을……."

내내 표정이 없던 고 회장이 고개를 돌려 호군을 바라봤다. 약간 화가 난 것도 같고 놀란 것도 같은 눈에 이채가 빛났다.

"그래서?"

"지금은 그런 상태입니다."

"우리 성훈이가 그걸 가만뒀다고?"

"네. 그리고 지난번 회식 때는 둘이 길바닥에 널브러져 있기도 했습니다."

"길바닥이라니?"

"예. 부회장님께서 많이 취한 상태라서 그랬는지 모르겠지만, 가벼운 접촉이 있었고 그 결과로 사소한 사고가 있었던 것 같습니다."

"그럼……."

강덕심이 해결의 실마리라고 했던 명림의 말은 붉은 실을 이야기한 건가. 고 회장의 표정에 묵직한 먹구름이 드리워졌다.

"알겠네. 기대하지 말아야지 하면서도 지난번 맞선이 어그러져서 많이 상심했는데 그래도 나아지는 기미가 있다니……."

마음이 놓여야 하는데, 오히려 더 불안한 것 같았다.

5. 그녀는 마성훈에게 빠지지 않았다

스타일러에서 성훈의 슈트 재킷을 꺼내는 덕심의 손에는 이제 하얀 장갑이 없었다. 덕심이 건네주는 재킷을 받아들던 성훈의 시선이 멈칫했다.

"손이 하얀데."

"네?"

유난히 피부가 고운 덕심은 덥석 쥐고 싶도록 매끄럽고 뽀얀 손등을 재빨리 뒤로 감추었다.

"손이 무척 희고 젊은데요. 얼굴이 이렇게 칙칙한데 어떻게 그렇지?"

"부회장님, 지난번에도 말씀드렸지만, 평소 공식 석상에서 하는 언어 매너만큼만 신경 써주시면 감사하겠습니다."

화나지 않은 척하느라 평소보다 더 딱딱해진 말투를 들은 성훈이 피식 웃으며 사과했다.

"아, 아. 미안합니다. 그래도 이렇게 누리끼리한 얼굴에 그렇지 못한 흰 손이라니."

"황달입니다."

덕심은 고개를 기울이는 성훈에게 다시 한번 강조했다.

"황달이라고요. 그래서 얼굴이 누리끼리하게 떴습니다."

"간이 부었군요."

어떻게 알았지? 간이 붓지 않고서야 이따위 위장 취업을 하지 못했을 거였다. 돈과 얼굴에 눈이 멀어서 접근했다는 사실을 알면 저 색기 흐르는 입술로 얼마나 힐난할까.

"그렇게 술을 잘 마시니까 간이 남아나겠습니까?"

"부회장님의 주량이 약한 겁니……. 에퉤퉤."

그날의 흑역사가 둘 사이의 화두가 되려고 했다. 성훈이 일부러 푸다닥 거리며 재킷을 걸치는 통에 덕심의 말끝이 줄어들었다. 뽀얀 먼지가 햇빛 사이로 여유롭게 날아다니는 배경으로 옷매무시를 가다듬는 성훈의 모습이 몽환적이고 보기 좋았다. 먼지조차도 벚꽃으로 승화하는 압도적 잘생김이었다. 단추를 채우던 성훈이 뭔가 생각났다는 듯 눈썹을 치켜세웠다.

"참."

"네."

"혹시 내 사진 찍지 않았어요?"

"제가요?"

덕심은 자기도 모르게 발뺌을 했다. 순간적으로 그의 사진을 개인 PC에 백업해 놓은 자신을 칭찬했다.

"그런 기억이 있는데……."

추궁하는 날카롭고 섹시한 눈빛을 접하는 순간 무기력해졌다. 영혼이 흐물흐물 나약해지고 말았다.

"잊으시죠."

결국, 뻥 치는 데 실패한 덕심이 지고 말았다.

"그 사진으로 뭐 했습니까?"

"지웠습니다."

출입문 손잡이를 돌리던 성훈이 뒤에 선 덕심을 응시했다.

"저도 술김에 찍은 사진이라서요."

"잘했습니다."

분명 칭찬 삼아 하는 말 같은데 귀에 꽂히는 느낌이 아릿했다. 성훈은 의전을 위해 따르는 익준을 보더니 걸음을 멈췄다. 딱! 허공에 손가락을 튕기면서 문가에 선 덕심을 쳐다봤다.

"성 대리는 남고, 강 비서가 따라와요."

"제, 제가요?"

"일 배워야 하지 않습니까."

심드렁하게 대꾸한 성훈이 뒤도 안 돌아보고 멀어졌다. 원래 의전 담당은 호군과 익준이고 덕심은 사무 보조 수준의 역할이었다. 한 번도 외부 일정을 의전해 본 적이 없는 덕심은 허둥거리며 익준을 쳐다봤다. 매사 느긋하고 심각한 일 없는 익준은 그저 재미있어 죽겠는 얼굴이었다.

"뭐 하세요. 겉옷하고 노트북 챙겨서 따라가셔야지요. 실장님이 계시니까 딱히 어렵지는 않을 겁니다."

익준은 '어떡해'를 연발하면서 급히 짐을 챙겨 나가는 덕심을 보며 휘파람을 불었다.

"둘이 진짜 뭐 있다니까."

부랴부랴 주차장으로 내려간 덕심은 이미 조수석을 차지한 호군에게 한껏 눈알을 부라렸다.

'여기 앉아계시면 어떡해요?'

'여기가 내 자리야.'

호군도 눈동자와 눈썹으로 의사를 전달했다.

'그럼 저는 어디 앉아요?'

"강 비서, 보닛에 앉아갈 것 아니면 어서 타지 그래요."

어깨를 축 늘어트린 덕심이 뒷자리에 앉은 성훈을 들여다봤다.

"트렁크는 빈자리 없을까요?"

어색하게 웃으며 묻는 덕심을 말끄러미 보던 성훈이 심각한 척 난감한 어조로 말했다.

"골프채가 들어있어서 그건 곤란하겠는데."

그러면서 자신의 옆자리를 눈썹으로 가리켰다.

"강 비서 때문에 벌써 1분이나 지나갔어."

사정을 다 아는 호군까지 오늘따라 냉정하게 굴었다. 하는 수없이 뒷좌석에 앉은 덕심은 가는 동안 성훈이 훑어봐야 할 연설문을 태블릿에 띄웠다.

"상생 협력 협약식의 연설문 원고입니다. 이미 보셨겠지만, 이미지 트레이닝 하시라고요."

고개를 주억거린 성훈은 금세 원고에 집중했다. 입술을 쭉 내밀고 미간을 좁힌 날렵하고 신중한 옆모습. 덕심은 본능을 자제하지 못하고 자꾸만 흘깃거렸다. 미동 없이 눈동자만 간간이 움직이던 조각상이 입을 열었다.

"사진 찍고 싶지?"

전경련 회관 앞, 으리으리한 검은색 세단들이 줄지어 섰다. 차례대로 문이 열리고 각 기업의 총수들이 내릴 때마다 카메라 플래시가 정신없이 터졌다. 성훈이 모습을 드러내자 어디서 나타났는지 알 수 없는 여자들의 환성 소리가 귀 따갑게 쏟아졌다. 아니, 전부 기자들인데 누가 이렇게 소리를 지르는가 했더니 여자 기자들이었다. 간간이 남자 기자들도 소리를 질렀지만, 압도적 데시벨 차이를 극복할 수 없었다.

익숙한 이 분위기는 무엇. 스포트라이트를 받는 Only one을 둘러싼 사람들의 환호성과 열렬한 손짓, 카메라 세례, 자신의 이름을 부르는 이들을 위해 미소 짓고 손을 흔들어주는 잘난 존재. 마치 데자뷔를 겪는 듯한 익숙함이었다. 음악방송 녹화 날, 방송국 앞에서 흔히 볼 수 있는 광경과 다를 바 없지 않은가.

"아우, 눈부셔."

오랜만이라 그런지 덕심은 카메라 플래시 때문에 눈을 제대로 뜨지 못했다. 레드카펫이 아니라 포토라인에 선 성훈은 여유롭게 웃으며 기자들의 질문에 간단한 답을 했다.

"SH의 비서라고?"

"여자 비서가 들어왔다더니 저분이야?"

"야, 찍어. 찍어! 일단 찍어."

"딱히 화제가 될 것 같지도 않은데 찍어야 할까요?"

"그걸 왜 네가 판단해! 일단 찍어. SH 옆에 XX 염색체가 있다는 게 중요하지!"

김 기자, 이 기자, 박 기자, 오 기자, 왕 기자, 남궁 기자 등등이 주고받는 아우성이 지나치게 생생하게 들렸다. 왜 이렇게 눈이 부신가 했더니 아까부터 카메라가 따라다니는 것은 성훈이 아닌 그의 곁을 따르는 덕심이었다. 호군은 노란색 포토라인 밖의 기자들을 훑어보는 덕심의 팔을 가볍게 쥐며 에스코트했다.

"강 비서, 정신없지?"

"조금 그랬는데 이제는 괜찮아요. 익숙했던 일이라서요."

정신없는 와중에도 성훈은 방금 덕심이 한 말을 주워들었다. 전에 무슨 일을 했길래 이런 분위기가 익숙하다는 걸까. 그러고 보니 덕심에 대해 아는 바는 이름, 나이, 전화번호가 전부였다. 보스로서 자격이 없지 않은가. 그동안 힘들게 한 것도 있으니 앞으로는 잘해줘야지. 아직 덕심을 향한 관심을 제대로 깨닫지 못한 성훈은 그렇게 자기합리화를 했다.

"전에 무슨 일을 했습니까?"

마침 재계 서열 2위 기업의 총수가 도착했다고 외치는 기자들의 소리에 성훈의 목소리가 묻혔다.

"네? 죄송합니다. 부회장님, 잘 못 들었습니다."

너그러운 미소를 지어낸 성훈은 덕심이 잘 들을 수 있도록 살짝 상체를 기울였다.

"전에 무슨 일을 했길래 이런 것이 익숙하냐고 물었어요."

"아……. 그게."

뭐라고 대답해야 하나, 순간적으로 머릿속이 바빠졌다. 전경련 건물 안으로 들어옴과 동시에 터진 덕심의 목소리가 로비 한가운데서 광광 울렸다.

"빠순이요!"

자동문 하나 닫혔을 뿐인데 갑자기 진공상태라도 된 듯 고요한 공간이 되었다. 갑자기 한적해진 장소를 채운 짧고 굵은 대답이었다. 조용하다고 인적이 드문 것은 아니었다. 수많은 사람의 시선이 얼어붙은 듯 정지한 성훈 일행에게 집중되었다. 대체로 사람이 표정이 없으면 어딘가 불편하거나 화가 난 것처럼 보이기 마련이다. 지금 덕심을 내려다보는 마성훈처럼.

"죄송합니다. 시끄러워서 못 들으실까 봐."

"강 비서는 보기보다 열정적이네요. 빠순이라니."

오히려 연예인을 쫓아다니는 학생을 잡아서 잔소리하는 편이 훨씬 잘 어울릴 것 같은데 말이다.

"재밌네. 재밌어."

혼자 중얼거리다가 고개를 흔들다가. 그러는 동안에도 성훈은 내내 웃고 있었다.

"자꾸 어딜 갑니까. 이리 와야지."

호군과 함께 앞장서서 걷던 성훈이 긴 팔을 뻗어 덕심을 잡아끌었다. 그리고 카메라는 여전히 플래시를 터트리는 중이었다.

린은 어제저녁 전경련에서 있었던 행사와 관련된 기사에서 눈을 떼지 못했다.

「마윤 그룹의 마성훈 부회장이 아시아 경제 발전을 위한 상생 협력 협약식에 참석했다.」

기사 내용은 무미건조하기 짝이 없으면서 자료 사진은 기자의 사심이 가득했다. 뒤따르는 여비서의 옷자락을 붙든 길고 섬세한 손가락, 입가에 살짝 머금은 미소, 부드럽고 자상한 눈매 그리고 그녀를 향해 기울어진 상체. 클릭을 부르는 사진이 무엇을 노린 것인지 모르면 바보였다. 아니나 다를까 댓글에도 난리가 난 상황이었다.

"다들 눈이 어떻게 된 것 아니야? 마성훈하고 늙다리 비서하고 가능하다니. 왜 이렇게 아무 저항이 없어? 한국인들은 사랑에 관대한 거야?"

하지만 성훈이 비서를 보는 눈은 아무래도 마음에 걸렸다.

"뭐야, 설마 둘이⋯⋯진짜 그래?"

자신의 제안을 고민도 없이 거절한 덕심의 당당한 태도 역시 꺼림칙했다.

"저, 절반은 성공한 거죠?"

높이 들뜬 덕심의 목소리를 들으면서 호군은 기사에 실린 사진들을 찬찬히 살폈다. 보통 기사가 나오기 전, 각 언론사의 가판 뉴스가 홍보실에 먼저 도착한다. 그 과정에서 기업에 해가 되거나 불리할 것 같은 기사들은 삭제되거나 수정된다.

"이게, 이렇게까지 시끄러울 일인가?"

그저 부회장이 여자 기피증이 아니라는 증거만 보이기 위해 가장 무난한 사진만 추려서 허락했는데.

"누가 댓글 알바라도 썼나?"

어째서 핑크빛 기류라는 설이 도는 것인지 이해할 수 없었다.

"잘 어울리잖아요."

불쑥 끼어든 익준의 말에 호군은 다시 한번 사진을 눈여겨보았다. 젊은 오너와 이모뻘은 되어 보이는 연륜미 넘치는 여비서.

"어딜 봐서."

"실장님은 너무 겉보기에만 치중해서 그래요. 기류라잖아요. 그런 분위기가 흐른다. 그래 보인다. 그게 핵심이라고요."

"나는 모르겠다니까. 그냥 부회장님과 강 비서. 딱 그렇게만 보여."

그때 책상을 탕! 소리 나도록 내리친 덕심이 단호하게 선언했다.

"지금 그게 뭐가 중요해요? 팩트가 중요하지. 다들 손가락을 모아 떠들고 있잖아요. 그동안 오해한 것 같다고, 쌍화점 폐점이라고."

"그야 그렇긴 하지만."

"비록 아직은 저에 한해서지만, 부회장님이 여자와의 거리를 좁히기도 했고요."

"그렇죠. 강 비서님 말이 맞죠. 그런데 말입니다, 왜 강 비서님만 괜찮을까요? 우리는 그것을 밝혀내야 합니다."

덕심의 의견을 받은 익준이 비서실을 서성거리며 의혹을 제시했다.

"그야, 내가 바이러스니까요. 원래 예방 백신에도 들어가는 거 잖아요."

호군과 익준은 아니라는 듯 고개를 저었다. 그건 그냥 덕심이 우기는 소리일 뿐이고 더 정확한 원인을 밝혀야 할 필요가 있었다. 물 들어올 때 노를 저어야 하는 법. 성훈이 개선의 여지를 보인 지금 이 순간, 쐐기를 박아야 했다.

성훈 역시 모니터 속 기사에 실린 사진을 탐구 중이었다. 인생을 되돌아봤을 때, 이만큼 스스럼없었던 여자는 누가 있었던가. 할머니, 어머니, 명림 그리고 어린 시절의 서연주. 모두 가족이거나 가족과 다름없는 사이였다. 그렇다면 강 비서는 왜, 어째서. 어느새 앞에 놓인 A4용지는 갖가지 글자로 가득 차 있었다. 강덕심의 장점을 열거하는 것으로 시작했다.

〈주눅 들지 않는다. 자기주장이 확실하다. 의외로 업무가 능숙하다. 자립심이 강해 보인다. 맛집을 많이 안다. 비타민을 잘 챙긴다. 미인이다.〉

줄줄이 늘어놓았던 글씨를 박박 지운 성훈은 한참을 가만히 있다가 다시 마음에 들지 않는 점을 쓰기 시작했다.

〈마성훈에게 관심이 없다.〉

펜이 멈췄다. 가장 마음에 들지 않는 점을 써놓고 보니 오히려 마음에 드는 점이었다.

'여자란 것들을 항상 주의해야 한단다. 너를 노리고 덤비는 여자들에게 진심과 진실은 없어.'

항상 같은 소리를 반복하던 핏기 가신 메마른 입술은 거대한 스피커 같았다. 긴 잠에 빠졌던 성훈이 기를 쓰고 의식을 찾으려고 사투를 벌였던 이유. 그 목소리에서 벗어나고자 한 강한 의지 덕이었다.

"부회장님."

상념에 잠겼던 성훈은 조심스러운 호군의 목소리를 듣고 나서야 정신을 차렸다.

"처리할 결재 건이라도 있습니까?"

"네. 홍보실에서 전략 기획 비서실도 이번 체육 대회에는 한두 경기쯤 참석하는 것이 어떠냐는 의견을 전해왔습니다."

"장 실장님 생각은 어떤가요."

"어차피 경기 후 시상식에는 참석하실 테니 후반부 경기는 괜찮을 것 같습니다."

"후반부에 어떤 종목이 있죠?"

"단체 경기는 어려우니 혼성 릴레이 계주 정도가 어떨까 싶습니다."

"흠……. 괜찮겠네요. 그렇게 전하세요."

의견을 전하고 나가려던 호군은 성훈의 어두운 안색이 마음에 걸렸다.

"부회장님, 오늘 기사 건은 특별한 대응 없이 두겠습니다. 가십에 반응하면 오히려 불씨가 살아나는 경우가 많아서……."

모니터 속 사진에 잠시 시선을 두었던 성훈이 가볍게 웃었다.

"마음에 두셨나 봅니다. 저는 상관없습니다. 할머니가 기뻐하시겠던데요. 모로 가도 서울만 가면 되지 않습니까."

성훈의 반응에 안심한 호군이 가벼운 마음으로 집무실을 나섰다.

"이제 어떻게 할 거예요? 왜 묻지도 않고 마음대로 결정해요!"

회사에서는 말투까지 조심하는 덕심이 나태하고 속 터지는 말투 대신 카랑카랑한 목소리로 익준을 닦아 세우고 있었다.

"강 비서, 무슨 일인데 그래?"

"체육 대회 때 입을 단체복이 왔는데요. 성 대리님이 제 사이즈를 마음대로 신청해서 S가 왔어요."

툴툴대는 덕심을 이해할 수 없다는 듯 호군이 되물었다.

"S 아니야? 강 비서 날씬하잖아. 아니, 좀 말랐잖아."

"아, 진짜. 제가 매일 포댓자루 같은 옷만 입고 다니니까 잘 모르시나 본데요. 생각보다 굉장히 글래……. 하여튼 못 입어요. 가서 L로 바꿔 와요."

자신의 책상 위로 날아오는 트레이닝 복을 가뿐하게 받아 낸 익준이 불퉁하게 대꾸했다.

"없다잖아요. 어차피 체육 대회 참석도 안 하는데 대충 받아두기만 해요."

"우리도 체육 대회 참석해야 해."

"네?"

"왜요?"

"홍보실에서 기록용으로 남기고 싶다고 요청이 왔어. 부회장님

164

도 승낙하셨고. 혼성 릴레이 계주 한 경기만 참석하게 될 거야."

"그럼 저도 달려야 한다는 말씀이세요?"

안 그래도 뿌루퉁했던 덕심의 표정에 난처함이 더해졌다.

"비서실이 세 명밖에 더 돼? 달려야지."

"들었죠? 빨리 가서 L로 바꿔 와요!"

덕심은 턱없이 빠듯한 사이즈의 트레이닝 복과 익준을 한데 묶어서 총무팀으로 떠밀었다.

굳이 왜 같은 테이블이야.

덕심은 제 옆에 앉은 성훈이 식사하는 모습을 부담스럽게 쳐다봤다. 처음이 어렵지 그다음은 쉽다. 거리를 조금씩 좁히더니 이제 덕심은 마성훈의 안전지대가 되어버렸다. 가까이해야 할 쟁쟁한 선 자리는 모두 마다하는 청개구리 왕자님 같으니! 덕분에 호군의 시름은 깊어지고 덕심은 조바심으로 심장에 무리가 올 지경이었다.

그나저나 스뎅 식판도 성훈 앞에 있으니 임금님 수라상 같은 품격이 흘렀다. 지금 당장 수저를 내려놓고 흐뭇하게 고개를 끄덕이며 '음, 맛이 참 좋구나.'라는 대사를 읊을 것만 같았다. 패션의 완성은 얼굴이라는 사실은 익히 알고 있었으나 성훈을 보좌하면서 깨달았다. 훌륭한 외모는 세상 만물을 보배롭게 만든다는 사실을.

"아무리 식사 중이지만 우리 너무 조용하네요. 원래 이렇게 말

없이 밥만 먹습니까?"

아무래도 안 되겠는지 성훈이 멋쩍게 웃으며 물었다.

"아닙니다."

짧게 대답한 익준은 안구가 발하는 빛 에너지를 모아 '지금 이 자리에 네가 끼어서 그렇다.'라는 뜻을 전달했다. 저 인간은 역시 회사를 취미로 다니는 게 맞다. 남부럽지 않은 집안의 막내라고 하더니, 하고 싶은 말을 참는 꼴을 못 봤다. 그나마 마성훈이니까 몸으로 표현한 거겠지. 하지만 가볍게 무시한 성훈은 뻔한 질문으로 분위기를 풀어보려고 했다.

"성 대리는 여자 친구 없습니까?"

"한때는 있었지요. 하지만 어느 날부터 이상한 소문이 제 귀에 들리더니 여자 친구도 떠나고 소개팅도 뚝 끊겼습니다."

갑자기 열이 받았는지 익준은 더욱 이글이글한 열에너지를 모아서 성훈을 쏘아보았다. 저 인간이 뭘 잘못 먹었나. 덕심은 식판에 남은 반찬을 뒤적거리며 알레르기를 유발할 만한 재료가 있나 살폈다. 이번에도 초일류 대기업의 수장답게 성훈은 젊은 청년의 도발을 대수롭지 않게 넘겼다.

"무슨 소문이 돌았길래."

"왜인지 몰라도 제가 남자를 사랑한다는 소문이 돌면서 청춘의 암흑기가 왔죠."

덕심은 순전히 성훈 때문이라는 익준의 핑계가 거슬렸다. 듣다 못해 입사 전 사전 조사로 알게 된 익준의 정보를 풀었다.

"정확히 말해서 '남자도' 사랑한다, 잖아요. 성 대리님 남친이라는, 유명한 쉐프하고 찍은 사진이 은근 이상한 분위기를 풍겨서 퍼진 소문으로 알고 있는데."

"그거 우리 형이에요."

"아……."

"형은 동성애자가 맞습니다."

"아……."

덕심은 어떤 반응을 보여야 할지 몰라 얼빠진 소리를 냈다. 사랑
에 있어 국경은 물론 성별까지 초월하는 세상이라지만 아직 덕심
은 열린 마음이지 못했다.

"우리 이런 얘기 그만합시다. 사실이 아닌, 그저 소문인데 뭐 하
러 시달립니까."

호군이 점잖게 대화의 허리를 잘라내며 분위기를 바꿨다.

"그래도 우리 성 대리가 요즘은 새로운 사랑에 빠진 모양이던
데요."

아직 아무것도 모르는 호군의 말에 그나마 있던 덕심의 식욕이
저 멀리 내동댕이쳐졌다. 아무리 은수가 사촌이지만, 고지식한 순
정파인 호군이 날 티 나는 익준을 허락할 것 같지 않았다.

"예. 이제부터 잘해볼 의지가 생겼어요."

은수 생각에 금세 행복해진 익준이 귀여운 건지 우스운 건지 성
훈이 피식 웃으며 응원했다.

"그래요? 잘 되길 바랍니다."

"연상에 대해 별생각 없었는데 첫눈에 반했어요."

덕심이 노골적으로 노려보며 눈치를 주는 데도 익준은 마냥 행
복한 티를 냈다.

"연상이라……."

익준의 사연을 들은 성훈은 업무 중일 때 종종 보이는 골몰한 표정으로 중얼거렸다. 그러나 익준 덕분에 생각은 길지 못했다.

"그런데 강 비서님은 연애해 봤어요?"

"네."

생각에 잠기느라 약 십오도 정도 숙어졌던 성훈의 고개가 똑바로 세워졌다.

"호오. 의외로 화려한 과거가 있을 것 같네요."

"의외로?"

팔짱을 낀 덕심이 거만하게 코웃음을 쳤다.

"보통 어떤 타입들하고 연애했어요?"

"미남이요. 내 기준 아니고 세상 모든 사람들이 인정하는 미남이요."

미남만 사귀었다는 대답은 굉장히 자극적이었다. 호기심이 덕지덕지 묻은 세 남자의 눈과 귀가 덕심에게 쏠렸다.

"정말이요? 그럼 눈이 너무 높아서 결혼 안 한 건가?"

"아니, 아니."

절레절레 고개를 흔든 덕심이 가볍게 머금었던 미소를 싹 지웠다.

"만약 결혼한다면 나는 흔남하고 할 거예요. 미남은 절대 사절."

"왜요? 너무 질려서? 내가 알기로 강 비서님은 얼굴 성애자인데."

짜증을 내다가도 멀찍이서 등장하는 성훈만 보면 온화하고 평온해지는 덕심을 놀리는 익준에게 실토한 적이 있었다. 자신은 철저한 얼굴 지상주의자라고.

"맞아요. 그런데 얼굴은 그냥 취미 생활. 보기만 해도 상관없어요. 내가 다비드상을 정말 좋아하거든요. 그런데 굳이 갖고 싶지는 않아요. 그런 거예요."

"우리 부회장님 정도로 잘생긴 남자면 생각이 좀 달라질 수도 있지 않아요?"

완전히 대놓고 하는 심문인데도 아무도 말리는 이가 없었다. 성훈의 이상 기류를 확인하고 싶은 호군 역시 덕심의 대답이 궁금했고, 성훈은 중요한 사업 파트너의 사인을 기다리는 사람처럼 집중한 상태였다. 잠시 뜸을 들인 덕심이 신중하게 입술을 열었다.

"부회장님……. 정말 잘 생기셨어요. 이건 누가 봐도 조물주가 너무했다 싶게 몰빵이에요. 이목구비가 질서정연하죠. 대충이란 것이 없어요. 아주 생김새가 정성스럽고 예의 발라요. 구성품 하나하나가 정밀하고 반듯해요."

성훈의 외모에 대한 극찬이 거침없이 쏟아졌다. 배경음악으로 베토벤의 9번 교향곡이라도 깔아줘야 할 만큼 환희에 찬 설명이었다.

"거기에 비하면 장 실장님과 성 대리님은 한낱……."

적당한 표현을 고르느라 눈을 가느스름하게 뜬 덕심이 허공에다 툭 내뱉었다.

"찰흙?"

어마어마한 극찬을 받은 성훈만 뜨거워진 귓불을 매만지며 슬며시 미소 지었다. 처음 듣는 말도 아닌데 새삼 뿌듯했다.

"익준아, 나는 태어나서 저런 평가는 처음이야. 내가 이제 늙긴 늙었나 보다."

"저도 들어본 적 없는 험한 말입니다."

상심한 두 남자의 넋두리가 들리지 않는지 덕심은 깔끔하게 결론까지 마무리 지었다.

"어때요? 정말 부담스럽지 않아요? 그래서 저는 흔남하고 결혼할 거예요. 조용하고 알콩달콩하게 살고 싶어요."

결국, 덕심은 세 남자 모두에게 쓰라린 아픔을 주고 말았다.

"흔남이어도 수다스러울 수 있습니다. 조용은 개뿔."

그 한 마디와 콧방귀를 남긴 성훈이 벌떡 일어나서 식당을 빠져나갔다.

"결혼관 확실한 강 비서님이 디저트 쏴요. 식판은 저희 찰흙들이 정리할게요.

"어이쿠, 이런! 익준아, 나는 손이 막 뭉개져서 식판도 못 들겠다."

철저하게 삐친 호군과 익준의 힐난에 정신이 돌아온 덕심이 급히 사과했지만, 자괴감에 빠진 남자들은 쉽사리 화를 풀지 않았다.

허름한 빌라에서 뛰어나온 덕심이 동네에 어울리지 않는 고급스러운 승용차 문에 대고 고개를 숙였다. 매끄럽게 내려간 차창 안에는 고이란 회장이 인자하게 웃고 있었다.

"타지. 할 말이 좀 길어서."

"네."

뒷좌석에 올라 재차 인사하는 덕심을 본 고 회장은 내심 놀라는 중이었다. 강 비서가 이렇게 예뻐? 화장기 없는 상태의 덕심의 원래 모습을 본 것은 처음이었다. 어설픈 남장으로 마주친 첫 만남 때도 곱상하다는 생각을 했지만, 이 정도로 예쁜 얼굴인 줄은 몰랐다.

"멀쩡한 모습은 처음이라 오히려 어색하네."

짙은 화장에 가려졌다고 해도 오랜 시간 눈에 익으면 본연의 매력이 드러나기 마련일 텐데. 너그러워졌다는 성훈에게 영향을 끼친 것인가.

"송구해요. 집에서 편하게 있다가 나와서 옷차림도 엉망입니다."

생긋 웃는 저 밝고 싱그러운 얼굴. 풀잎에 맺힌 이슬이 또르르 굴러가는 듯한 촉촉한 눈동자. 길 가다 마주치면 한번 보고 두 번 보고 자꾸만 보다가 돌부리에 걸려 자빠질, 인상 깊은 미모였다. 같은 여자가 봐도 잠시 심장이 떨릴 만큼 욕심 나는…….

아니지! 우리 성훈이가 예쁜 처자를 한두 명 봤나. 얼굴 보고 넘어갈 놈이었으면, 그간 선보인 처자들을 그냥 흘려보냈을 리 없지. 집요한 성격이니 일부다처제를 위해서 중동 가겠다고 짐 쌀녀석이지. 고 회장은 스멀스멀 피어오르는 불안을 애써 억눌렀다.

"장 실장 통해서 듣자 하니, 부회장과 꽤 가까워졌다고?"

"네? 가까워……. 아, 물리적 거리는 그렇습니다. 그래서 그런지 제가 많이 불편합니다."

"불편해?"

'오히려 강 비서가 저리 가라고 밀어내는 분위기입니다.'

호군의 보고가 기억 난 고 회장의 미간에 불편한 기색이 어렸다. 이치상으로는 당연한 일인데 성훈이 밀려난다는 소리가 이상하게 서운했다.

"아무리 화장을 꼼꼼하게 한다 해도 자세히 보면 티가 안 날 수 없으니까요. 인제 와서 그만두면 아까운 시점이라 더 신중해지고 싶습니다."

이 기특한 말을 곧이곧대로 믿어도 될까. 비서실에 들어갔던 여직원들이 처음부터 이유 없이 해고된 것은 아니었다. 업무는 뒷전으로 미뤄두고 어떻게든 성훈의 눈에 들기 위해 갖가지 술수를 부리다가 쫓겨나기가 부지기수였다. 오히려 성훈의 증상을 더 악화시켜놓은 괘씸한 것들을 생각하자 아드득 이가 갈렸다.

"그래요. 안 그래도 내가 당부하고 싶었던 거예요. 부회장의 증상이 겨우 강 비서 선에서 좋아졌다고 방심하지 말라고."

"물론이죠."

덕심은 또렷또렷하게 대답하며 자신의 각오도 만만치 않음을 어필했다.

"계약 조건을 잊지 말아요."

"네. 스캔들 상대의 퀄리티를 보장한다. 마성훈 부회장이 신체 건강하고 정력적인 보통 남자임을 확인시킨다. 맞죠?"

고개를 끄덕이는 고 회장의 표정이 지나치게 차가웠다. 항상 적절한 미소를 머금고 있던 표정에 익숙한 덕심은 그녀의 과거 별명이 '재계의 마녀'임을 떠올렸다. 피도 눈물도 인정도 없는 냉혹한 사업가의 대명사. 이 할머니의 진짜 모습은 뭐야? 무섭다기보다는 거부감이 들었다.

"노파심에 하는 말이니 기분 나빠하지 말고. 혹여, 부회장이 강 비서에게 관심을 가질 거라는 착각 따위는 일찌감치 버려요. 설사 그렇다고 해도 내가 허락하지 않을 테니."

돈 세는 상상으로 잠시나마 행복했던 덕심의 표정도 싸늘하게 식었다. 왜 이러십니까? 떡 먹고 싶은 생각도 없는데 김칫국부터 뺏어가고 계시네요. 불뚝 성질이 솟은 덕심은 자기 생각을 당당하게 밝혔다.

"다행히 부회장님은 제 스타일이 아닙니다. 저는 그렇게 사방팔방에서 눈에 띄는 남자, 별로입니다."

"벼, 별로?"

당황했던 표정을 빠르게 지우는 고 회장을 바라보며 덕심은 심드렁하게 말했다.

"네. 완전히 철저하게 NO. No look, pass. 볼 것도 없이 안녕."

다행이지 않은가. 천만다행인데. 이보다 더한 적임자가 없을 텐데.

"정신이 똑바로 박혔군. 참, 다행이야."

자만심에 카운터펀치를 맞은 고 회장은 뻐근한 명치를 문지르며 자신이 왜 상심하고 있는지 원인을 고민했다.

명림은 우두커니 앉아 있는 고 회장 앞에 쟁반을 내려놓았다.

"이건 형님 보약, 이건 내 머리 약."

고 회장은 치매 약마저도 맛있게 삼키는 명림을 물끄러미 쳐다봤다.

"그 약이 효과가 있긴 해?"

"오락가락하는 당사자한테 물으면 어떻게 해요. 옆에서 지켜보는 회장님이 더 잘 알지 않아요?"

"나도 모르겠어. 젊을 때 자네를 생각하면 너무 다르긴 한데 오히려 행복해 보이니."

날카로운 눈빛을 형형하게 빛내며 위아래 없이 호령하던 젊은 날의 명림은 지금과 사뭇 달랐다. 지금처럼 이래도 흥, 저래도 흥하는 물러터진 모습만 본 사람은 상상도 하지 못할 아우라가 번쩍이던 사람. 나는 새도 떨어뜨리는 권력자조차도 무릎 꿇게 하던 사람이라고 누가 믿을까.

"그러는 형님은 왜 아직도 내려놓질 못해요."

꾸중하듯 웃음기 가신 명림의 목소리가 서늘했다. 똑바로 응시하는 명림의 시선을 피하지 않던 고 회장이 피식 웃었다.

"어설퍼. 예전 모습 반의반도 못 해. 하긴 우리 집사는 아직도 벌벌 떨긴 하더군."

"에헤이. 안 먹히니까 재미없다. 강 비서도 내가 이렇게 쳐다보면 귀신 보듯 한다니까요. 귀여워 죽겠어."

강 비서라는 소리를 들은 고 회장은 모르겠다는 듯 천천히 고개를 저었다.

"안 그래도 조금 전까지 강 비서 그 아이 생각했어. 맹랑하고 괘씸한데 딱히 뭐라고 할 수가 없어."

"사람의 욕심은 끝이 없고 같은 실수를 반복한답디다."

"……."

"요즘 젊은 사람들이 우스개 삼아 하는 소리던데 잘 새겨들어요. 지나온 인생을 돌아보세요. 욕심 때문에, 정해진 기운을 무시했을 때 그 대가가 어땠는지."

입가심으로 가져온 생강편을 오물거리면서 흘러가듯 하는 명림의 이야기가 고 회장의 가슴을 묵직하게 눌렀다.

단풍잎이 고운 붉은 빛을 자랑하는 마윤 그룹 본사 광장은 노랫소리와 함성으로 떠들썩했다. 가을을 맞이해 사원들을 위한 문화 행사가 연일 이어지는 중이었다. 오늘은 점심시간을 이용해 간단한 노래 경연대회가 열린 모양이었다. MR 반주에 맞춰 열창하는 사람의 대단한 실력이 지나가는 이들의 걸음을 붙들었다.

"누가 이렇게 잘 부르는 겁니까?"

주차장까지 생생하게 들리는 노래를 들으며 성훈이 호기심을 드러냈다.

"글쎄요. 실력이 출중하네요. 들어가기 전에 잠시 보시겠습니까?"

"그럴까요?"

노래의 주인공을 먼저 확인한 호군이 느긋하게 따르는 성훈을 돌아보았다.

"우리 부서 성익준 대리가 부르고 있네요. 하여튼 전생에 한량이었는지 재주도 많습니다."

너라고 부를게.

클라이막스를 부르는 익준의 목에 핏대가 붉어졌다. 연상에게 첫눈에 반했다고 하더니 노래 가사에 한껏 감정이입이 되어 있었다.

"익준이가 1등 하겠는데요."

직속 부하의 선전에 기분이 좋아진 호군이 고개를 돌리자 어딘가에 시선을 두고 심각해진 성훈이 보였다. 이미 익준의 순서는 끝나고 다음 출전자가 익살을 떨며 자기소개 중이었다. 뭐에 꽂혔는지 성훈은 자리를 뜰 생각도 하지 않았다.

"이만 들어가시겠습니까?"

"벌써 끝났네요."

정신을 차린 성훈이 어색하게 웃으며 걸음을 돌렸다.

"연상…… 몇 살까지일까."

질문이야 혼잣말이야. 몽유병 환자같이 중얼거리는 성훈의 눈치를 살피던 호군은 모른척하려다 은근슬쩍 대답을 해봤다.

"띠 동갑 정도? 라고 생각합니다."

갑자기 고개를 쳐든 성훈이 걸음을 멈추고 목소리를 높였다.

"장 실장님까지 그런 도둑놈 심보라니 놀랐습니다. 띠동갑 연하가 어떻게 이성으로 보일 수 있습니까?"

서른한 살 마성훈은 자신의 띠동갑 연하 상대가 겨우 열아홉 소녀라는 사실에 소스라쳤다. 아니 뭐 이런 양심적인 재벌남이 다 있나. 여자에게 관심이 없어서 그런 것도 있겠지만 제대로 박힌 정신은 칭찬해야 마땅했다.

"부회장님, 저는 위로 띠동갑을 말씀드렸습니다. 솔직히 잘났다 싶은 남자들은 한참 어린 신부를 선호하는데 여자라고 그러지 말란 법도 없죠."

"그것참……. 맞는 말씀입니다. 양성평등 시류에 맞는 유연한 사고방식이네요."

갑자기 태도가 변한 성훈은 어딘가 후련하면서도 흡족한 표정이었다. 마치 훨씬 연상의 여자라도 괜찮다고 격려라도 받은 듯 수상한 낌새였다.

"그런데 또 부회장님 말씀을 생각해보면 띠동갑 어린 남자가 이성으로 안 보일 수도 있겠습니다."

"어른스러운 데다 지나치게 유능하다면 충분히 이성으로 느껴질 텐데요."

정색하고 반박하는 성훈의 의견을 곰곰이 생각하던 호군은 역시 아니라는 듯 고개를 흔들었다.

"남자란 아무리 용을 써도 여자보다 정신연령이 낮다고 하지 않습니까. 게다가 그렇게 어리다면……."

쯧쯧, 혀를 찬 호군이 성훈의 희망을 가볍게 걷어찼다.

"신생아로 보이겠죠. 응애, 응애."

입속에서 굴리던 달콤한 사탕을 뺏긴 아이처럼 붉으락푸르락해진 성훈을 깨닫지 못한 호군은 연신 아기 우는 소리를 내며 고개를 저었다.

얼마 남지 않은 점심시간을 확인한 덕심은 눈앞의 바비 인형을 건조한 눈으로 쳐다봤다.

"저는 왜 또 부르셨어요? 지난번에 얘기 다 끝났잖아요."

"강덕심 씨에게 확인할 게 있어요."

감정을 숨기지 못하고 새침하게 구는 린을 보며 덕심은 옅은 한숨을 쉬었다. 혼자 왜 저렇게 북 치고 장구 치는 것도 모자라 농악놀이를 하는지 모르겠네. 도대체 선 자리에서 성훈과 무슨 일이 있었는지 몰라도 덕심은 이 상황이 하품이 나올 만큼 한심했다. 누가 봐도 린 로이스는 마성훈의 인생에서 행인 1에 해당할 뿐인데 받아들이지 못하는 꼴이 안쓰럽기도 했다.

"빨리 말씀하세요. 바쁩니다."

"기사를 하나 봤어요. 설마 마성훈 씨하고 소……."

자존심이 상한 린은 말을 끝맺지 못하고 손바닥으로 부채질을 하며 열을 식혔다. 마스카라가 정교하게 발린 긴 속눈썹까지 파들파들 떨면서.

"소문이 사실이냐고요? 아닙니다. 그리고 겨우 그 일 때문에 바쁜 사람을 오라 가라 하다니."

"바쁘긴. 겨우 말단 비서 주제에."

버르장머리 없는 린을 뚫어지라 쳐다보던 덕심이 빠르고 간결한 말투로 쏘아붙였다.

"새벽부터 출근하는 보스 덕분에 격일로 새벽 별 보면서 출근, 일정 확인하면서 변경된 건 조율, 국내외 언론사 뉴스 확인 및 대응, 부서별 결재서류와 메일 취합 및 정리, 외부에서 드실 간식과 도시락 챙기기, 계절에 맞는 원산지별 커피와 차 선별, 비타민과 보약 챙기기, TPO에 맞는 의상 점검, 외부 미팅 장소 섭외 및 메뉴 선정, 회의록 작성, 손님 응대, 비품 관리, 정수기 물 갈기 등

등!"

구구절절 쏟아내며 바짝 다가오는 덕심에게 밀린 린의 아담한 몸이 소파 구석에 찌그러졌다.

아우, 뭐야 이 기 센 늙다리.

"그게 뭐, 뭐예요?"

"나 바쁘다고 알려드린 겁니다. 앞으로는 볼일 있으면 로이스 양이 직접 찾아와요."

"……!"

이 노란 얼굴 늙다리 아줌마가 지금 나한테 지시한 거야? 어이를 잃은 린은 벌어진 입을 뻐끔거리기만 했다.

"우리 보스가 마음에 들어서 포기 못 하는 거예요?"

"그건…… 당신이 알 바 아니에요."

"단순한 복수심이에요? 목표를 정확히 말해야 돕죠."

엄밀히 말하면 내가 너를 써먹는 거지만.

"돕겠다고요? 나를?"

린은 갑자기 태도가 바뀐 덕심이 의심스럽지도 않은지 단번에 화색이 돌았다.

"진인사대천명이라는 말이 있어요. 원하는 바가 있다면 최선을 다한 후에 결과는 하늘에 맡기라는 뜻이죠. 로이스 양이 우리 보스와 잘 되고 싶든 멱살을 흔들고 싶든, 하고 싶은 게 있다면 직접 움직여요. 내 눈에 띄어도 모른 척은 해줄 수 있어요."

"그게 어째서 돕는다는 거죠!"

"하는 것 봐서, 상황에 따라서 도울 수 있는 건 돕겠다고요."

길 건너 마윤 본사까지 가기에 시간이 빠듯했다. 귀한 점심시간을 통째로 날려서 짜증이 난 덕심은 마지막 일침을 남기고 일어났다.

"그리고 배포 좀 키워요. 그래도 이름 난 기업의 일가라면서 왜 그렇게 쪼잔해요? 최저 시급이 뭐니? 어디 가서 제안받았다는 소리도 못 할 만큼 망신스러운 조건이었어요."

두 번째 우린 차향이 넓은 집무실에 은은하게 퍼졌다.

"아침에 희원정에서 보낸 대홍포입니다."

찻잔을 내려놓은 덕심이 멀찍이 떨어져 섰다. 황달이 얼굴에만 올 수도 있나? 다기를 정리하는 덕심의 희고 고운 손을 떠올리면서 성훈은 지인 중에 간 전문의가 누가 있나 생각했다.

"저 출장 갑니다. 나흘 일정. 두바이로."

그걸 누가 모르나. 잠시 기억을 더듬은 덕심이 고개를 갸우뚱했다.

"저와 아침에 확인한 사항입니다. 특별히 지시하실 사항이 있으십니까."

성훈은 다기를 만지작거리면서 덕심의 표정을 살폈다. 기쁜 안색을 적극적으로 숨기려는 노력이 엿보였다. 티끌만큼도 아쉬워하지 않는 사무적인 태도가 당연한데 그게 참 보기 싫었다. 오히려 후련해하는 것 같아 괘씸했다. 그도 그럴 것이 덕심은 단 며칠이라도 성훈이 없다고 생각하니 마음속에 강 같은 평화가 흘렀다. 화장이 지워져도 뭉개져도 대충 넘길 수 있는 자유로운 나날

들이 어서 오기만을 바랐다. 온유한 미소를 흘리는 여인의 무정함에 지친 성훈이 나직이 탄식했다.

"사진이나 찍던가."

"네?"

"지금 사진 찍고 싶어서 쳐다본 것 아닙니까?"

역시 상황을 판단하는 예리한 감각이 발달한 경영인다웠다. 2.5회 정도 걷어붙인 셔츠 소매 아래 팔뚝의 잔 근육과 힘줄, 지적인 손가락에 걸친 푸른 빛 다기, 오늘따라 우수에 젖은 눈빛. 흑백이나 세피아로 처리하면 예술적으로도 손색없는 작품이 탄생할 각이었다. 그렇다고 지조도 없이 날름 받아먹지 않았다.

"제가 언제 쳐다봤다고⋯⋯."

"차 우리면서 두 번, 차 따르면서 한 번, 다기 정리하면서 세 번. 나하고 눈 마주치지 않았습니까?"

그만큼 성훈도 같이 쳐다봤다는 의미인데, 당황한 덕심은 일일이 세고 있다가 따지고 들었다는 사실만 중요했다. 왜 자꾸 쳐다보냐고 따지는 성훈에게 뭐라고 대꾸해야 할까, 고민 끝에.

"내 눈 여기 있고, 부회장님 거기 있지."

광대마냥 재롱이란 걸 떨어봤지만 돌아온 반응은 싸늘하게 일그러진 시선이었다. 이럴 때는 자백이 최선이다.

"죄송합니다. 전에도 말씀드린 대로 제가 미남을 좋아합니다. 취미가 그렇다 보니 몹쓸 안구가 제 버릇을 남 주지 못하고⋯⋯."

"그러니까 찍으라고요. 실컷."

요즘 왜 자꾸 선심을 쓰는 걸까. 의혹을 감추지 못한 덕심이 재차 확인했다.

"정……말요?"

"네. 실컷 찍고……."

성훈은 빙글빙글 굴리던 다기를 입술에 갖다 대면서 시크하게 덧붙였다.

"나 없는 동안 실컷 보든지."

엄청나게 느끼한 말을 던져놓고 안 그런 척하는 성훈을 멍하게 쳐다보던 덕심은 뒤늦게 올라오는 헛구역질을 삼켜야 했다. 입술에서 찻잔을 뗀 성훈이 눈썹을 날카롭게 꺾었다.

"지금, 뭐한 겁니까?"

"무슨 말씀이신지요."

주저하지 않고 바로 잡아뗀 덕심은 관자놀이를 긁으며 아무것도 모르는 시늉을 했다.

"토. 분명 토하려고 했습니다."

삼킨다고 삼켰는데 그걸 또 포착하다니. 이렇게 추궁당할 바엔 시원하게 게워낼 걸 싶었다.

"아하하하. 트림입니다."

손으로 살포시 입을 두드리면서 머쓱하게 웃어넘기려 했지만, 찌릿한 눈초리가 꽤 살벌했다.

"점심을 너무 거하게 먹었더니 이제야 소화가 되나 봅니다."

린 로이스 때문에 식사를 건너뛴 덕심은 주린 배를 퉁퉁 두드리며 허세를 부렸다. 그래도 제자리로 돌아오지 않는 성훈의 꺾인 눈썹을 보니 특단의 조치가 필요했다. 끄윽……. 일부러 없는 공기를 만들어 배출하면서 헛구역질을 삼키는 동작을 재연했다. 그제야 거둬지는 의혹의 눈길. 더럽고, 치사했다. 애초에 그런 되지도 않는 느끼한 말을 하지 말았어야지. 원인 제공자에게 따지지도 못하는 서글픈 을의 신세. 내친김에 위아래로 다 뿜어서 공기 청정기가 신나게 돌아가게 할까. 빨간 불까지 들어오게! 속으로 이를 가는 덕심의 귀에 성훈의 친절한 음성이 들렸다. 버터 대신 꿀이 발린 목소리가 한결 듣기 좋았다.

"사진 찍는 취미 인정합니다. 미남을 좋아하는 취향도 인정합니다. 어딜 가나 사진 찍히는 건 익숙하니까 강 비서 하고 싶은 대로 하세요. 그동안 내가 너무한 것도 있고."

정말 요즘 들어 왜 저러실까? 차라리 바이러스 취급하며 휘이휘이 손을 내젓던 때가 더 속 편했던 것 같다. 의도를 가지고 접근한 주제에 표적의 배려를 받자니 양심이 찔렸다. 그래도 허락받은 김에 확실히 해두고 싶었다.

"그렇다면 장비를 좀 써도 될까요?"

뭐든 제대로 하려면 장비빨을 세워야 맛이 나니까.

"장비가 뭡니까?"

"좀 더 프로페셔널한 작업과 만족스러운 결과물을 위한 정성이라고 해두죠."

성훈은 흥이 잔뜩 오른 듯 두 주먹까지 꼭 쥐고 요구하는 덕심을 말리고 싶지 않았다.

"강 비서 편할 대로 하세요."

"감사합니다. 그럼, 이만."

망해서 지하 단칸방으로 몰리는 중에도 챙겨둔 고성능 대포 카메라를 손질할 생각에 발걸음이 가벼워졌다. 세상에서 제일 좋아하고 잘하는 짓을 허락받은 덕심은 들썩거리려는 어깨를 자제하며 집무실을 빠져나왔다.

✳

"진짜? 그런 소리를 들었단 말이야?"

불쾌함이 스민 호군의 놀란 목소리와 함께 익준의 어색한 눈빛
이 덕심에게 날아들었다.

"왜요. 또 무슨 일이 발생했길래 그래요? 또 나예요?"

"이거 말 해줘도 될까요?"

"그런 멘트 자체가 저의 호기심을 부추기는 것 몰라요? 빨리 말
해 봐요. 나, 안 놀랄 자신 있어요."

슬쩍 호군의 눈치를 살핀 익준은 침묵을 긍정으로 받아들였다.

"강 비서님이 트랜스젠더라는……."

푸핫! 심각했던 남자들과 달리 덕심은 듣자마자 웃음보가 터졌
다. 원래 정체라도 밝혀졌나 싶어 잠시 두근거렸던 심장에게 미안
할 지경으로 황당하고 웃었다.

"그건 또 뭐예요? 어째서 그런 소문이 돌아요?"

"부회장님이 강 비서님을 대동하고 다니는 모습은 눈에 띄는데
다른 여자들은 여전히 안 보이니까 혹시 그런 게 아니냐는. 마운
측에서 소문을 없애려고 수를 쓴 거다."

수를 썼다는 건 맞췄지만, 상상력이 살짝 부족했다. 구체적인 의
혹은 엉뚱한 추측을 낳았고 그것은 소문이라는 날개를 달았다.

"지난번에 찍힌 사진도 얼굴이 어색하다고."

"그렇게 생각하라고 하세요."

어차피 일 끝나면 홀연히 사라질 몸. 대응할 필요도 가치도 없다고 판단했다.

"억울하지 않아요?"

"전혀요. 그 정도 소문은 애교죠."

악의에 찬 댓글에 대응하고 상처받은 이들을 달래주는 일에 이골이 났다. 나름대로 연예계 바닥에서 산전수전 다 겪은 덕심에게는 가벼운 해프닝 정도였다.

"하지만 이 소문이 유용할 수도 있겠다는 생각이 드네요."

무슨 소리인가 싶어 덕심을 바라보는 두 남자에게 싱긋 웃어줄 뿐 말을 아꼈다. 왠지 몰라도 마성훈은 강 비서의 부탁을 들어주고도 남을 거라는 근거 없는 자신감을 입 밖에 꺼낼 수는 없었다.

6. 빠져들고 말았다

"오랜만에 강덕심 얼굴에 광채 난다. 그렇게 좋아?"

"응, 아주 편해. 역시 스타는 멀리서 봐야 제맛이야."

은수와 함께 가구를 둘러보고 나오는 덕심의 걸음걸이와 눈빛에서 여유가 흘렀다. 점심 무렵 호군을 달고 나가는 성훈의 뒷모습을 보며 벌어지는 입을 다무느라 얼마나 고생했는가. 성훈이 출장을 간지 이제 겨우 반나절인데 일 잘하는 보스가 계획보다 빨리 돌아올까 봐 걱정스러운 지경이었다. 두바이 모래 폭풍에 비행기가 연착되기를 바라기까지 했다.

"부회장이 같은 서울 하늘 아래 있을 때는 퇴근 후에 화장 지우는 것도 괜히 망설여지고 그랬다니까. 갑자기 나오라고 하든지 어디서 마주치든지 할까 봐."

"너희 두 사람의 생활 패턴이 겹칠 리는 없으니까 괜한 걱정은 넣어두자. 그나저나 아까 그 의자 어때?"

"우주선 같아. 이상해."

"인체공학으로 유명한 브랜드래. 그래서 디자인이 그 모양이지. 네 것까지 두 개 살 거야."

"내 것을 왜 사?"

"우리 같이 살아야지. 120평 아파트에 나 혼자 살라고?"

생각지도 못한 은수의 제안에 덕심은 할 말을 잃었다. 아무리 넉넉히 받은 위자료라고 해도 은수의 아픔인데 이렇게 빌붙어도 될까, 마음이 무거웠다.

"내가 겁이 많아서 그래. 혼자 앞서 나가서 감동 같은 것 하지 말아라."

"뭐야. 츤데레인 척은. 나, 솔직히 너한테 월세도 많이 못 줘."

"우리 전설의 강 회장이 지하 월세방이 웬 말이니. 나중에 마성훈 프로젝트 성공하고 10억 받으면 그때 정산해."

고개를 끄덕인 덕심이 길가에 있는 한산한 레스토랑을 가리켰다.

"내가 말한 곳이 저기야. 요즘 떠오르는 핫플이래. 아웃스타그램용 사진 찍기 좋다고 인기 많아."

"그런데 왜 이렇게 조용해?"

"우리가 오늘 운이 좋은가보다."

가장 인기 많은 메뉴를 골라 주문을 마친 덕심과 은수가 본격적으로 수다를 떨 준비를 할 때였다.

"잘 있었냐. 한은수."

목소리보다 익숙한 향을 먼저 알아챈 은수가 인상을 찌푸리며 고개를 들었다. 이제는 꿈에서도 보고 싶지 않은 전남편은 뭐가 그리 좋은지 실실 웃고 있었다. 연애할 때 선물했던 향수는 결혼 후 어느 순간부터 다른 향에게 밀려났는데 어째서 다시 돌아왔는지 모를 일이었다.

"덕심이도 오랜만이다. 잘 지내지?"

은근슬쩍 의자를 빼려는 찬수의 의도를 알아챈 덕심이 발길질로 의자를 걷어찼다.

"어딜 앉아. 어디서 함부로 아는 척이야?"

앉을 수 없게 멀리 벗어난 의자를 본 찬수가 아랫입술을 질끈 물며 치미는 화를 눌렀다. 남자로서 작은 체구가 아니었지만, 이 두 여자가 뭉쳤을 때 이긴다고 장담할 수 없었다. 은수만 보더라도 수십만 명의 팬클럽 회원들을 일사불란하게 이끌던 드센 기가 아직도 여전했다.

"은수야, 우리가 비록 이혼했다지만 이렇게까지 할 사이는 아니지. 그래도 내가 잘못했다고 싹싹 빌고 네가 원하는 대로 재산도 분할했잖아."

"응. 우리 그런 사이 아니야. 남아있는 네 재산도 나 아니었으면 언감생심 만져나 봤겠어? 어디서 생색이니?"

깊은 한숨을 토해낸 은수가 물잔을 들자 지레 겁을 먹은 찬수가 두 팔로 제 몸을 가리기 바빴다.

"뭐해. 물 마시는 데 먼지 난다. 얌전히 있든지 꺼지든지."

조용히 비웃는 덕심과 눈이 마주친 찬수의 얼굴이 순식간에 벌 겋게 달아올랐다.

"그리고 잘못한 놈이 잘못했다고 빈 일을 생색내는 건 참 새 롭다. 정말 신선한 시도야. 염찬수, 크게 될 떡잎이네. 너, 정치 인 해라."

"아닌 말로, 남자가 다 그런 것 아니야? 니들이 그렇게 따라다니 던 스타들만 해도 얼마나 문란했냐."

"응. 그런 말은 네 여동생한테 해. 처남이 바람 몇 번 피울 수 도 있지. 해봐. 그 기집애가 얼마나 지랄할지. 아휴, 벌써 귀가 아 프다."

덕심은 언성 한번 높이지 않고 차분하게 되받아치는 은수가 대 단하다고 느꼈다. 시댁에 시달리면서 쌓은 내공으로 단단해졌으 니 고맙다고 해야 하나.

"은수야, 원래 잘난 남자한테는 여자가 따르는 법이야."

바람피우던 현장에서 걸렸을 때부터 줄곧 주장하던 찬수의 뻔 뻔한 핑계는 여전했다.

"염찬수 씨, 당신은 돈 빼면 시체예요. 아무 매력이 없어요. 키, 몸매, 얼굴…… 도대체 어디가 잘났어? 마음 약해서 받아준 내 가 병신이지."

"너 어디 가서 나만 한 남자 또 만날 수 있을 것 같아?"

구질구질한 허세는 듣는 귀를 더 부끄럽게 했다. 은수는 전반적 으로 짧은 느낌을 주는 찬수의 전신을 비릿한 눈으로 훑다가 중 간 지점에서 멈췄다.

"내가 남자를 만나든 여자를 만나든 신경 끊고, 댁은 그 팽이버섯이나 원 없이 휘두르고 사세요."

쓸모도 형편도 없다고 중얼거리는 은수의 혼잣말을 들은 찬수가 부들부들 떨며 말을 더듬었다.

"뭐…… 팽, 팽이……."

"손님, 주문하신 버섯 리소토가 나왔는데 팽이버섯은 빼 드릴까요?"

리소토를 시킨 적이 없는데 무슨 소리인가.

"저희 것이 아닌 것 같은데요."

다가온 종업원의 늘씬한 키를 따라 시선을 올리면서 꽤 잘생겼겠구나 예상했던 덕심이 활짝 웃었다. 이 녀석이 왜 여기 있는지알 수 없지만, 종일 봤던 흰색 와이셔츠와 글렌 체크 바지 위에 앞치마를 두른 익준이 반가웠다.

"네. 팽이버섯은 빼주세요. 깔끔하게 싹 다 빼주세요."

"알겠습니다."

말을 마친 익준은 빨개진 얼굴로 씩씩거리고 선 찬수를 번쩍 들고 나갔다.

"어, 어! 뭐야! 너, 뭐야!"

절규에 가까운 찬수의 가련한 저항을 무심하게 쳐다보던 은수의 입가에 기분 좋은 미소가 걸렸다.

"쟤는 힘도 좋은가 보다. 염찬수 체중이 장난 아닐 텐데. 덜렁들고 나가네."

한참 후에 손바닥을 탁탁 털며 들어온 익준이 곧바로 은수에게 직진했다.

"누나, 괜찮아요?"

은수는 다짜고짜 친근하게 들이대는 익준이 부담스러웠다. 그래도 두 번이나 큰 신세를 졌고 덕심의 직장 동료이니 예의 있게 대하고 싶었다.

"안녕하세요. 오랜만에 보는데 갑자기 누나라고 하니까 이상하네요. 오늘도 감사합니다. 그런데 여기서 뭐 하세요?"

"누나, 저는 큽니다."

자몽 에이드를 마시다가 뿜을 뻔한 위기를 느낀 덕심이 음료를 도로 뱉어냈다.

"네?"

은수는 귀를 의심했다. 이 남자는 다짜고짜가 컨셉인가. 다짜고짜 나타나서 다짜고짜 돕고 다짜고짜 이상한 말을 한다.

"저는 버섯 따위로 묘사할 수준이 아니에요."

해맑고 당당한 익준을 멍한 눈으로 쳐다보던 은수가 피식 웃으며 물었다.

"아, 네. 그럼 뭐. 그쪽은 나무?"

"미사일이요."

결국, 덕심은 음료수를 망나니처럼 뿜고 말았다.

성 대리, 뭐야. 내가 지금 뭘 들은 거야. 덕심은 미사일 직구를 날린 익준을 경악의 눈으로 쳐다봤다. 남과 여는 덕심이 뿜어낸 미세한 안개비를 배경으로 잠잠히 서로를 응시하고 있었다. 은수는 생각이 드러나지 않는 무표정이었고, 익준은 그녀가 뭐라도 말해주길 기다리는 눈치였다.

"은수야? 놀랐어?"

당연히 놀랐겠지. 몇 번이나 봤다고 검증할 수도 없는 무기를 과시하고 있어.

"덕심아, 너는 테이블이나 닦아."

그러나 은수의 목소리는 평온하다 못해 건조했다.

"어. 그렇지."

덕심은 부랴부랴 카운터에서 받아온 휴지와 행주로 테이블을 닦았다. 자꾸만 특정한 곳으로 가려는 시선을 참기 위해 청소 전문 업체에서 파견된 일꾼처럼 닦는 일에 몰@두했다. 이러지 마 내 눈, 정신 차려. 앞으로 익준을 그전과 같은 정신으로 볼 자신이 없었다. 분주하게 움직이는 덕심은 안중에도 없이 묵묵히 있던 두 사람. 먼저 정적을 깬 것은 은수였다.

"와우, 규모와 성능이 아주 대단하시겠어요."

느릿하게 손뼉까지 치는 은수를 흐뭇하게 바라보는 익준의 얼굴은 자부심으로 반짝거렸다.

"인상 깊은 자기소개였어요. 평생 못 잊겠네요."

"어떻게 잊겠어요. 내가 일평생 누나 옆에 있을 텐데."

덕심을 통해 몇 번, 익준이 자신을 마음에 들어 한다는 소리를 듣긴 했었다. 첫 만남부터 범상치 않았던 눈빛과 태도를 생각해 보면 놀랍지 않았다. 하지만 지금은 너무 놀라워서 오히려 기분이 착 가라앉았다. 인생이 장난인 줄 아나. 아직도 소년미가 느껴지는 익준이 그저 철없는 도련님으로 느껴질 뿐이었다.

"그런데 그런 식으로 어필하는 것 오히려 마이너스예요. 경험 많다는 소리로 들리니까요. 저는 몸가짐이 조신한 남자가 좋아요. 가볍게 연애나 하자는 제안도 하지 마세요. 지금 그럴 기분도 처지도 아니에요."

"어……. 이렇게 한방에 까는 거예요?"

"네."

여지없이 거절한 은수는 바로 옆에 뿌리박고 선 익준에게서 시선을 거두었다. 넉살 좋고 자신만만한 익준은 예상을 뛰어넘는 단호함에 놀란 눈치였다. 덕심은 도와달라는 듯이 간절하게 쳐다보는 익준에게 고개를 저었다.

"나중에 얘기해요."

돌아서는 익준의 축 처진 어깨를 보자 무조건 은수 편인 덕심도 마음이 쓰였다.

Out of sight, Out of mind.

동서양을 막론하고 옛말은 그른 것이 없다. 떠날 때와 달리 성훈은 완벽한 평정심을 찾은 상태였다. 이전처럼 완벽하게 자신을 통제하고 조절할 수 있는 지금이 더없이 마음에 들었다. 뭐가 뭔지 깨달을 틈도 없이 휘청이고 기울어진 감정에 휘둘렸던 짧은 시간을 생각하자 얼굴이 화끈거렸다.

두바이의 첫날은 도저히 용납할 수 없을 정도로 엉망이었다. 다시 돌아가고 싶고, 궁금하고, 보고 싶은 마음을 다그치는 데 에너지를 쏟는 자신이 너무 한심했다. 벗어나려 애쓸수록 늪에 빨려들어가는 것 같아 아예 자포자기해 버린 것이 신의 한수였다. 오히려 조금씩 나아지더니 어느새 본래의 마성훈으로 돌아가 있었다. 정확히는 모르겠지만, 아무렇지도 않은 여자가 신기한 나머지 감정에 혼선이 온 것이라고 결론지었다.

"그런 거야. 그냥 그런 거였어."

눈을 감은 성훈이 나지막이 중얼거리는 소리에 고개를 돌린 호군은 그가 잠꼬대한다고 생각했다. 워낙에 본인이 정한 목표를 이룰 때까지 전력하는 부회장이었지만, 이번 출장은 가학적이다 싶게 일에 몰두하는 모습을 보였다. 초반에 보였던 컨디션 난조는 아마도 바뀐 환경과 피로 탓인 듯했다. 승무원을 불러 커피 한잔을 부탁하자 성훈도 한잔 부탁한다면서 눈을 떴다.

"주무시는 줄 알았습니다."

"아니요. 명상 중이었습니다. 이게 효과가 좋네요."

"효과가 좋다니 저도 해봐야겠습니다."

"도착 후 스케줄은 바로 체육 대회입니까?"

성훈의 물음에 호군이 다시 시간을 확인했다.

"네. 지금쯤이면 점점 열기가 달아오르기 시작할 때입니다."

"실장님은 바로 계주 주자로 나가셔야겠네요. 피곤할 텐데 괜찮으십니까?"

질문을 곱씹은 호군이 미심쩍은 눈으로 성훈을 쳐다봤다.

"왜 남의 말 하듯 하십니까? 부회장님은 첫 번째 주자십니다. 부회장님, 저, 성 대리, 강 비서 순입니다."

"제가 달려요? 제가 왜요?"

뭐가 어떻게 된 것인지. 성훈은 갑자기 계주 주자로 나가게 된 상황을 전혀 이해할 수 없었다.

"릴레이 계주는 네 명이 참가해야 한다고 해서, 포기할까요? 했더니 기념 삼아 참여한다고 하셨습니다."

"제가 그랬던가요?"

"두바이 도착한 첫날, 프린스 알리와의 만찬 후에 보고 드렸습니다."

그렇다면 이 상황을 이해할 수 있었다. 그날 저녁에 먹은 메뉴도 기억나지 않을 만큼 이성과 감성이 뒤죽박죽일 때 보고 받은 모양이었다.

"도착까지 얼마나 남았습니까?"

"한 시간 남짓 남았습니다."

"오랜만에 몸 좀 풀겠네요."

갑자기 엄청난 승부욕이 도진 성훈은 적당한 흥분으로 달아오르는 기분이 흡족했다.

올림픽의 꽃이 마라톤이라면 마윤 그룹 체육 대회의 꽃은 혼성 릴레이 계주라고 단언할 수 있겠다. 5년 만에 열린 체육 대회이기도 했지만, 특히 마성훈 부회장이 주자로 나온다는 소식에 전사의 관심이 집중되었다. 이 좋은 이벤트를 놓칠 홍보실이 아니었다. 카메라 앞에 선 성훈은 두바이에서 바로 날아온 사람이라고 믿을 수 없도록 상큼한 생명력이 넘쳤다.

"부회장님, 각오의 한 마디 부탁드립니다."

진행자가 마이크를 넘기자 인터뷰에 능숙한 성훈이 눈부시고 건강한 치아를 드러내며 웃었다. 그 모습이 꼭 섹시한 테니스 스타 같았다.

"각오랄 것까지야. 참가하는 데 의의를 두고 1등 해야지요."

"참가에 의의를 두는데 1등이라뇨. 하하하. 부회장님은 유머도 남다르십니다."

"1등 말고 다른 등수도 있습니까?"

대외용 미소를 지은 성훈의 싸늘한 대답을 들은 진행자의 등골에 오싹한 소름이 돋았다. 그제야 마윤 오너가 어떤 인간이었는지 새록새록 떠올랐다.

"없습니다. 1등뿐이죠."

적어도 마성훈의 사전에는 1등만 있는 것이 분명하고 당연한 거였다. 성훈의 인터뷰를 지켜보는 틈틈이 호군은 주위를 두리번거렸다. 곧 비서실 인터뷰가 있을 예정인데 아까부터 덕심이 보이지 않았다.

"성 대리, 강 비서는 어딜 갔는데 아까부터 보이지 않아?"

"옷 갈아입고 있을걸요? 전화해 보세요."

카메라와 함께 다가오는 진행자에게 양해를 구한 호군이 핸드폰 신호음에 귀를 기울였다.

— 갈아입고 있어요. 곧 나갈게요.

"빨리 와야 해. 인터뷰 끝나면 바로 경기 시작이야."

대답 대신 무거운 한숨만 연이어 들려주던 덕심이 모습을 드러냈다.

"강 비서, 옷이…… 왜 그래? 지구라도 구할 작정이야?"

눈을 어디에 둬야 하더라. 나이에 어울리지 않게 순수한 호군은 히어로들이나 입는 밀착 바디 슈트를 입은 것 같은 덕심의 모습

앞에서 허둥거렸다.

"성 대리님한테 물어보세요. 상의라도 다른 옷 입으면 안 되냐고 문의했더니 절대 불가래요."

결국, 단체복 사이즈 교환에 실패했다는 뜻이었다. 넉넉하게 L 사이즈를 입으려 했던 덕심은 S 사이즈를 입는 바람에 뜻하지 않은 몸매 커밍아웃을 하게 됐다. 나왔다! 들어갔다! 확실하게 구분된 바디 라인이 뭇시선을 붙들고 놓아주지 않았다.

"빨리 끝내고……. 강 비서? 그러고 달립니까?"

채근하러 왔던 성훈도 당혹감을 감추지 못했다. 지금 그 꼴이 뭐냐고 다그쳐야 마땅한데 아름다워 보이다니. 뇌 아니면 안구의 문제인 게 분명한데 다행히도 다른 이들도 같은 증상인 것 같아 우선 안심이었다.

"강 비서에게 지급된 단체복의 사이즈가 지나치게 작아서……. 여분이 없어서 교환을 못 했답니다."

진땀을 흘리는 호군의 설명을 듣던 성훈이 자신의 상의를 훌렁 벗어 던졌다. 너무 좋아서 비명을 지를 뻔했던 홍보실 직원들이 김빠진 한숨을 쉬었다. 아쉽게도 성훈은 흰색 면티까지 챙겨 입고 있었다.

"강 비서는 이거라도 입고 달리는 것이 좋겠네요."

"단체복을 꼭 입어야 한다는데요."

망설이는 덕심의 말에 성훈은 거만한 실소를 터트렸다.

"내 얼굴이 곧 마윤인데 딱히 유니폼이 중요할까 싶습니다."

하긴 부회장이 벌거벗고 뛰겠다고 한들 누가 뭐라 할까. 덕심은 안도의 한숨을 쉬며 성훈이 넘겨준 상의를 입었다. 허벅지를 충분히 덮고도 남는 것이 마음에 쏙 들었다. 덕심까지 준비를 마친 것을 확인한 성훈이 큰소리로 외쳤다.

"자, 전기실 모두 준비됐습니까?"

"네!"

성훈이 내민 손등 위에 비서실 일동의 손이 모였다.

"화이팅 한번 외치고 가겠습니다. 1등 외에는 없습니다."

"파이팅!"

누가 감히 부회장보다 빨리 달릴 마음을 먹겠는가. 난다 긴다 하는 빠른 발들이 모였지만, 첫 번째 주자들은 시작부터 김샜다고 툴툴거렸다. 전력 질주했다가는 봉변을 당할지 모른다는 암묵적인 패배의식이 만연한 상황이었다. 그러나 스타트 건이 울린 직후 모두 깨달았다. 우사인 볼트를 몰라보고 배려한답시고 깝죽거렸다는 것을. 시종일관 눈부신 속도를 유지한 성훈이 당연하게 1등을 끊었다. 두 번째 주자인 호군이 안정적으로 거리를 유지하며 달리는 것을 확인한 성훈은 발목을 풀고 있는 덕심을 바라봤다.

"역시, 괜찮아. 문제없어."

들뜨지도, 안달 나지도 않은 잠잠한 마음. 지나치게 자극적인 트레이닝복 핏에 잠시 당황했던 순간을 제외하고 여전히 아무렇지 않았다.

"으아아악! 성 대리니임!"

안도하며 가슴을 쓸어내리던 성훈은 갑자기 덕심이 그악스러운 비명을 지르는 통에 덩달아 놀랐다. 바닥에 떨어진 바통을 줍는 익준이 보였다. 거리가 좁아진 것은 물론 역전까지 당하는 순간 성훈의 이마가 사납게 일그러졌다. 안타까워서 팔딱팔딱 뛰던 덕심의 표정이 돌연 변했다. 승부욕으로 이글거리는 눈에서 불꽃이 피어오를 것 같았다. 그 맹렬한 기운이 성훈에게 확신을 주었다. 1등 외의 등수는 없다.

세 번째로 들어온 익준은 덕심에게 바통을 넘겨주자마자 바닥에 고꾸라졌다. 호군은 꼴등으로 추락했다가 따라잡느라 죽을 만큼 애를 쓴 익준을 다독였다. 그 순간 관중석에서 엄청난 환성이 튀어나왔다. 이를 악물고 달리는 덕심의 발은 보이지도 않을 만큼 빨랐다.

"잘 달리는데?"

덕심의 궤도를 눈으로 좇는 성훈의 입꼬리가 만족스러운 호선을 그렸다. 총알처럼 튀어 나감과 동시에 브레이크 없는 폭주 기관차처럼 달리더니 단숨에 2등을 제치고 1등을 바짝 추격하는 중이었다.

"저것 좀 보세요. 다들 우리 부서 평균 연령이 높아서 무시했다고 했습니까? 강 비서가 코를 납작하게 눌러놓네요."

"와! 대박."

겨우 한숨 돌린 익준도 벌린 입을 다물지 못했다.

"미친 속도네요. 부회장님 급입니다. 기특하기도 하지."

시원하게 추월하는 덕심을 본 호군도 허허 웃었다. 믿을 수 없도록 압도적인 거리를 벌려 놓고 들어오는 덕심을 맞이하기 위해 세 남자가 결승점에서 대기했다.

"잘한다. 강덕심!"

"강 비서, 멋지다."

결승선을 밟음과 동시에 덕심이 쾌활하게 외쳤다.

"아악! 우리가 1등이에요!"

꽝장한 속도가 붙은 덕심의 몸이 멈추지 못하더니 그대로 단단한 가슴을 향해 돌진했다. 얼결에 덕심을 안아 든 성훈은 가쁘게 들썩이는 숨소리와 펄떡거리는 심장의 박동을 느낀 순간 낮게 뇌까렸다.

"제길."

아아, 강 비서. 마른하늘의 강 비서, 아닌 밤중에 강 비서. 도대체 어디서 나타난 여자이길래 나를 이리도 혼란스럽게 한단 말인가.

"앗! 죄송합니다. 부회장님."

얼결에 성훈의 품으로 골인했던 덕심이 화들짝 놀라며 안전거리를 유지했다. 잘 달리는 여자라 그런지 멀어지는 속도가 축지법 쓰는 전우치 수준이었다. 덕심과 쿵! 하고 부딪힌 순간 성훈이 지난 며칠간 애쓴 모든 것이 허사가 되었다. 몽땅 다, 도로 제자리로 돌아왔다. 아니지, 다이어트 후 찾아온 요요처럼 가혹한 부작용으로 돌아왔다. 서로서로 어깨동무하며 환호하는 비서실 식구들을 멀거니 바라보던 성훈의 눈빛이 번뜩였다.

"떨어져요! 당장 떨어져!"

덕심과 얼싸안고 빙빙 도는 두 남자를 향한 질투심이 요동쳤다. 차라리 보지 말았어야 했는데 어쩌자고 그 환상적인 몸매를 알게 됐단 말인가. 극단적인 곡선을 그리던 몸과 얼굴의 부조화는 염두에 없었다. 주변에서 그 나이에 무슨 관리를 했을까 수군거리는 소리도 들리지 않았다. 일생 성훈을 지배했던 차가운 이성은 감성의 소용돌이에 치어 어딘가에 처박혀 버렸다. 성훈의 기분 따위 알 리 없는 덕심이 기세등등하게 외쳤다.

"부회장님, 오늘 한턱 쏘세요!"

떨어지라는 말도 안 듣고 아직도 남자들과 얼싸안고 있는 주제에 밥까지 사라니. 본격적으로 호구 된 기분이었지만 성훈은 어느새 자신이 알고 있는 최고급 식당 리스트를 떠올리고 있었다.

특별 고객을 위한 정찬 메뉴를 설명하는 수석 주방장은 마치 베르사유 궁정의 요리사 같았다. 오르되브르(전채 요리)부터 마지막 디저트까지, 길고 정성스러운 설명에 지친 배꼽시계가 정각을 알리기 직전이었다. 알아들을 수 있는 말이 별로 없었지만 언제는 알고 먹었나. 성훈이 샹숑샹숑한 발음으로 몇 가지를 더 지시하자 잠시 후 얼음물에 칠링(Chilling)한 샴페인이 도착했다.

"아직 식전이니까 가볍게 시작하죠."

가볍게 돔 페리뇽. 재빠른 눈으로 빈티지를 확인한 덕심은 좋아서 벌어지는 입을 손으로 가렸다. 겨우 계주 한판 뛰고 이런 융숭한 대접이라니, 엄청나게 남는 장사였다. 샴페인의 과일 향을 음미하느라 정신없는 덕심의 팔에 익준이 애처롭게 매달렸다.

"오늘 강 비서님 아니었으면 나는 죽은 목숨이었어요."

그냥 지금 죽여 버릴까. 성훈은 항상 멀찍이 두고 보기만 하는 덕심에게 서슴없이 팔짱을 끼는 익준을 싸늘하게 응시했다. 머금었던 샴페인을 꼴딱 삼킨 덕심이 익준의 팔을 매정하게 뿌리쳤다.

"성 대리님, 그냥 지금 죽여 드릴까요?"

일, 심, 동, 체? 성훈은 자신의 속에 들어갔다 나온 것처럼 같은 생각을 쏟아낸 덕심의 발언에 놀랐다.

"진짜 아까 바통 떨어트리는데 당장 뛰어들어서 멱살 잡을 뻔했어요."

"하여튼 무조건 감사해요. 언젠가 꼭 은혜 갚겠습니다."

익준은 진심으로 덕심이 고마웠다. 이를 악물고 달리는 그 순간의 덕심은 마치 바람의 신 같았다. 1등 외의 등수가 있다는 것조차 모른다는 부회장 앞에서 패배의 원인이 될 뻔한 것을 생각할 때마다 익준은 눈앞이 캄캄했다. 고품격 코스 요리는 당연히 맛이 훌륭했지만, 덕심은 유난히 맛있게 먹었다. 그 모습을 흐뭇하게 보던 호군이 어느새 비어 버린 덕심의 잔을 채웠다.

"강 비서는 음식을 맛있게 먹는 모습이 참 보기 좋아."

"제가 좀 잘 먹죠?"

"어른들이 복덩이라고 하지 않아?"

"그런 건 잘 모르겠고요. 저는 어려서부터 몸 챙기는데 집착하는 편이었어요."

"이유가 있어요?"

성훈의 질문에 덕심은 안경을 고쳐 쓰며 설핏 웃었다.

"장래 희망이 성공한 갑부였거든요. 우리 엄마가 건강한 신체와 건강한 정신을 가진 사람이 성공한다고 했어요."

"그게 답니까?"

너무 싱거운 이유인지라 성훈은 실소를 터트렸다.

"네. 저는 엄마 말씀을 잘 듣는 어린이였으니까요. 그리고 결과적으로 지금까지 건강하지 않습니까."

202

"어쩐지 보약을 그렇게 챙겨 먹더라. 같이 먹잔 소리도 안 하고."

평소에도 덕심이 한약 파우치를 들고 있을 때마다 중년인 척하다가 정말 늙어버린 것이 아니냐고 놀리던 익준이 핀잔을 줬다.

"왜요. 성 대리님도 자궁 데우고 싶었어요? 진즉에 말하지 그랬어요. 내일부터 나눠 먹어요. 누가 알아요? 그거 먹고 조신해질지."

"아, 진짜. 한 마디도 져 주질 않으시네."

언제부터 저렇게 친해졌나. 아웅다웅하는 덕심과 익준을 바라보는 곱지 않은 두 개의 시선이 예리하게 빛났다. 각자 나름의 의심을 품은 성훈과 호군의 목표물은 성익준이었다.

덕심은 술에 취해 연체동물이 된 익준을 택시에 욱여넣고 진땀을 닦는 호군에게 손을 흔들었다.

"주말 즐겁게 보내세요. 월요일에 봬요!"

택시 뒤꽁무니가 완전히 사라질 때까지 손을 흔들던 덕심이 뒤에 선 상대방에게 공손히 허리를 굽혔다.

"안녕히 가십쇼. 부회장님."

"나한테는 그게 답니까? 인사가 약소하네요."

난데없는 지적에 당황한 덕심이 좀 더 허리를 깊숙이 숙였다.

"조심해서 들어가십시오."

"……."

설마 술에 약한 세자 저하께서 샴페인 한잔에 취했나? 덕심은 괜한 꼬투리를 잡는 성훈 앞에서 벌서는 기분이었다. 출장에서 돌아온 성훈은 또다시 덕심과 적당한 거리를 두고 싶어 하는 등 다소 까다롭게 굴었다. 장거리 비행 후 바로 행사 일정을 치러야 했으니 피곤한 것이 당연하다고 이해했다. 그래도 뭐 이런 유치한 시비를 거냔 말이다.

"그럼……. 행복하고 즐거운 주말을 알차게 보내시고 기체후 일향만강한 모습으로 월요일에 뵙겠습니다."

요란한 작별 인사를 받은 성훈은 그제야 마음에 드는지 기분 좋게 웃었다.

"강 비서는 내가 데려다 주……."

성훈의 말이 끝나기도 전에 덕심은 팔이 떨어질까 염려될 정도로 세차게 흔들었다.

"아닙니다. 괜찮습니다. 택시 타면 금방입니다."

"왜요. 장 실장님 댁으로 데려다줄까 봐 그래요?"

덕심을 이미 들통 난 사실을 확인받자 멋쩍게 웃었다.

"어……. 실은 제가 사는 곳이 너무 누추하기도 하고 사연이 좀 있어서……."

성훈도 난처해 하는 덕심을 더 괴롭힐 생각은 없었다. 그렇다고 이대로 보내고 싶지도 않았다.

"잠깐 걸읍시다. 술을 좀 깨고 가야겠어요."

"넵……."

덕심은 뒷짐 지고 걷는 성훈의 뒤를 쫄레쫄레 뒤따랐다. 샴페인 한잔 마신 지 어언 세 시간 하고도 이십여 분 전인데. 깨야 할 알코올이 아직도 남아있는 가성비가 부러울 지경이었다.

"엄마 말씀 잘 듣던 어린이는 다 자란 지금의 자신이 마음에 듭니까?"

"물론이죠."

"성공한 갑부가 되고 싶었다면서요."

걸음을 멈춘 성훈이 꼬박꼬박 안전거리를 유지하는 덕심을 뒤돌아봤다.

"꿈을 꼭 이뤄야 하는 건 아니잖아요. 나는 나를 사랑해요. 성실하고 용기 있고 때로는 엉뚱하고 예쁘고."

성훈은 스스로 예쁘다고 평하는 덕심을 물끄러미 쳐다보았다.

"마지막은 그냥 제 생각입니다. 저라도 예쁘다고 생각하려고요."

깜빡하고 진실을 말해 버린 덕심은 재빨리 수습에 나섰다.

"자신을 아낄 줄 아는 건……. 참, 중요하죠."

하릴없이 걷던 성훈은 길거리에 외로운 등대처럼 빛을 발하고 있는 인형 뽑기 기계로 다가갔다.

"이거 해 봤습니까?"

"아니요. 한 번도 해 본 적이 없습니다. 어릴 때 사탕 뽑기 말고는 뽑기에 관심이 없었어요."

"왜요?"

"저는 뽑기, 당첨, 횡재 같은 운이 없더라고요."

"나는 사탕 뽑기도 못 해 봤어요. 어릴 때 학교 앞 문구점에서 친구들이 게임도 하고 뽑기도 하는 게 어찌나 부럽던지."

기계 안에는 인형 말고도 갖가지 조악한 액세서리나 라이터 같은 것들도 있었다. 한참 물끄러미 보던 성훈이 주머니를 뒤적거렸다.

"뭐 하세요?"

"동전이……."

위아래 옷에 붙은 주머니를 전부 들쑤셔도 동전은 나오지 않았다. 그는 동전을 거슬러 받을 일이 없는 일상을 영위하는 재벌 4세 마성훈이니까.

"저한테 있을지도 몰라요."

덕심도 입고 있는 옷의 주머니와 가방을 적극적으로 뒤적이기 시작했다.

"엄마! 나도 저거 하고 싶어. 인형 뽑아 볼래."

마침 길을 지나던 어린아이가 제 엄마의 손을 잡아끌며 떼를 썼다.

"안 돼. 엄마가 인형 뽑기는 절대 안 된다고 했지."

성훈은 뒷머리를 긁으며 딴청을 부렸다. 부드럽지만 단호한 아이 엄마의 목소리를 들으니 괜히 자신이 혼나는 것 같았다. 가방을 찢어발길 기세였던 덕심의 손길도 느려지고 있었다.

"왜! 다른 애들은 아빠랑 삼촌이 뽑아 준단 말이야."

"못쓴다고 했다."

"왜!"

"저런 건 얼간이에 게으름뱅이들이나 하는 거야. 내일 아빠하고 마트 가서 인형 사 줄게."

"진짜지?"

가만히 있다가 얼간이 게으름뱅이가 된 글로벌의 표준 마윤 그룹의 마성훈 부회장은 꽂게 걸음으로 인형 뽑기 기계에서 멀어졌다. 혼자 체면 차려 보겠다고 도망치는 성훈을 발견한 덕심이 큰 소리로 @외쳤다.

"어디 가십니까! 여기 오백 원이 있습니다. 어서 인형 뽑으셔야지요!"

엄마 손을 잡고 가던 아이가 뒤를 돌아보더니 제 엄마와 뭐라고, 뭐라고 수군거렸다. 듣지 않아도 저기 얼간이 게으름뱅이가 있어, 라고 일러바치는 그림이었다. 한참 동안 아이를 쳐다보는 성훈의 눈매가 부드러웠다.

"말 잘 듣는 어린이가 저기도 있네요."

"커서 크게 될 아이입니다. 한창 사랑받을 때라 부럽네요."

아이 앞에 주저앉아서 모자와 점퍼를 여며 주던 엄마가 아이의 볼과 이마에 뽀뽀하는 모습이 보였다.

"우리 엄마도 저랬는데."

"엄마한테 효도하세요."

"엄마…… 안 계세요."

덕심은 환하게 웃으며 검지로 하늘을 가리켰다.

"나하고 똑같네요. 나는 아빠도."

성훈도 검지를 들어 하늘을 가리켰다.

"저는 아빠는 계세요. 철이 없어서 그렇지."

"흠. 철없는 아빠라. 없는 게 더 낫다는 뭐 그런 경우입니까?"

"그렇게 말하는 사람들도 있는데 저는 아빠가 좋아요. 안쓰럽고. 비록 덕분에 제가 집안의 기둥이 됐지만. 그래서 밥도 잘 먹고 보약도 먹고 운동도 열심히 하는 거예요. 잘 이겨 내려고. 저, 팔에 알통도 있어요."

씩씩하게 웃는 덕심은 겉과 속이 모두 건강한 사람다워 보였다. 비록 황달이 좀 심해 보여서 걱정스러웠지만. 아, 그래. 황달.

"건강검진 한번 받아 봅시다."

"네?"

뜬금없이 튀어나온 건강검진 얘기에 덕심의 눈도 튀어나오려 했다.

"평생 처음으로 내 마음에 드는 여비서가 심한 황달이라니……. 걱정돼서 그럽니다. 마윤 의료 센터에 건강검진 신청해요."

"저 괜찮은데요. 엄청, 건강하다니까요!"

"아니. 강 비서, 오래 살아야 합니다."

나보다 한참 나이도 많은데. 성훈은 차마 마지막 말을 하지 못했다.

욕실에서 나온 성훈은 그대로 일인용 소파에 몸을 묻었다. 머리카락에서 뚝뚝 떨어지는 물방울을 닦을 생각도 하지 않고 묵묵히 생각에 잠겼다. 피곤이 바위처럼 무겁게 짓누르는 중에도 이 생각만은 정리해야 했다.

강 비서를 어떻게 해야 할까. 나는 어떻게 하고 싶은 것일까. 왜 그녀 때문에 금쪽같은 마성훈의 시간과 에너지를 소비하고 있는가. 두바이에서 손쉽게 정리됐던 마음인데 어째서. 하……. 생각 끝에 깨달음의 한숨이 터져 나왔다. 깊고 복잡한 상념에 빠졌던 눈동자가 순간 반짝였다.

자포자기하는 순간 마음이 편해지기에 다 끝난 줄 알았더니, 착각이었구나. 나의 무의식이 반항하지 않는 나에게 준 잠깐의 안식일뿐이었어. 그나저나.

"나……, 데이트한 건가?"

동네 한 바퀴 돌고 헤어진 것을 두고 혼자 만리장성을 쌓고 허물던 끝에 내린 결론에 스스로 충격을 받았다. 얼떨떨한 감정에 휩싸인 성훈의 뒤편, 널찍한 자리를 차지한 침대에서 검은 그림자가 스멀스멀 몸을 일으키며 물었다.

"그랬어?"

"헉! 누구야!"

갑자기 튀어나온 누군가의 목소리에 소스라치게 놀란 성훈이 소파에서 벌떡 일어났다.

"나야, 명림. 재미있었어?"

부스스 몸을 일으킨 통통하고 동그란 몸의 주인이 하늘 높이 뻗친 머리를 긁으며 성훈에게 다가왔다. 명림은 장골 부근에 아슬아슬하게 걸친 수건을 아쉽게 노려보며 혀를 찼다. 침입자의 정체를 확인한 성훈은 가슴을 쓸어내리며 다시 소파에 주저앉았다.

"아니, 선생님, 여기에서 뭘 하고 계신 겁니까?"

"아까 저녁 먹고 졸려서 잠깐 잠들었어."

"그러니까. 잠을 왜 제 방에서 주무시냐고요."

"네 방 침대 매트리스가 편하더라고."

이번이 처음이 아니라는 뉘앙스였다. 성훈은 그 누구와도 침대를 공유할 사람이 아니었다. 강 비서라면 또 몰라도.

"내일 당장 침대 바꾸겠습니다."

"예민한 녀석. 그나저나 데이트했다고? 누구하고 했어? 회장님
이 아시면 난리 나겠네."

"······!"

어디까지가 생각이었고, 어디부터 입 밖에 꺼낸 말이었더
라······. 기억을 거슬러 올라갔지만, 너무 깊이 몰입한 나머지 구
분할 수가 없었다.

"덕심이하고 데이트한 거야?"

"······."

대답 대신 신경질적으로 치켜 올라가는 한쪽 눈썹을 목격한 명
림이 넘겨짚듯이 물었다.

"마음에 있어?"

"도대체 무슨 소립니까? 제가, 그 나이 많은 아주머니하고 뭘
하겠습니까?"

강한 부정은 강한 긍정을 뜻한다. 포커페이스에 능한 성훈답지
않은 과장되고 어색한 말투가 오히려 진실을 강조하고 있었다. 이
녀석이 멍청이가 다 되었구나.

"데이트했다면서."

"그게······. 그게 강 비서라고 말한 적은 없잖아요."

"그럼, 누구하고 데이트했냐고."

"제가요?"

치매 환자 앞에서 쓸데없이 진실해질 뻔했다. 얼른 정신을 차린
성훈이 딱 잡아뗐다.

"잘못 들으셨어요. 어서 가서 주무세요. 아직 잠이 덜 깨셨나
봅니다."

“걱정하지 마라.”

갑자기 진지해진 명림이 진짜 손자를 보듯이 인자하게 웃고 있었다.

“……?”

“걱정하지 마. 나이 많은 게 대수더냐. 관리만 잘하면 오순도순 함께 오래 살 수 있어. 괜찮아.”

뜻밖의 위로에 성훈은 정체불명의 불안으로 곤두섰던 신경이 누그러졌다.

“강 비서가요?”

말끄러미 성훈을 쳐다보던 명림이 천천히 고개를 저었다.

“아니. 나 말이야.”

“하아!”

비명 같은 한숨을 내쉰 성훈은 성큼성큼 걸어 방문을 활짝 열었다.

“이만 방으로 돌아가세요.”

총총히 걸어서 열린 문으로 나서던 명림이 성훈의 눈을 올곧게 응시했다.

“강 비서 좋아해?”

“아닙니다! 아니라고요. 어서 가서 주무시기나 하세요.”

그답지 않게 펄쩍 뛰는 꼴을 본 명림은 의미심장하게 웃으며 자신의 방으로 돌아갔다.

아침에 배달받은 탕비실 비품을 정리하던 익준은 냉장고를 열어 보고는 쯧 혀를 찼다.

"이 아주머니가 진짜. 냉장고를 세냈나."

탕비실 정리를 마친 익준이 드넓은 비서실 한 귀퉁이에 자리한 덕심에게 외쳤다.

"강 비서님, 냉장고가 전부 강 비서님 간식하고 건강식품으로 가득하잖아요. 실장님하고 내 야채즙 넣을 자리가 없어요."

"미안해요. 이번 주 안에 전부 먹어 치울게요. 참, 이거 드실래요?"

덕심의 손끝에서 달랑거리는 한약 파우치를 본 익준이 미간을 구겼다. 분명 자궁을 따뜻하게 해주는 약이라고 해 놓고 먹으라는 건 무슨 심보인지.

"그거 여자들이 먹는 거라면서요."

"그러니까요. 조신한 타입을 좋아한다잖아요."

익준은 남의 속도 모르고 장난만 치는 덕심이 야속했다. 은수에게 크게 점수를 잃은 익준은 땅이 꺼질 듯한 한숨을 터트렸다. 미사일을 방불케 하는 자신의 분신이 요즘처럼 미운 적이 없었다.

"놀리지 말아요. 저 진짜 장난이나 가벼운 마음 아니거든요."

이걸 어쩌나. 온전한 마음이었어? 걱정 하나 없는 소년처럼 맑게 웃는 모습이 트레이드마크인 익준이 어둡게 가라앉았다. 적어도 반은 장난일 거라고 지레짐작했던 것이 미안해졌다.

"그리고 이거. 누나하고 같이 가서 드세요."

익준은 재킷 안주머니에서 꺼낸 파스텔 색조의 분홍색 봉투를 내밀었다. 봉투 위에 찍힌 금색 로고를 확인한 덕심의 눈이 반짝

반짝 빛났다.

"어머, 이거 너무 과한 선물인데요. 여기 예약만 일 년 밀려있다는 식당이잖아요."

"거기, 시리얼 넘버 있죠? 그 넘버만 불러주면 언제든 자리 만들어 줄 겁니다."

"프리패스라고요? 이걸 어디서 구했어요?"

대통령은커녕 세종대왕이 살아와도 기본적으로 1년을 기다려야 한다는 곳이었다.

"우리 큰 형이 운영하는 식당이에요."

"와! 정말? 지난번 거기도 형이 운영하는 곳이었다면서요."

"거긴 둘째 형이요."

"그럼, 여기서도 아르바이트한답시고 나타나려고요?"

"아니에요. 그날도 심심해서 잠깐 앞치마 둘러본 거예요. 진짜 우연이었어요."

"고맙긴 한데. 은수가 안 간다고 할지도 몰라요."

프리패스 입장권이 내심 아까웠지만, 은수를 생각하니 덥석 받을 수 없었다. 분명 익준에게 마음이 없다고 체머리까지 흔들었는데 이걸 받아 가면 양쪽 모두에게 실례인 것 같았다.

"아무래도 안 되겠어요. 가져가세요."

"으아아! 좀 도와줘요. 누나. 진짜 지금은 누나밖에 없다고요."

은수에게 닿는 끈은 덕심 뿐인데, 도와줄 기미가 없자 익준은 미치고 팔딱 뛸 것 같았다. 잘생김에 약한 덕심도 미소년의 하소연을 듣는 것이 괴로웠다.

"저도 미치겠어요."

두 사람이 사랑의 고통으로 몸부림치는 사이 그 모든 과정을 엿듣는 이가 있었으니. 미세하게 열린 문틈에 귀를 붙이고 선 호군은 자신이 얼마나 추레해 보이는지 신경 쓸 틈이 없었다. 비서실이 워낙 넓다 보니 엿듣는 것이 여의치 않았다. 끊어질 듯 이어지는 대화에 집중하느라 안 그래도 부쩍 늘어나는 새치가 우후죽순 자라는 기분이었다. 몇 번이나 누나라는 단어가 들렸다.

"누나아? 누나란 말이지."

"그렇습니다. 누나라고 했습니다."

뒤에서 들린 목소리가 목덜미에 닿는 순간 생명의 위협이라도 당한 것처럼 소름이 끼쳤다.

"부, 부회장님. 언제 오셨습니까?"

"저도 들었습니다. 누나. 확실히."

성훈의 추상같은 얼굴은 전년 대비 실적이 떨어진 임원을 질책할 때 보다 더 살기가 넘쳤다. 역시 등잔 밑에 있었다니. 성훈은 복수의 칼날이라도 되는 듯이 이를 갈았다. 나보다 더 열린 마음이 있었다니. 패배를 모르는 성훈의 승부욕에 불이 붙었다.

삼 년째 서류 위를 구르는 펜 소리만 듣던 성훈이 드디어 입을 열었다.

"김 박사님, 오늘 상담 내용은 당분간 할머니 귀에 들어가지 않게 해주시죠."

"진료 내용은 항상 비밀 보장이었네만."

진짜처럼 거짓을 말하는 김 박사가 오늘따라 더 얄미웠다. 사사건건 보고가 들어가니 지금껏 한 번도 속 시원히 털어놓은 적이 없었다.

"보장할 비밀이나 있었습니까?"

뿔테 안경 너머로 성훈을 응시하던 김 박사가 펜을 내려놓았다.

"제가 이곳에서 입을 연 것은 오늘이 처음인데. 매번 적당한 내용이 담긴 상담 내역서가 할머니 서재에 있더군요."

"흠……."

김 박사의 몸이 성훈을 향해 기울어졌다. 모처럼 치료 의지를 보이는 환자의 말을 들어줘야 할 때였다.

"원장 자리에 미련이 남았으면 저를 제대로 대하셨어야죠."

"나는 단지, 회장님의 근심을 덜어드리고자."

"의사의 양심을 파셨군요. 환자는 어떻게 되든지 말든지. 가망 없는 놈을 만들어 놓고."

"원하는 게 뭔가."

"아까 말한 대로 당분간 이곳에서 나눈 대화는 비밀 유지하세요. 내가 나을 때까지."

"병을 고칠 의지는 있고?"

"네. 확실히."

문제 있는 몸으로 그녀의 남자가 되고 싶지 않았다.

"그럼, 최근 저에게 일어난 변화부터 시작할까요?"

덕심은 '연구실'이라고만 쓰여 있는 문을 보자 괜히 마음이 저릿했다. 본인도 고쳐 보려고 노력하고 있었구나. 알려질까 봐 제대로 된 진료실도 못 쓰고……. 그런 사람을 속이고 있다는 게 오늘따라 양심에 걸렸다.

한 시간 전, 집무실에서 나온 성훈이 뚜벅뚜벅 걸어서 덕심의 책상 앞에 멈췄다.

'병원에 같이 갑시다.'

그 말을 듣는 순간, 지난 주말에 성훈이 했던 이상한 말이 떠올랐다. 뜬금없이 건강검진을 강요하면서 너의 간을 이대로 둘 수 없다고, 그렇게 얼굴이 노랄 정도면 갈 날이 머지않았다고, 오래오래 살아달라고 간곡히 부탁하던 남자.

'부회장님, 저는 걱정하지 마시라니까요. 만수무강할 자신 있습니다.'
'내가 진료 받으러 가는 겁니다.'
'어디 편찮으세요?'
'나, 병신인 것 모릅니까? 그거 고치러 갑니다.'

그렇게 말하던 잘생긴 남자의 서글픈 미소…… 마저도 멋지고 난리였다.

상담이란 게 원래 이렇게 오래 걸리나? 시간을 확인하던 순간 문이 열리더니 지친 얼굴의 성훈이 나왔다.

"많이 기다렸죠?"

"아닙니다. 부회장님이야말로 피곤해 보이세요."

"그런가요?"

"네. 어서 가서 쉬시는 게 좋겠습니다."

"그러죠. 그 전에 처리해야 할 일이 하나 더 있습니다."

"제가 도울 일인가요?"

"전적으로 강 비서가 도와야 할 일이죠."

덕심은 지시 사항을 받아 적기 위해 가방에서 펜과 수첩을 꺼내 들었다.

"말씀하세요."

"여깁니다!"

갑자기 외친 성훈이 복도 끝을 향해 손짓했다. 덕심은 어리둥절한 표정으로 손짓이 향하는 곳을 쳐다봤다. 척척척. 마치 스타워즈에 나오는 은하제국 군단처럼 걸어온 의료진이 덕심의 양팔을 단단히 얽어맸다.

"이, 이게 뭐죠? 부회장님?"

"강 비서, 내가 말했잖아요. 나는, 나의 강덕심이 건강하게 오래오래 살기를 바랍니다."

비서의 황달이 그렇게 애절할 일이었던가. 말, 눈빛, 목소리가 삼위일체가 되어 덕심의 가슴을 흔들었다. 이 상황에서 심쿵 하는 것이 옳은 일인가 혼란을 겪는 사이 발끝이 허공에서 대롱거렸다.

"이거 놔요! 놓으세요! 저는 이대로는 안 됩니다!"

그렇게 마음의 준비도 없이, 제대로 속일 준비도 못 한 채로 덕심은 건강검진센터로 끌려갔다.

7. 소개팅 한번 하시죠

　간호사의 눈이 환자 정보가 적힌 차트와 덕심의 얼굴을 오락가락, 열두 번째 왕복했다. 환자를 배려하기 위한 미소가 배어 있지만, 눈빛은 의혹으로 가득했다. 그러거나 말거나 덕심은 발등에 떨어진 불부터 꺼야 했다.

　"강덕심 님, 환자 정보 확인하겠습니다. 손목에 있는 이름표 좀 보여 주시겠어요?"

　그러면서 한 번 더 덕심의 얼굴과 나이를 대조하는 눈치였다.

　"거기 있는 나이 맞고요. 아까 신분증도 보여 드렸어요."

"아, 그러셨군요."

그러나 당신 도대체 뭔가요? 하는 표정은 여전했다. 덕심은 예전부터 종합병원이 피곤한 것을 알고 있었지만 오늘 특별히 힘들었다. 이 사람이 담당인가 싶어 자초지종을 설명하면 또 다른 사람이 나타나고, 설명하고 설득하면 또 다른 사람이 나타나고. 반복되는 설명에 목이 쉬고 갈라져 갔다. 다행이라면 눈코 뜰 사이 없이 바쁜 성훈이 회사로 돌아갔다는 사실이었다.

장 실장에게 SOS를 쳐 놓았지만, 그도 난감해하는 티가 났다. 한두 명도 아니고 수천 명에 이르는 병원 직원 중에 누가 덕심과 접촉할지 모르니 보안 유지가 쉽지 않았다.

"제가 성숙한 화장을 좋아해요."

임시방편으로 둘러대면 '노숙'한 것 아니고? 라고 묻는 눈초리만 오조 오억 번 겪었다.

"강덕심 님, 마윤 그룹 전략 기획본부 비서실 소속이시죠?"

"네."

"아시는지 모르겠지만, 특별 요청이 들어왔습니다. 제가 강덕심 님 전담으로 배정됐어요."

"잘 부탁드려요."

"우선……. 이름표에 있는 생년월일부터 지우겠습니다."

잘 실장님이 손을 썼구나. 전지전능한 우리 실장님. 새장가도 가셔야 할 텐데, 자신 때문에 그의 노화가 촉진되는 것 같아 면목이 없었다.

덕심은 생년월일이 사라진 새로운 이름표를 물끄러미 쳐다봤다. 그토록 건강을 우려했던 강 비서가 창창하고 팔팔한 이십 대라는 사실을 알면 부회장은 어떤 표정을 지을까. 싸늘하고 까탈스러운 줄만 알았는데 지내보니 속정이 깊은 사람 같았다. 자기 사람은 확실하게 챙긴다더니 유일한 여비서라는 이유로 이런 호화판 건강검진까지 제공하다니. 돈에 눈이 멀어 투입된 기획 비서라는 걸 알면 많이 속상해하겠지. 자꾸만 커지는 양심의 목소리가 덕심을 괴롭혔다.

회의 시간에 맞춰 도착한 성훈은 뒤를 따르는 호군에게 딱딱한 목소리로 알렸다.

"강 비서는 건강검진 때문에 내일까지 휴가 줬습니다."

"네."

성훈은 이미 알고 있는 낌새인 호군의 태연한 대답이 신경에 거슬렸다.

"혹시 알고 있었어요? 강 비서가 건강검진 받는 것 말입니다."

"조금 전에 전화가 왔습니다. 갑자기 부회장님께서 지시하셨다고."

"두 사람, 일거수일투족을 공유하시나 봅니다."

날카로운 성훈의 말에서 뼈가 느껴졌다.

"저희는 한 팀이니까요."

오늘 회사 안팎으로 부회장의 심기를 불편하게 할 일이 있었던가. 호군은 빠르게 머리를 회전해 봤지만, 짐작 가는 바가 없었다.

덕심에게 눈이 멀어서 정신머리까지 아득해진 성훈은 제대로 된 판단력을 잃었다. 강 비서를 자를까? 아니야, 그러면 내가 못 보게 된다. 그렇다고 아무 이유 없이 장 실장이나 성 대리를 해고할 수도 없었다. 무엇보다 그런 양아치 짓을 할 엄두가 나지 않았다. 대단한 여자다. 남자 셋을 한꺼번에 장악하다니.

정신 차려 보니 사장단들이 모두 배석한 상황이었다. 회의 직전까지 이따위 잡생각이나 하고 있다니. 믿을 수 없어. 잠시 감정을 통제하기 위해 명상에 집중했던 성훈이 눈을 떴다.

"회의 시작합시다."

이슥한 시각, 침대에 누운 덕심은 병실 밖 풍경을 하염없이 바라보았다.

한때 짙은 녹음을 자랑했을 나뭇잎은 색이 바랜 채 가지 끝에 대롱대롱 달려 있었다.

마치 성훈을 상대로 사기행각을 벌이다가 언제 걸려서 잘릴지 모르는 자신을 보는 것 같았다.

"은수야."

"왜."

"배고파. 배고파서 죽겠어."

이럴 줄 알았으면 점심을 많이 먹어둘걸.

한 치 앞을 모르는 인생, 기름 냄새난다고 남긴 생선가스가 눈앞에 삼삼했다.

아무 의지 없이 누워만 있는 덕심의 배에서 꼬르륵 소리가 주기적으로 터져 나오고 있었다.

"오늘 밤만 참아. 아니구나, 내일 아침까지 금식이구나. 갑자기 웬 건강검진을 하고 그래?"

"그러니까. 내 안색을 보면 금방 죽을까 봐 일이 손에 안 잡히신단다."

"내가 뭐라 그랬어. 이상한 놈이라고 했잖아. 아무래도 다른 방법으로 널 괴롭히는 거야. 네가 밥 좋아하는 걸 알고 일부러. 그러니까 돈 지랄까지 해가면서 1박 2일 건강검진을 시키지."

은수의 말을 듣던 덕심이 갑자기 벌떡 일어나 앉았다.

"야, 혹시 벌써 다 알고 있는 것 아닐까? 그래서 일부러 엿 먹이는 것 아닐까?"

"그럼 바로 자르겠지. 뭐 하러……. 아니지, 또라이니까 또 모르지."

"너, 아까부터 자꾸 우리 보스한테 또라이 또라이 하는데 그만 좀 해. 보기보다 속이 깊은 분이야."

"얼씨구. 누가 자기 최애 아니랄까 봐 편들기는."

"최애라서가 아니라……. 그나저나 오늘은 안 오겠지? 화장 지우고 싶어."

"참아. 이상한 사람이니까 올지도 몰라."

똑똑. 노크 소리에 문가를 쳐다보니 천천히 열리는 문틈으로 성훈의 모습이 보였다. 호랑이도 제 말하면 온다더니 맹호의 기상을 타고난 사람다웠다.

"누구……."

바로 전까지 성훈을 두고 이상한 놈, 또라이 운운하던 은수는 좌 1.7 우 2.0을 자랑하는 우수한 시력을 의심했다. 그가 미남인 건 일찍이 사진으로 확인했건만 화면이 담지 못한 미모의 수준 앞에서 할 말을 잃었다.

성훈은 평소 버릇대로 넥타이 매듭을 좌우로 흔들어 끌어 내리면서 병실로 들어왔다. 미쳤다. 사소한 동작 하나하나가 스크린 속 주연 배우처럼 멋이 흘렀다.

"강 비서하고는 어떤 관계 신지."

성훈은 처음 보는 은수에게 적당히 예의 바른, 대외용 미소를 띤 얼굴로 물었다.

"이런 미친."

은수의 입술과 혀가 제멋대로 굴었다. 분명 '덕심이 언니의 가장 친한 후배랍니다.'라고 미리 연습도 했는데, 자기도 모르게 '이런 미친 얼굴을 봤나.'라는 말이 튀어나오려고 했다.

"미친?"

보자마자 욕을 해? 생각지도 못한 과격한 단어를 들은 성훈이 미간을 좁힌 채 은수를 노려보았다.

"그러니까, 미…… 이런 미친 사내 복지를 제공해 주신 부회장님이 맞으시죠? 저는 덕심 언니의 후배예요."

"아, 안녕하십니까. 마성훈입니다. 수고가 많으시네요."

통성명을 마친 성훈은 더는 은수와 대화할 이유가 없다는 분위기를 풀풀 풍기며 곧장 덕심에게 갔다.

"잘 되고 있습니까?"

"배고픈 것 빼고는 다 괜찮은데요. 이제라도 집에 가고 싶습니다. 제가 왜 건강 검진을 받아야 하는지 모르겠네요. 아, 기운 없어."

주린 배를 문지르며 애처롭게 하소연하는 덕심을 무감하게 바라보던 성훈이 단호하게 대답했다.

"안색만 보면 여간 신경 쓰이는 게 아니라서 말입니다. 겨우 하루인데 이 정도는 참아야지, 애처럼 징징거려서야. 쯧."

마음에 안 든다는 듯 혀를 찼지만, 사실 성훈은 이 상황이 매우 흡족했다. 아이처럼 투정을 부리는 덕심이 한없이 어린 동생처럼 느껴지는 이 상황이.

"그건 그냥 파운데이션 색이 너무 탁해서 그런 건데."

은수가 살짝 거들며 끼어들었지만, 성훈은 들리지 않는 모양인지 덕심만 쳐다보면서 하고 싶은 말만 했다.

"하루만 참아요. 이 병실은 야경도 좋네. 하루 푹 쉰다고 생각하고 마음 편하게 있어요."

"그런데 이 시간에 여기는 왜 오셨어요?"

"……."

그러게. 분명 집으로 가는 길이었는데……. 정신을 차려 보니 병원 주차장이었다. 김유신의 말처럼 자신의 승용차를 단칼에 칠 수도 없었다. 사실 말이나 자동차나 무슨 잘못이 있는가. 의지 약한 주인이 문제지. 성훈의 속도 모르고 덕심은 저 인간이 또 대답하기 싫은가 보다 하고 결론지었다.

"그럼 잘 자요. 내일 봅시다."

갑작스럽게 인사를 남긴 성훈은 도망치듯 병실을 빠져나갔다. 쾅! 하고 닫힌 문을 어이없이 쳐다보던 덕심이 중얼거렸다.

"뭐야, 갑자기 오더니 갑자기 가네."

"지금 그게 중요해? 내일 보자고 하잖아. 내일 또 오겠다는 거잖아. 진짜 너희 부회장 이상하다."

은수는 장난삼아 마성훈이 널 좋아할지도 모르겠다고 했던 말을 진지하게 곱씹었다. 만약, 정말 그런 일이 생긴다면 꽤 정신 사나워질 것 같았다.

✳

간호사는 차트와 덕심과 성훈의 얼굴을 번갈아 보면서 도대체 이 여자는 뭘까 고민했다. 뭔데 특별관리 대상인지, 정작 마윤의 오너조차 아무것도 모르는 것 같아서 더 궁금했다. 성훈은 아직 마취에서 깨지 않은 덕심을 묵묵히 내려다보았다. 건강 검진 받는 사람답지 않게 평소 출근할 때의 모습과 똑같은 것이 생경해 보였다.

"이 사람, 왜 안경을 안 벗었죠?"

"그게……. 강덕심 님이 강력히 원하셔서요. 지금 깨워 드릴게요."

"됐습니다. 제가 깨우겠습니다. 나가 보세요."

한적한 병실에 단둘이 남게 되자 성훈은 문득 덕심의 맨얼굴이 보고 싶다는 강렬한 충동을 느꼈다. 보호자용 의자에 앉아서 찬찬히 들여다보았다. 가까이에서 보니 잔주름 하나 없는 얼굴이 꽤 어려 보이기까지 했다. 처음 봤을 때도 과거에 예쁘장했을 것 같다는 생각을 했지만, 안색과 안경 때문에 망친 케이스 같았다.

이렇게 보니까 훨씬 예쁘네.

솜씨 좋은 도공이 빚은 듯 날렵하면서도 부드럽게 뻗은 콧날의 선이 여성스러웠고 살짝 벌어진 분홍색 입술은 달콤해 보였다. 하마터면 밋밋할 뻔했던 갸름한 얼굴형의 한줄기 엣지, 살짝 각이 진 턱이 지적인 느낌을 더했다. 아름답고 매력적인 얼굴이 확실했다.

"화장은 그렇다 치고 안경은 왜 쓰고 자는 거야?"

콧등에 깊이 찍힌 안경 자국이 눈에 거슬린다는 핑계를 대며 성훈은 살며시 손을 뻗었다.

호랑이 굴에 갇힌 덕심은 옛 성현의 말을 떠올렸다. 정신 차려야 한다고.

꼬르륵. 하지만 정신을 차릴수록 배고픔만 선명해졌다. 눈앞의 호랑이를 보자 무섭다기보다는 잡아먹고 싶을 만큼 배가 고팠다. 와! 호랑이, 잘생겼어. 잡아먹기는 아깝다. 병이다 병. 이 와중에도 호랑이의 수려한 생김새가 눈에 들어 오다니. 주변을 어슬렁거리며 관찰하던 호랑이가 덕심의 앞에 얌전하게 앉았다. 번개를 뿜는 듯 형형한 안광과 목구멍을 울리는 크르릉 소리를 들으니 그제야 호랑이는 무서운 존재라는 생각이 들었다. 순간 호랑이가 커다란 입을 쩍 벌렸다.

"강 비서!"

호랑이가 한국말을 하다니. 나를 부르다니. 놀라는 사이 호랑이는 사람 얼굴보다 커다랗고 두꺼운 앞발을 들어 올렸다. 눈을 후

벼팔 작정인지 날카로운 발톱으로 감은 눈을 쑤셔댔다.

"하지 마! 이놈의 자식!"

이왕 이렇게 된 거 내가 널 잡아먹어 버려야겠다. 덕심은 온 힘을 다해 호랑이를 들이받았다. 퍽! 머리통을 타격하는 통증이 현실인 양 생생했다.

"아야……."

이마를 문지르며 아픔을 달래는 사이 금세 정신이 돌아왔다.

'마취약 들어갑니다.'

그 소리를 들었던 기억이 났다. 아, 벌써 끝났구나.

잠깐 눈만 감았다 뜬 것 같은데 도대체 왜 부회장이 눈앞에 있는 걸까.

"부회장님?"

그는 말이 없었다. 코를 움켜잡고 괴로워할 뿐. 성훈은 한 손으로 코를 부여잡고 한 손에는 덕심의 안경을 꼭 쥐고 있었다.

"부회장님, 언제 오셨어요? 어디 불편하세요?"

미안하지만 덕심은 뭐 때문인지 고통스러워하는 성훈이 안중에 없었다. 내 안경. 오직 그 생각만으로 불끈 쥔 남자의 손가락을 하나하나 펴서 안경을 탈환했다.

"강, 비서……."

"네. 말씀하세요."

그러나 돌아온 것은 침묵이었다. 그는 원인 모를 고통에서 빠져나오지 못한 모양이었다. 헉! 나인가? 혹시 내가 들이받았나? 아무래도 욱신거리는 이마가 의심스러웠다.

"설마 제가 그랬어요? 죄송합니다. 꿈을 꾸는 바람에……."

고뇌하는 조각상처럼 고개를 깊이 숙이고 있는 성훈은 아무리 부르고 사과해도 반응이 없었다. 아무래도 세자 저하의 옥체에 또. 얼결에 손을 휘둘러서 뺨을 후려친 지 얼마나 됐다고 또. 고이란 회장의 금쪽보다 귀한 손자이자, 대한민국 경제의 한 축을 담당하는 거물을 내가 또.

"부회장님, 어디 좀 봐요. 정말 죽을 죄를 지었습니다."

"아니에요. 괜찮습니다. 잠깐 고추냉이 먹은 것처럼 싸했던 것뿐이에요."

남자답게, 대수롭지 않은 척 고개를 든 성훈이 씩 웃었다.

"아……. 부회장님."

환하게 웃는 얼굴과 어울리지 않는 상태의 코를 본 덕심은 눈앞이 캄캄했다.

"괜찮다니까요. 그나저나 배고프다면서요. 내시경 하면서도 계속 배고프다고 헛소리했다던데."

그렇게 자상하게 말하지 마세요. 그의 태도가 부드러울수록 덕심은 처음 봤던 때의 재수 없는 마성훈이 그리워졌다.

"배고픕니다. 하지만 지금 문제는 그게 아니에요."

"그럼 뭐가 문젠데요."

"부회장님 코요."

덕심은 머뭇거리는 손짓으로 성훈의 코를 가리켰다.

"내 코가 왜요? 좀 빨간가? 강 비서 머리가 생각보다 단단하네."

보기만 해도 아픈데 안 그런 척 웃는 성훈을 보니 더 간이 졸

아들었다.

"코봉이. 부회장님 지금 코봉이가 됐어요. 엄청나게 커요. 어떡해요."

원래도 크고 우뚝한 코였지만, 지금은 커도 너무 컸다. 거울을 보지 않고도 상황을 짐작한 성훈의 표정이 비참하게 일그러졌다.

호군은 백미러를 통해 보이는 성훈의 몰골에 인상을 찌푸렸다. 고개를 쳐들고 앉은 성훈의 코에는 커다란 얼음 팩이 올라가 있었다.

"그만하길 다행입니다. 회장님이 아시면 걱정이 크실 텐데요. 아니, 어쩌다……."

"벌 받았습니다."

"네?"

"그런 게 있습니다."

도무지 알 수 없는 말에 덕심을 쳐다봤지만, 그녀 역시 어깨만 으쓱해 보일 뿐이었다. 둘 사이에 무슨 일이 있었던 것이 확실해 보였다. 성훈이 얼음 팩의 위치를 바꿀 때마다 덕심이 안절부절못하는 꼴이 의심스러웠다. 지그시 눈을 감고 있는 성훈을 흘깃 쳐다본 덕심이 간신히 입을 열었다.

"부회장님, 내일 당장 언론사 인터뷰도 있는데 일정을 옮기도록 하겠습니다."

"아니. 괜찮아요. 오늘 하루 찜질하면 괜찮아질 거라고 하잖아요."

"그래도 ……. 예. 알겠습니다."

저 대단한 붓기가 과연 오늘 밤 안으로 가라앉을까? 가라앉기는커녕 오늘 밤 당장 고이란 회장에게 불려갈지도 모르겠다. 희원정에 불려 가면 명림 아줌마나 봐야지. 삼재 같은 게 들었나? 왜이렇게 되는 일이 없는지 모르겠다.

십억, 한바탕 꿈을 꾸었구나. 요행을 바라더니 이렇게 허무하게 막을 내리게 되는구나. 막상 마지막이라고 생각하니 전기실 식구들의 얼굴이 하나씩 스쳐갔다. 꽃보다 아름다운 중년 장호군 실장, 짝사랑에 빠진 미소년 성익준 대리 그리고 코봉이. 아니 우리보스. 한창 실의에 빠져있는 덕심의 귀에 나른하게 가라앉은 코맹맹이 소리가 들렸다.

"장 실장님, 회장님께는 그냥 모른다고만 하세요. 제가 알아서 설명할 테니."

큰 사고를 겪었던 손자에게 무슨 일이라도 생길까 매사 노심초사하는 고 회장이 얼마나 놀랄까. 덕심은 인자한 미소 뒤에 감춰진 얼음장 같은 고 회장을 떠올리자 한숨이 절로 나왔다. 나직한 한숨 소리를 들은 성훈이 시무룩한 덕심의 손등을 톡톡 두드렸다.

"별 것 아니니까. 걱정하지 말고 쉬어요. 내일 봅시다."

"……?"

성훈은 아무 대답 없이 조용하기만 한 덕심이 걱정스러워 설핏 눈을 뜨고 쳐다봤다. 불안에 휩싸인 여자를 보자 더욱 미안했다. 지금 성훈의 심정으로는 아예 코뼈가 부러졌어야 속이 시원할 것 같았다. 아직도 안경을 벗은 덕심의 잠든 얼굴과 찰나처럼 스쳐 간 눈동자가 눈앞에 아른거렸다. 눈에 콩깍지가 씌어도 단단히 씐 걸까. 고리타분한 이미지에 한몫했던 안경이 사라진 덕심의 얼굴은 완전히 다른 사람 같았다. 눈 뜬 모습 한 번만 봤으면 좋겠다 싶었던 소망이 엉큼한 욕망으로 변하는 건 순식간이었다. 딱 한 번만 만져 보고 싶은 욕심을 참고, 참고 참았지만 결국, 몹쓸 입술이 자석처럼 끌려가기 시작했다. 지금 누가 나를 말려야 한다. 말려 줄 사람이 필요하다. 뒤늦게 눈 뜬 욕망의 전차를 세워 줄 힘을 원하던 때 돌연 눈을 뜬 덕심이 이마로 돌진했다. 코가 우그러질 듯 아픈 순간에 든 생각은 고마움이었다. 천하의 파렴치한이 될 뻔한 순간에 터진 은혜로운 헤딩이었다.

자정이 다 되어가는 시간을 확인한 후에야 덕심은 마음을 놓았다. 고 회장의 호출이 있을까 봐 오후부터 졸이던 가슴이 이제야 느슨하게 풀어졌다.

"아이고, 위 아파."

이제야 다시 허기를 느낀 덕심이 주방으로 나갔다.

"꼬박 하루 반을 굶었는데 라면을 먹을 수는 없고……."

덜그럭거리는 소리에 깬 은수가 밖으로 나왔다.

"앉아 있어. 밥 차려 줄게. 두부 넣고 황탯국 끓여놨어."

"아, 땡큐, 진심 땡큐. 나 손 떨리는 것 좀 봐. 건강검진이 아니라 기아체험하고 온 것 같아. 마음고생까지 더해서 건강이 더 나

빠졌지 싶다."

"얼마나 세게 박치기를 한 거야? 그래도 부러지지 않았으니 다행이긴 한데 나는 좀 이상하다."

"뭐가? 내 돌대가리에도 거뜬한 우리 보스가?"

"아니. 도대체 뭘 하고 있었길래 너희 부회장 코가 네 머리통을 만나느냔 말이야."

쉬지 않고 반찬을 집어 먹던 덕심의 젓가락질이 느릿해졌다.

"그러게……."

입안의 콩자반을 우물우물 씹으며 은수가 한 말을 곱씹었다. 합리적인 의심이었다. 자신은 침대에 누워 있었고 부회장은 앉아 있거나 서 있었을 텐데 어떻게 코와 이마가 정통으로 부딪힐 수 있었을까.

"그치? 너도 이상하지?"

"그러게. 어떻게 된 일이지? 어쩐지 보스가 화를 안 내더라."

은수는 곰곰이 생각만 했지 포인트를 잡지 못하는 덕심이 답답했다. 뻔하디뻔한 것을 왜 저리 헤매는지 모르겠다. 일개 비서에게 고가의 건강검진을 제공하고, 오밤중에 들여다보고, 굳이 퇴원 시간에 맞춰 나타났다. 덕질하던 최애에게 도리어 고백을 받는다. 바로 '강덕심 징크스'가 아니고 뭐란 말이냐고. 남자 복이 있다고 하기도, 없다고 하기도 뭐한 '강덕심 징크스'는 이번에도 어김없는 듯했다.

"은수야, 정말 큰일 날 뻔했다."

"뭐가?"

큰일이 난 것이 아니고 날 뻔했다고? 얘, 또 무슨 결론 내린 거야?

"우리 보스가 내 안경을 갖고 있었거든. 아무래도 날 의심하고 있었나 봐. 내 정체를 확인하려다가 나한테 딱 걸린 거지. 그러니까 화도 못 내고……. 어후, 십년감수."

은수는 가슴을 쓸어내리며 한숨을 쏟아내는 덕심이 어이없었다. 저걸 그냥 놔둬 말아.

"덕심아, 나는 아무래도."

"어. 아무래도 뭐."

흰 쌀밥에 오징어 젓갈을 올려놓고 기뻐하는 저 허당을 어쩌면 좋을까.

"그렇게 퍼먹다가 내일은 체해서 결근할 것 같다고."

그래, 일단은 잘 버텨 봐라. 괜히 징크스를 의식해서 공든 탑을 무너트릴 필요는 없을 것 같았다.

성훈은 고 회장과 마주치지 않으려고 일부러 늦게 퇴근하고 이른 출근을 했다. 아직 어둑한 새벽에 출근한 성훈은 아무도 없는 비서실을 지나다 걸음을 멈췄다. 그야말로 구석에 짱 박아 놓은 자리에서 꿋꿋한 강덕심.

마음이 기울었음을 인정하겠는데 도저히 그 이유를 모르겠다. 왜 이 여자한테 무장해제 됐는지. 일시적인 호기심인 것도 같고, 처음 느낀 이상한 감정을 즐기는 마음일지도 모르겠다. 지난밤, 성훈을 지배했던 덕심의 잠든 얼굴과 갈색 눈동자. 겨우 그런 것들에 휘둘리고 놓지 못하는 자신이 한심했다. 눈동자, 그까짓 게 뭐라고. 물방울처럼 촉촉하고 투명한 느낌을 주던 눈동자. 커피 머신에서 떨어지는 에스프레소 줄기를 멍하니 보고 있던 성훈이 퍼뜩 고개를 들었다.

"본 적 있어."

분명 기억에 있는 눈동자였다. 어디서 봤지? 기억을 더듬느라 좁혀진 성훈의 미간에 고집스럽고 집요한 기운이 모였다.

날이 환하게 밝았다. 성훈은 하얀 종이 위에 적힌 이름을 뚫어지라 쳐다보고 있었다. 고이란, 명림, 장호군, 강덕심 그리고 멀찍이 떨어트려서 성익준. 이제는 누가 누구에게 호감을 느끼고 말고가 중요하지 않았다. 내가 호감을 느꼈다면 누가 뭐라든 가져 버리면 그만이니까.

노출된 정보로는 덕심에 대해 알아낼 수 있는 것이 없었다. 모든 정보가 차단되었고, 노출된 정보의 종착지는 모두 장호군 실장이었다. 심지어 인터넷에서도 자신이 아는 '강덕심'에 관한 정보는 없었다.

강덕심 씨. 너, 뭐지?

고 회장이 덕심을 고용한 용도를 생각해 본다면 지나치게 과한 보안이었다. 성훈의 여자 측근으로 자리 잡는 것이 목표였다면 이렇게까지 할 필요가 없었다. 똑똑. 업무가 시작됐음을 알리는 노크 소리와 함께 덕심이 집무실로 들어왔다.

"좋은…… 아침입니다. 부회장님. 일찍 출근하신 모양입니다."

쭈뼛거리는 덕심의 인사말을 들은 성훈의 잇새에서 헛바람이 나왔다. 성훈의 상태를 살피고는 싶은데 대놓고 쳐다볼 수 없어 난감해하는 티가 났다.

"걱정하지 말아요. 붓기 다 빠졌어요. 오늘 인터뷰는 몇 시로 잡혔습니까?"

"……."

그냥 하는 말이라고 생각하는지 이제야 성훈을 살피는 덕심의 시선이 좀 더 과감해졌다.

"진짜라니까요. 만지면 아직은 좀 아프지만. 불안하면 가까이 와서 볼래요?"

"아, 아닙니다. 천만다행입니다."

적당한 거리에서 살펴본 성훈의 얼굴은 하룻밤 새 이전의 잘생김을 완전히 회복한 상태였다. 어이없는 사건은 무사히 수습되었지만, 방심할 수 없었다. 제명에 죽으려면 스캔들 한방이 시급했다.

"이코노믹 웨이브와의 인터뷰는 오후 3시 20분으로 잡혀 있습니다. 진행 시간은 30분입니다."

성훈은 서류에 시선을 둔 채 고개를 주억거렸다.

"저, 부회장님."

"네."

서류에 집중했던 시선을 든 성훈이 덕심을 향해 부드럽게 웃어 보였다. 왜 저래. 혹시 어제 뇌라도 흔들렸나? 신선한 아침 햇살과 함께 누가 더 밝고 화사한지를 다투는 미소는 보기 좋았지만,

덕심은 순수하게 받아들이지 않았다. 요즘 들어 친절해진 성훈에게 적응되었어도 오늘의 미소는 심히 부담스러웠다.

"제가 집에서 샌드위치를 만들어 왔는데 아침 식사로 내드려도 될까요?"

"강 비서가 직접?"

"네."

"비서실 식구들 것도 준비했습니까?"

"네. 저 때문에 이틀 동안 바빴으니까요."

"그럼 다 같이 먹죠."

흔쾌히 결정한 성훈이 앞장서서 집무실을 나섰다. 그의 뒤를 따르면서 덕심은 계속 고개를 갸웃거렸다. 확실히 뭔가 걸쩍지근하다.

내가 너무 예민했던 걸까. 덕심은 샌드위치를 나눠 먹으며 즐겁게 대화하는 성훈을 유심히 관찰했다. 좀 들떠 보이는 것 같아도 딱히 수상한 점은 없었다.

사실 성훈은 꾸준히 자신의 눈치를 살피는 덕심의 시선을 알고 있었다. 생각해 보니 처음부터 거리를 좁히지 않으려고 애썼던 것은 오히려 덕심 쪽이 훨씬 심했다.

성훈은 오늘 쇠뿔을 단김에 뺄 작정이었다. 가슴에 응어리진 의혹 중 가장 거슬리는 것부터.

"참, 성 대리는 마음에 든다고 했던 누나하고 잘 되어 가고 있습니까?"

갑작스러운 성훈의 질문에 생기발랄했던 익준의 표정이 급격히 우울해졌다.

"아니요. 대놓고 단칼에 거절당했어요."

성훈의 눈이 빠르게 덕심과 호군을 오갔다.

"그래도 조금 더 진심을 보여 보지 그래요. 열 번까지는 아니어도."

"아예 보고 싶지도 않은 것 같아요. 근처에 다가갈 여지도 없어요."

익준이 말끝에 흘깃 덕심을 쳐다보는 순간을 성훈은 놓치지 않았다.

"몇 살, 연상인데요?"

"두 살이요."

순간 뭔가 촉이 온 호군의 표정이 싸늘하게 굳어졌고, 덕심은 헛기침을 했다. 성훈은 미소 띤 표정을 유지하며 머릿속으로는 빠르게 정보를 처리했다. 일단 강덕심과 성익준은 직장 동료 이상은 아닌 것으로, 1차 결론을 내렸다.

'덕심 언니의 후배예요.'

성훈의 뇌리에 병원에서 잠깐 만났던 은수가 떠올랐다.

'겨우 두 살 연상에 근처에도 갈 수 없다는 건 성 대리가 관심 있는 여자가 강덕심은 일단 아니라는 거군'

빙고! 지난번 익준이 덕심을 붙들고 절규하던 것까지 떠올리자 완벽한 퍼즐이 완성되었다. 그렇다면 장 실장 쪽을 두드려볼까.

"장 실장님은 다음 주에 휴가 쓰셔야겠네요. 그분 기일이죠?"

"네. 그걸 기억하셨습니까."

설핏 떠오르는 호군의 미소가 보는 사람의 마음마저 아련하게 했다. 호군의 대답을 들은 익준이 긴 한숨을 내쉬었다. 겨우 1년도 채우지 못한 결혼 생활을 끝으로 홀아비로 사는 호군을 이해 못 하는 익준다웠다.

"저, 실장님. 이런 말씀 외람되지만, 언제까지 사모님을 붙들고 사실 겁니까. 새로운 사람 좀 만나보시죠. 우리 이모 친구 중에 음대 교수님이 계신데요."

"익준아, 됐어."

사람 좋게 웃으며 손사래를 치는 호군을 안타깝게 쳐다보던 덕심이 나섰다.

"되긴 뭐가 돼요. 사모님도 실장님이 이렇게 지내시는 걸 바라진 않을 거예요. 성 대리님이 권하는 소개팅 좀 해보세요."

"아니. 이 나이에 무슨 소개팅이야."

"맞선이란 말은 우리 실장님한테 안 어울려요. 이렇게 스마트하고 젊으신데. 저도 주변에 괜찮은 분 알아볼게요."

연신 사양하는 호군을 붙들고 덕심과 익준이 합세하여 설득하는 소리가 시끄러웠다. 소란한 상황을 묵묵히 지켜보던 성훈은 머릿속에 커다란 가위표를 그렸다. 장호군, 성익준 모두 X. 이제 강덕심, 당신에 대해서 조금 더 자세히 알아볼까 합니다.

덕심은 점심시간을 빌어 호군에게 면담을 요청했다.

"왜. 무슨 일인데. 나는 이제 강 비서가 보자고 하면 간이 뚝 떨

어지는 기분이야. 내가 내 무덤을 팠지. 부회장님은 맞선 볼 기미
도 없고."

면담을 요청한 것은 덕심인데 오히려 호군이 하소연에 열을 올
렸다. 하지만 그러거나 말거나 덕심도 자기 할 말이 더 중요했다.

"좀 이상해요."

"뭐가."

"부회장님이 저를 의심하는지도 몰라요."

"왜 그렇게 생각하는데."

이제야 호군의 목소리가 진중하게 가라앉았다.

"어제 제가 이마로 부회장님 코를 들이받았잖아요."

"그래서."

"저는 누워서 잠들어 있었는데, 박치기하고 정신 차려 보니까
부회장님이 제 안경을 들고 있었어요."

"뭐? 그걸 왜 이제 말해?"

"어제 너무 무서워서 아무 생각도 없었어요. 분명 제 안경을 빼
고 뭔가를 확인하려던 것 같죠?"

"흠……."

팔짱을 낀 채 생각에 잠겼던 호군이 천천히 고개를 끄덕였다. 어
째 영리한 사람이 잘도 속는다 싶었다.

"오늘 종일 부회장님을 살펴봤는데 평소보다 기분만 좋아 보이
고 달라진 건 모르겠어요. 그러니까 실장님도 잘 살펴보세요."

"알았어."

"부탁드려요. 그럼, 저는 들어갑니다."

"덕심아."

어떤 결심이 선 듯 심각한 표정의 호군이 서둘러 자리를 뜨는 덕심을 불러 세웠다.

"네."

"너……. 이제 그만 하자."

"왜요……?"

조용히 호군을 바라보는 덕심의 눈빛이 고집스럽게 변했다.

"전에도. 너처럼 들어왔던 여비서들이 있었어."

"저처럼 이렇게 분장하고 부회장님 속이고 그랬다고요? 그래서 어떻게 됐어요?"

"아니. 그들은 비서실에서 조용히 업무만 하면 됐었지. 부회장님이 원하는 대로 적당한 거리만 유지하면서."

"그런데 왜 그만둔 건데요?"

"다들. 딴마음을 품었어. 보통 임원들은 나처럼 나이 많은 아저씨일 거로 생각하고 들어왔다가 부회장님 비주얼에 사심이 생겼나 봐. 조건도 죽이잖아."

덕심도 이해할 수 있었다. 자신도 성훈의 얼굴을 무척 사랑하니까. 하지만 그들은 그 얼굴 주인의 조건까지 아낌없이 사랑했고, 속내를 들킨 모양이었다. 물론 자신도 속셈이 따로 있으니 당당하지 못한 건 마찬가지였다.

"제 사심은 그런 종류가 아니잖아요. 저는 돈이 꼭 필요해요. 돈이 욕심 나서 그런 게 아니고 정말 필요해요."

"알아."

"싫어요. 지금까지 이렇게 고생했는데. 꼭 스캔들 하나 터트리고 나가겠습니다."

웃음기 하나 없는 얼굴은 누구보다 고집스러워 보였다. 아마 성훈이 와서 너 들켰으니 당장 나가라고 해도 들킨 김에 소개팅 한 번 하시라고 설득할 분위기였다. 호군은 화가 난 듯 딱딱하게 굳은 덕심의 뒷모습을 보며 고개를 흔들었다.

"내가 무덤을 팠다. 팠어. 곧 장사 지내게 생겼다."

덕심은 표정을 풀어보려고 했지만, 마음대로 되지 않았다.

"에이 씨, 그냥 내가 화장 지우고 대시해 버릴까 보다."

그랬다가는 성훈이 당장 낚아챌 것을 알지 못하는 덕심은 오늘도 삽질에 매진했다. 여름이 가고 가을도 가고 트렌치코트도 못 입을 만큼 쌀쌀한 바람이 부는 계절이 왔다. 시절이 이럴진대 왜 부회장은 옆구리가 시린 것도 모를까. 깊은 상심과 고민에 빠진 덕심은 사원용 카페테리아 들렀다.

"아이스 아메리카노 특대. 얼음 꽉꽉 채워서요."

"강덕심."

친근과 느끼함의 경계선을 아슬아슬하게 타는 목소리가 덕심의 이름을 불렀다. 황당하게도 세 음절에 가슴이 잠시 출렁했다. 또 왜 이러셔? 뒤를 돌자 속이 울렁거릴 정도로 다정하게 웃는 성훈이 보였다. 마성훈은 나쁜 놈이구나. 여자랑 사귈 것도 아니면서 저 잘생긴 얼굴에 최선까지 담으면 어쩌라는 건지.

"부회장님 여기는 어쩐 일이세요?"

"우리 강 비서, 뭐 속상한 일 있어요? 날도 싸늘한데 웬 얼음을 가득.”

　친절하고 다정하게 부르는 ‘우리’ 강 비서 소리에 덕심이 눈썹을 일그러트렸다. 성훈의 등장에 일손을 놓았던 카페 직원은 아예 정신 줄도 놓은 것 같았다. 널리 널리 소문이 퍼지는 것은 이제 시간문제였다. 하, 마성훈 씨. 내가 소문내고 싶은 것은 나와 당신이 아니랍니다.

　“나는 따듯한 아메리카노 한잔 부탁합니다.”

　덕심은 설탕 시럽을 목구멍에 들이부은 듯 달달한 목소리로 주문하는 성훈을 마뜩잖게 쳐다봤다.

　“왜 그렇게 쳐다봅니까?”

　“오늘 좀…….”

　“좀?”

　성훈이 한 발자국 다가오는 만큼 뒤로 물러선 덕심이 볼멘소리를 했다.

　“과하십니다. 실속도 없는 재능을 그렇게 남발하시면 안 됩니다. 상처받고 절망하는 이 세상의 모든 외모지상주의자를 생각하면, 제 가슴이 너무 아픕니다. 못 먹는 감이라니.”

　“…….”

　감정이 격해진 나머지 너무 위아래 없이 몰아붙이긴 했지만, 후회는 없었다. 게다가 성훈이 아무 말 없이 웃고만 있는 것도 마음에 들지 않았다.

　“그렇게 웃어주고 그런 목소리로 말씀하시면.”

　“떨립니까?”

　하. 오늘 이 작자가 왜 이러지? 물끄러미 응시하는 성훈의 따뜻

한 눈빛은 정말 가슴 떨리도록 좋았다. 하지만 이건 그냥 마스터 피스를 봤을 때의 신체적 반응, 그냥 그런 거다.

"부회장님."

"네."

"……."

"말해 봐요."

"소개팅 한번 하시죠."

이쯤에서 그만하라는 소리를 들어서인지 덕심은 몹시 흥분한 상태였다. @아니면 성훈이 그토록 걱정하던 덕심의 간이 정말 부어 버렸는지도. 생각이 떠오르자마자 고민할 틈도 없이 질러 버렸다. 막 나온 커피를 한 모금, 두 모금 마시며 침묵하던 성훈의 심심한 시선이 덕심을 향했다.

"내가 어떤 놈인 줄 뻔히 알면서."

그리고 어떤 마음인 줄 꿈에도 모르면서. 맹랑하신 강 비서님. 덕심은 피식 웃음을 흘리는 성훈의 싸늘한 시선을 고스란히 받았다.

"이미 예외를 두셨잖아요."

예외의 강덕심이 잔망하게 반짝이는 눈으로 성훈을 꼬셨다.

"그 예외를 믿고 선을 본 적이 있죠. 그리고 여지없이 실패했습니다."

"겨우 한 번의 시도로 판단하긴 아쉽잖아요. 부회장님도 극복 의지가 있으시잖아요."

"물론."

바로 당신 때문에.

"아시는지 모르겠지만 저까지 이상한 소문에 휘말리고 있습니다."

"……?"

동정심에 호소하기 위해서 메소드 연기에 몰입한 덕심은 가련하고 억울한 표정으로 대사를 이었다.

"제가 트랜스 젠더라는 소문이 돌고 있답니다. 부회장님의 비밀을 숨기기 위한 특급 병기라면서."

"저런. 강 비서에게 너무 가혹한 소문이네요."

"그러니까요. 소개팅 한번 가시죠옹."

왠지 조금 더 설득하면 긍정의 신호가 뜰 것 같은 예감에 흥이 오른 덕심은 그만 못 볼 꼴을 보이고 말았다. 그 못 볼 꼴이 제법 마음에 든 성훈은 순간을 놓치지 않았다.

"지금 그거."

"네?"

"방금 어깨, 살짝 틀면서 말투도 길게 늘이면서 '하시죠옹' 하던 거."

"아, 죄송합니다. 제가 나이에 맞지 않게 주책을 떨었습니다."

뒤늦게 추태를 깨달은 덕심은 귓불을 붉히며 진심으로 사과했다.

"아니, 보기 좋았습니다."

와, 잔인한 인간. 그냥, 뭐 하는 짓이냐고 화를 내지. 분명 사람이 쪽팔려서도 죽을 수 있는지 보려는 게 분명하다. 더욱 얼굴이 새빨개진 덕심은 아이스 아메리카노를 벌컥벌컥 들이마셨다. 뇌가 쪼개질 듯이 아팠다.

"애, 애교 많은 타입을 좋아하시나 봅니다. 아, 골이야."

"그랬나 봅니다."

아침부터 기분이 좋더니 그래서 이렇게 순순하게 나오는 건가. 어쨌든 물이 들어오는 시점 같으니 노를 저어 볼……. 혼자서 계략의 검은 미소를 짓던 덕심은 오랜만에 정수리를 찌르는 통증을 느꼈다. 고개를 들자 추궁하는 성훈의 눈빛이 덕심의 눈동자를 깊이 응시하고 있었다. 그 눈빛이 쓸데없이 열렬해서 덕심의 어깨가 움츠러들었다.

"왜 그러십니까?"

"아닙니다. 올라갑시다."

분명 어디선가 본 것 같은 느낌인데. 강덕심, 관찰할수록 성훈을 자극하는 면이 많은 여자였다. 지금은 무엇보다 비밀이 많은 것이 가장 흥미를 끌었다. 작정한 것은 어떻게든 끝을 보고야 마는 성훈의 승부사 기질이 신이 나서 들썩거렸다.

"부회장님? 얘기하던 안건은 끝을 봐야 하지 않을까요?"

"그렇죠. 끝을 봐야죠."

"그럼. 희원정에서 보낸 자료를 정리해서 사랑스러운 매력이 출중하신 분들로……."

응? 저 여자가 여기 왜 있어?

"덕심!"

성훈의 눈치를 보며 굽신거리던 덕심은 자신을 보고 반갑게 손을 흔드는 여자를 재차 확인했다. 그러고 보니 린 로이스야말로 사랑스러운 매력이 출중하지 않은가.

"덕심, 나 좀 들여보내 줘."

아무래도 린 로이스가 최상급 사랑스러움에도 불구하고 성훈과 잘 되지 못한 이유는 백치미 때문인 듯했다.

"강 비서가 린 로이스를 어떻게 아는 거죠?"

맥락도 두서도 없이 일을 저지른 린 때문에 덕심만 곤란해졌다.

"친굽니다."

"언제부터요?"

"덕심! 성훈! 뭐 하는 거예요?"

앙칼진 린의 목소리가 로비에 있는 사람들의 시선을 불러 모았다.

"부회장님, 먼저 올라가시죠. 저는 오랜만에 만난 친구와 잠시 대화 좀 해야겠습니다."

언 발에 오줌 누는 핑곗거리를 간신히 떠올렸건만,

"린은 마성훈 씨를 만나러 왔어요!"

곤란함이 두 배가 되었다. 그럼 마성훈 이름을 불렀어야지! 왜 내 이름을 불러!

"날 보러 왔다는데요?"

모르겠다. 나도.

"많이 친하지는 않거든요. 가서 무슨 일 때문인지 알아보겠습니다."

덕심은 발을 동동 구르는 린에게 가까워지자마자 조용히 윽박질렀다.

"부회장님께 볼 일이 있으면 사전에 약속을 잡았어야죠."

"난, 린 로이스인데?"

"그래서요. 린 로이스건 롤스로이스건 규정은 똑같이 적용해요.”

“빨리 들여보내 줘요. 지금 성훈이 날 기다리고 있잖아?”

“부회장님이 아직 허락하지 않았거든요?”

“그럼 당장 허락 받아와요. 부탁이야. 덕심.”

갑자기 순하고 애처로운 눈망울을 만들어 내는 린의 탁월한 기술에 덕심은 감탄하지 않을 수 없었다. 같은 여자인데도 마음이 맥없이 풀어지니 말이다.

“찾아온 용건이나 밝혀 봐요.”

“보고 싶어서라고 전해 줘요. 정말 보고 싶어서 왔단 말이야.”

자존심 강한 아가씨의 저돌적인 면은 짜증스럽지만 귀엽기도 했다. 이마를 짚은 덕심이 한숨과 함께 돌아섰다.

“린 로이스 양은 부회장님이 보고 싶어서 오셨다는데요.”

“무엇 때문에 보고 싶은지 알아봤습니까?”

아, 연애 고자여. 설마 저 여자가 아시아와 유럽 경제의 상생과 협력 건으로 보고 싶어서. 뭐 그런 이유로 왔겠어요?

“보고 싶어서, 보고 싶답니다.”

“그게 무슨 말입니까?”

“부회장님을 향한 호감이 상당하다는 의미겠죠.”

점점 직원들의 호기심 넘치는 시선이 부담스러운 지경이 되었다. 주변 분위기를 감지한 성훈이 못마땅한 표정으로 지시했다.

“소란스러우니 일단 들여보내요.”

“네.”

덕심은 새침하게 서서 조급하지 않은 척하는 사랑스러운 린에게 다시 다가갔다,

"시간은 십분 이상 드릴 수 없어요. 그리고 부회장님께 다섯 보 이상 가까이 다가가지 마세요."

"뭐라고요? 무시하는 방법도 참 여러 가지네."

"당신을 무시하는 게 아니고, 그럴 사정이 있어서 그래요."

"흥! 알겠어요."

덕심의 도움으로 게이트를 통과한 린은 멋진 황태자 같은 성훈의 외모를 감상하며 다가갔다.

"오랜만이에요. 마성훈 씨."

"거기서 멈춰요."

한껏 예민해진 표정의 성훈이 손을 들어 바닥의 한 지점을 가리켰다.

"아! 덕심이 말해줬어요. 다섯 걸음 이상 유지하라고."

"강 비서, 로이스 양 모시고 집무실로 부탁합니다."

"네. 알겠습니다."

덕심과 함께 일반 엘리베이터에 오른 린은 무척 기분이 좋아 보였다. 알 수 없는 멜로디를 흥얼거리는 린을 보다 못한 덕심이 진짜 그녀가 찾아온 용건을 물었다.

"갑자기 어쩐 일이에요."

"덕심. 잊지 말아요. 린하고 성훈하고 잘 될 수 있도록 돕는다고 했죠?"

너, 나하고 한편이잖아. 라고 생각하는 제멋대로인 눈빛은 그래도 지난번보다 진지해 보였다. 어떻게든 성훈과 잘 되고 싶다는 각오와 의지가 엿보였다.

"그랬잖아요? 왜 대답 안 해요?"

"그랬죠."

그리고 지금 후회하는 중이었다. 성훈이 아깝다는 생각이 뼈에 사무치게 들었다. 굳이 자신을 삼인칭으로 부르는 철부지 아가씨보다 괜찮은 맞선 후보가 즐비한데.

"동준에게 들었어요. 성훈은 병이 있다고. 그래서 선봤던 날 나한테……."

자존심이 상했는지 눈가가 붉어진 린은 입꼬리를 파들파들 떨었다.

"말해 봐요. 제가 알아야 뭘 도울지 알아보죠."

"인사하고 가볍게 악수하고 나더니 갑자기 구…… 구."

"구역질했군요."

무심하게 뒷말을 잇는 덕심을 흘깃 쳐다본 린은 격앙된 목소리를 쏟아냈다.

"그래요. 자리에 앉아 보지도 못하고 끝났어요. 그런 모욕은 처음이었다구."

"비서로서 제가 사과할게요. 그 일은 부회장님도 스스로 컨트롤할 수 없는 부분이에요. 그래서 복수하러 왔어요?"

"아니. 그 아픔까지 사랑할 각오로 왔어요."

"놀라워라."

린의 대단한 각오에 엘리베이터도 놀랐는지 띠잉! 소리와 함께 문을 열었다. 때마침 소개팅을 권하긴 했는데, 이대로 괜찮은 걸까. 덕심은 심경이 복잡했다. 어차피 내 아들도 남동생도 아닌데 아무하고나 스캔들이 터지든지 말든지. 그래도 자신의 최애인데 좀 더 나은 상대면 좋잖아.

"하긴 나 혼자 애 끓이는 게 무슨 소용이람."

여느 때처럼 성훈이 알아서 정리하기를, 그리고 당연히 그럴 것을 믿었다.

린은 밝고 넓은 성훈의 집무실이 마음에 들지 않았다. 이미 들어서 알았지만, 길쭉한 소파 끝에 덩그러니 앉아 있는 기분은 생각보다 별로였다. 이 거리를 좁히고 저 남자에게 다가갈 수 있을까? 회의감이 들 뻔했던 순간 덕심과 꽤 가까이 서 있던 성훈의 모습이 떠올랐다. 늙다리 비서도 되는데 내가 못할 리가 없잖아? 린은 손목시계를 확인하면서 자리에 앉는 그림 같은 남자를 보며 입술을 앙다물었다.

"미안하지만 시간이 별로 없습니다."

"그 정도는 나도 알아요. 갑자기 찾아온 제가 무례했죠."

"아닙니다. 지난번에는 제가 더 큰 실례를 했습니다."

우아하게 고개를 까딱한 린은 미리 연습했던 말을 천천히 읊었다.

"저는 그날 성훈 씨의 무례한 처사에 큰 상처를 받았지만, 누구나 사정이 있을 수 있다는 판단을 했어요. 그래서."

"로이스 양?"

부드럽게 미소 지은 성훈이 자신의 손목시계를 검지로 툭툭 두드렸다. 빨리 진행하라는 뜻을 알아들은 린의 장밋빛 볼이 더 붉어졌다. 똑똑. 노크 소리 후 덕심이 쟁반을 들고 들어왔다.

"마저 말씀하시죠."

잠시 끊어졌던 대화가 다시 이어졌다.

"우리 엄마가 세 번은 만나보래요. 그리고 이건 내가 애프터 신청하는 거예요. 최소 세 번 데이트해요. 우리."

성훈은 대답 대신 린의 앞에 찻잔을 내려놓는 덕심의 표정을 살폈다. 먼 거리에서도 그녀가 무표정임을 알아볼 수 있었다.

"강 비서한테 물어보고 결정하겠습니다."

뜻밖의 대답에 놀란 두 여자가 마주 쳐다봤다.

왜 너한테 묻니?

그러게 왜 나한테 묻냐?

두 여자가 하이 소프라노 음색을 자랑하며 성훈을 불렀다.

"부회장님?"

"우리가 만나는 걸 왜 덕심에게 묻는다는 거죠?"

"그녀가 나의 일정을 꿰고 있으니까요. 나는 눈 뜬 후 잠들 때까지 분 단위로 일정이 짜여 있습니다."

납득은 가는데 찜찜한 해명이었다.

"그래서 세 번의 데이트는 괜찮다는 건가요?"

"강 비서에게 물어보고 결정하겠습니다."

"아니, 그러니까 마성훈은 린 로이스하고 만나볼 생각이 있느냐고요."

"강 비서에게 물어보고 결정하겠습니다."

갑자기 앵무새가 된 성훈은 린이 어떤 말을 하든 계속 강 비서 핑계를 댔다.

"말도 안 돼. 믿을 수 없어. 복수할 거야."

"아니야. 정말 바빠서 그런 거라잖아. 마동준도 그랬어. 애프터가 통하면 기적이라고."

"하지만 난 린 로이스는데? 꼭 복수할 거야."

"복수하고 버리기엔 너무 잘났잖아."

덕심은 엘리베이터에 오를 생각도 하지 않고 우왕좌왕하는 린을 묵묵히 지켜봤다. 혼자서 복수를 다짐했다가, 애정을 갈구했다가. 몹시 바쁜 여자를 말리고 싶지 않았다. 복수하건 사랑을 이루건. 마성훈과 사귄다는 전제하에 가능한 일이었기에, 그녀는 이미 오늘부터 1일인 상태였다. 돌연 정신 사나운 독백을 그친 린이 번득이는 눈빛으로 덕심을 쳐다봤다.

"덕심, 진짜 둘이 아무 사이 아닌 거 맞아요?"

"저는 비서일 뿐이에요."

린의 예쁜 눈은 의혹으로 가득했지만 믿고 싶어 하는 눈치였다.

"좋아! 그이가 전적으로 덕심에게 맡긴다니까. 빨리 정해서 연락 줘요. 내 전화번호 알죠?"

벌써 '그이'란다. 자연스럽고 재빠르게 진도를 나가버렸는데 그게 어색하지 않다.

'강 비서에게 물어보고 결정하겠습니다.'

부회장은 정말 무슨 생각일까.

252

"네. 돌아가 계세요. 조만간 부회장님과 의논 후 연락하겠습니다."

엘리베이터 문이 닫힐 때까지 린은 '그이'에게 꼭 확답을 받으라고 신신당부했다.

"오늘이 참 길구나."

업무가 많은 날도 아닌데, 특별히 성훈이 괴롭힌 날도 아닌데 벌써 기력이 바닥났다.

8. 단 하나뿐인 여자

지하 주차장을 터덜터덜 걷던 덕심은 연달아 울리는 핸드폰 메시지를 확인했다.

[덕심, 그이하고 얘기해 봤어요?]

찰거머리 같은 여자일세. 내가 무슨 커플 매니저도 아니고 이렇게까지 닦달을 당할 일인가. 데이트가 성사되기 전까지 린에게 시달릴 생각을 하니 벌써 영혼까지 너덜거렸다.

[곧 연락드리겠습니다.]

대충 답장을 보내고 고개를 든 덕심은 자신의 주차 자리를 떡하니 막고 있는 훌륭한 세단과 마주했다. 주인만큼 잘생기고 잘빠진 최고급 세단의 차창이 내려갔다.

"강 비서, 타요."

"무슨 일이신데요?"

"강 비서가 결정해줘야 할 일이 있다는 것, 벌써 잊었어요?"

아, 나는 이들의 전담 커플 매니저였지.

"오늘은 제가 좀 힘든데요. 내일 아침 일찍 의논하면 안 될까요?"

"소개팅하라고 부추길 때는 언제고 벌써 이렇게 느슨해집니까."

하긴, 내일 첫닭이 울기도 전에 린의 닭달이 또 시작될 것이 뻔했다. 덕심은 기운 없는 걸음으로 성훈의 차에 올라탔다.

"걱정하지 말아요. 얘기 끝내고 집까지 데려다줄게요."

"아닙니다. 택시도 있고 전철도 있어요."

안전벨트를 매는 덕심을 못마땅하게 보는 성훈의 목소리가 서늘했다.

"내가, 마음만 먹으면 강 비서가 사는 곳쯤 못 알아낼 것 같아요?"

뭐지, 이 집착 남주 같은 멘트는? 덕심은 뚱한 눈으로 성훈을 바라보다 대꾸했다.

"그냥 데려다주세요. 저, 이사했어요. 친구하고 살림 합쳤어요."

"남자하고?"

고개를 홱 돌린 성훈이 거의 고함치듯 물었다.

"네? 남자라뇨. 무슨 말씀이에요!"

일그러진 눈을 부라리며 발끈하는 덕심의 반응이 성훈을 안심시켰다. 당장 덕심이 뭔 개 짖는 소리냐며 한 대 후려갈겨도 평안할 것 같았다.

"아니, 살림을 합쳤다고 하면 어떻게 합니까. 사람 간 떨어지게."

"잠깐만요. 제가 남자랑 살림을 합치면 또 어때요. 그게 왜 부회장님 간이 떨어질 일이에요? 하여튼 간 건강에 관심도 많으십니다."

간 얘기가 나오자 성훈은 마침 잘 걸렸다는 듯 결연한 얼굴이 되었다.

"참, 오늘 강 비서 건강검진 결과 알아봤는데. 황달은커녕 간 상태가 20대 초반이라던데요?"

"제가 건강하다고 했잖아요. 그리고 그걸 왜 부회장님이 알아보세요?"

"왜 황달이라고 해서 내가 노심초사하게 합니까?"

마치 아이를 혼내듯 따지는 말투가 덕심의 신경을 거슬렀다. 안 그래도 피곤한데 건강하다고 혼나고 있는 이 상황이 치사했다.

"그래서 제가 말씀드렸잖아요. 저는 얼마든지 만수무강할 자신 있다고요."

"왜 황달이라고 속였냐고 물었습니다."

"자꾸 얼굴 노랗다고 지적하니까 귀찮아서 대충 대답했어요. 왜요!"

갑자기 감정이 달아오른 덕심은 빽, 하고 대들고 말았다. 씩씩대는 덕심을 어이없는 눈으로 보던 성훈이 풀죽은 소리로 물었다.

"내가 귀찮습니까?"

갑자기 서운한 티를 내는 성훈의 말에 덕심은 또 마음이 약해졌다. 잘생긴 그는 죄악의 열매였다. 저 비주얼로 저렇게 순해 빠진 대형견 얼굴을 하면 어쩌란 말인지. 사용법을 훤히 꿰고 있는 얼굴 천재를 이길 재간이 없다.

"그게 아니잖아요. 귀찮으면 제가 왜 퇴근 후 시간을 할애해 가면서 부회장님을 돕겠어요."

그런 건 좀 귀찮아 해줬으면 좋겠는데. 이렇게 열심이란 걸 할머님이 아시면 보너스가 두둑하겠군.

"일단 어디 조용한 곳에 가서 얘기하죠. 저녁도 먹어야 하고."

퇴근 후 덕심과 함께 할 멋진 식사를 생각하자 꼭 데이트하는 기분이 들었다. 성훈은 상대방은 알지도 못하는 데이트 타령을 하며 시동을 걸었다. 사이드미러에는 덕심의 얼굴이 액자 속 사진처럼 담겨 있었다. 저 뿌루퉁 도드라진 입술과 성질나서 커진 콧구멍이 어찌나 귀여운지. 팽 토라져서 옆으로 돌아간 몸도 볼수록 웃음이 나왔다.

성훈이 신경 써서 고른 장소가 마음에 들었는지 식사를 마친 덕심의 표정은 한결 부드러워 보였다.

"강 비서는 형제가 어떻게 됩니까?"

"남동생이 하나 있는데 외국에 나가 있어요."

"부모님께서는 아! 지난번에 얘기했죠. 말 잘 듣던 착한 강덕심 어린이 얘기하면서."

직원이 후식을 세팅하는 동안 잠시 대화가 끊겼다. 인테리어는 물론 맛도 훌륭한 식당은 데이트하는 연인들로 가득했다. 다 좋은데 여자들의 기웃거리는 시선이 신경 쓰였다. 데이트하러 왔으면 본인 남친이나 신경 쓰지 왜 남의 보스를 흘끔거리는지. 마성훈이 자신의 것은 아니지만, 나만의 최애를 공유하고 싶지 않은 심술이 발동했다.

"친구 집은, 언제부터 같이 살게 된 겁니까?"

"얼마 안 됐습니다."

"꽤 절친한 사이인가 봅니다."

"네. 그런데 부회장님, 왜 호구 조사를 하시죠? 요즘은 면접에서도 이런 질문하지 않는데요."

"입사 서류를 제대로 제출했다면 이런 일도 없었겠죠."

"아……."

"왜 그랬는지 묻지 않겠습니다. 물어봤자 둘러대다가 거짓을 말할 테니. 거짓말을 듣고 싶지는 않으니까."

아파라. 덕심은 양심에 한 땀 한 땀 바늘이 박히는 것처럼 죄책감이 들었다. 어서 관심사를 다른 곳으로 돌려서 이 고통에서 벗어나야 했다.

"그럼 이쯤에서 부회장님의 생각을 듣고 싶습니다."

성훈은 고개를 끄덕이며 티팟을 들어 덕심의 찻잔을 채웠다.

"린 로이즈 양과 만나실 건지 아니면 아예 새로운 상대를 만나실 건지. 그것부터 정해야겠습니다."

"난 상관없습니다. 누구를 만나든."

어차피 결과는 지금 내 눈앞에 있으니.

"아까 낮에 잠깐 말씀하신 대로 사랑스럽고 애교가 많은 타입을 좋아하신다면 그대로 로이스 양을 만나셔도 좋겠지만, 제가 보기에 꼭 그런 것 같지는 않습니다."

성훈은 고개를 주억거리며 덕심의 의견을 경청했다.

"로이스 양은 사랑스러운 매력이 넘치는 편인데 부회장님은 그다지 호감인 분위기가 아니어서."

"강 비서가 보기에는 로이스 양이 별로라는 뜻인가요?"

내, 내가 그렇게 말했나?

"아니. 꼭 그렇다기보다는. 지금까지 어떤 타입이 좋다, 라고 고민해 본 적이 없는 상태에서 섣불리 단정 짓는 것보다는……."

아아, 이럴 게 아닌데. 분명 혓바닥이 미쳐 돌아가는 게다. 지금 어떻게든 스캔들 한방을 터트리고 대단원의 막을 내려야 하는데 왜 굴러들어 온 기회를 차고 있는지 모를 노릇이었다. 덕심은 재빨리 머리를 식히고 혀를 재정비했다.

"아니. 아니. 다시 말씀드릴게요. 제가 소개팅 주선을 한 번도 안 해 봐서 미숙한 점 죄송합니다."

"그럼 소개팅을 해 본 적은 있습니까?"

"그럼요. 대학 때 꽤 했죠."

꽤……. 성훈의 눈썹이 위로 바짝 들렸다.

"그래서 미남만 사귀었고요?"

"아니요. 소개팅에는 미남이 나오지 않습니다. 가끔 훈남 정도는 나오지만요."

"그럼 미남은 어디서 만났습니까? 클럽? 동호회? 종교 활동?"

"제가 회장으로 활동하면서. 아니, 아까부터 왜 자꾸 호구 조사를 하세요?"

"회장이라니? 무슨 회장?"

"동, 동아리 회장이요. 대학교 동아리."

구렁이 담 넘어가듯 주제가 다시 덕심에게 넘어가 있었다. 하마터면 당대 최고의 스타와 사귀었다는 연애담이 튀어나올 뻔했다.

"하여튼 지금은 회장님의 소개팅 상대를 얘기할 때잖아요. 저는 좀 지적이고 우아한 쪽이 부회장님과 잘 어울릴 것 같습니다!"

오호, 이것 봐라. 스리슬쩍 린 로이스는 제쳐놓겠다는 건가? 이 사람 저 사람 만나서 면역력을 기르고 종국에는 결혼이라는 해피엔딩을 이루자고 권유한 사람답지 않았다.

"어차피 누구든 상관없어요. 강 비서 말대로 내가 어떤 스타일을 좋아하는지 모르니까 두루 겪어보는 것도 괜찮죠. 그런 의미에서 로이스 양을 좀 더 만나봐도."

"그······러십니까. 부회장님 뜻이 그렇다면."

"아닌가? 이미 한번 봤는데 시간 낭비일까요?"

"제 말이 그겁니다."

안색이 확 밝아지는 덕심을 본 성훈은 입가에 떠오르는 미소를 막을 길이 없었다. 덕심이 린을 견제한다는 자신의 느낌이 헛발질이 아니길 바랐다. 조금 더 덕심의 속을 떠보고 싶은 욕심이 들었다.

"그런데 또 당당하게 애프터를 신청하던 어린 아가씨가 마음에 걸립니다."

성훈의 예상대로 덕심의 안색이 표 나도록 가라앉았다. 슬슬 열이 오르기 시작하던 덕심은 자꾸만 입꼬리가 실룩거리는 성훈을 발견했다. 지금 내가 놀아나고 있는 건가. 어쩐지 협조적이다 싶었더니. 다시는 이런 오지랖은 꿈도 못 꾸게 하겠다는 뜻인가. 흥! 덕심은 호흡과 표정을 가다듬고 흔들리지 않겠다는 각오를 다졌다.

"부회장님, 원하는 바를 하나씩 말씀해 보세요. 가끔 저런 사람이라면 괜찮겠다, 싶은 적도 없으세요?"

"있죠."

"받아 적겠습니다. 말씀하세요."

필기 준비를 마친 덕심을 물끄러미 보던 성훈이 느긋하게 입술을 열었다.

"잘 먹고."

'잘 먹고'

"건강을 챙길 줄 알아야 합니다. 특히, 간이 건강하면 좋겠군요."

그놈의 간. 덕심은 인내심을 갖고 고개를 끄덕였다.

"센스 있고."

"자신을 제일 사랑하고."

"달리기를 잘하고."

"부모님 말씀 잘 듣고."

"나이가 많아도 상관없습니다. 아주, 많아도."

한자씩 받아 적던 덕심이 조용히 펜을 내려놓았다. 후. 긴 한숨을 내쉰 덕심이 불만의 눈초리로 성훈을 바라봤다.

"부회장님, 정말 저한테 왜 이러세요."

화내지 말자. 욱하지 말자. 세자 저하의 심심풀이 놀잇감이 된 무수리는 꾹 눌러 참아야지. 자신은 어디까지나 을이고 일개 비서이며 무엇보다도 이루어야 할 목적이 있었다. 남의 주머니에서 돈 한 푼 꺼내기가 얼마나 힘든데 십억이나 꺼내 와야 했다.

"뭐가 잘못됐습니까? 화나 보이는데."

조금 전까지 빙글거리던 성훈의 표정이 달라져 있었다. 웃는 얼굴은 마찬가지였지만, 보는 이의 신뢰를 불러일으키는 진중하고 부드러운 미소였다.

"장난만 치시니까요. 진심이지 않으니 저는 기운이 빠집니다."

문득 덕심은 자신이 비겁하다는 생각이 들었다. 아무 잘못도 없는, 오히려 정신적 문제를 극복해 보려는 남자를 등 쳐먹으려고 혈안이 된 주제에. 어쩌다 이렇게까지 됐니? 가슴이 아팠다. 이런 현실에 처한 자신도, 성훈도. 세간에 알려질까 봐 몰래 상담 치료를 받고 강 비서와 가까이 있는 건 아무렇지 않다고 신기해하던 남자를 이해할 생각은 왜 못했을까.

"부회장님, 진심으로 돕고 싶습니다."

비록 거액을 노리고 잠입한 위장 비서라지만 제대로 해야겠다는 결심이 섰다.

"강 비서, 나 역시 장난하는 거 아닙니다."

등받이에 기댔던 몸을 세운 성훈은 테이블 위에 둔 손을 기도하듯 깍지 끼었다. 그의 입에선 진지하게 가라앉은 태도만큼이나 신중한 목소리가 흘러나왔다.

"나는 원래 남녀를 떠나서 몸은 물론 마음이 건강한 사람을 좋아합니다. 자신을 아끼고 사랑할 줄 아는 자신감 넘치는 사람 말입니다."

장난기 빠진 성훈의 진실한 목소리가 어쩐지 애처롭게 들렸다. 항상 상대의 눈을 바라보면서 당당하게 말하는 평소와 달리 자신 없고 나약한 모습이었다.

"상대의 사랑에 전부를 걸고 목메는 사람을 가장 싫어합니다. 그런 사람이 가장 두렵습니다."

"두려우시다고요?"

"네. 다른 건 아무것도 보지 못하고 자신을 엉망으로 괴롭히고 망가트려 가면서 상대방에게 맹목적인 사람."

"네. 집착. 그런 건 건강한 관계가 아니죠."

"그리고 거짓."

마지막 말에 놀란 덕심은 마시던 찻물을 삼키지 못했다. 그의 말이 커다란 이물질이 되어 목구멍을 틀어막은 기분이었다. 성훈은 해쓱해진 얼굴로 찻잔을 내려놓는 덕심을 지켜보며 말을 이었다.

"사실 나는 배려하고 양보하고 이해하는……. 진실한 감정을 교류하는 그런 남녀 관계가 존재한다는 것에 믿음이 없어요."

"왜 그렇게까지……. 언제부터 그런 불신을 갖게 되신 건가요?"

성훈은 쓸쓸하게 웃으며 고개를 저었다. 정말 모른다는 건지, 말하고 싶지 않은 건지, 너는 몰라도 된다는 건지. 모호한 분위기였다. 덕심은 자연스럽게 성훈의 유일한 여자였던 서연주를 떠올렸다. 아무래도 그 여자가 문제였을까? 어릴 때부터 정혼자로 자랐다는데 죽을 고비를 넘기고 몇 달 만에 깨어나 보니 사촌의 아내가 된 여자. 사랑에 대한 불신이 생길 만했다. 덕심은 그 우아하고 연약한 들꽃 같은 여자가 얄밉게 느껴졌다.

"강 비서."

"네!"

성훈은 생각에 잠겼다가 부르는 소리에 퍼뜩 놀라는 덕심을 보고 키득거렸다. 그래요. 부회장님, 이런 거라도 재미있으시다면 몸 개그도 불사할게요. 인류애가 용솟음친 덕심은 저 잘생긴 머리통을 꼭 끌어안고 등을 토닥여 주고 싶었다.

"가까운 시일 내에 로이스 양과 저녁 시간 한번 잡아 줘요."

"결정하신 건가요?"

"왜요? 싫습니까?"

은근히 떠보는 줄도 모르는 덕심은 진실한 마음을 담아 세차게 고개를 저었다.

"아닙니다. 저는 부회장님이 뜻을 전적으로 따르겠습니다."

마성훈 파이팅! 우리 세자 저하 우쭈쭈.

"그쪽이 원하는 대로 삼세판을 만나보든, 첫 만남의 실례를 정식으로 사과하든. 직접 만나서 정리하는 게 맞지 싶습니다."

"네, 역시 부회장님은 인품도 훌륭하십니다."

이 여자가 갑자기 왜 이러나. 성훈은 적극적으로 협조할 태세로 돌변한 덕심이 마뜩잖았다.

"이만 일어날까요?"

"네."

자리를 정리하고 일어나던 성훈이 말을 덧붙였다.

"잘 먹고, 건강하고, 자신을 사랑하는 점 말입니다."

"네."

"강 비서를 보고 제일 마음에 들었던 점입니다."

"좋게…… 봐 주셔서 감사합니다."

덕심의 얼굴에 화르륵 열꽃이 피었다. 단순히 직원의 장점을 칭찬하는 것뿐일 텐데, 마치 오늘 밤 성은의 주인공은 너야 너, 라고

pick 당한 기분이었다.

✳

　은수는 시름 젖은 시선으로 허공을 바라보는 덕심의 눈앞에 손을 흔들었다.
　"뭐야, 너. 회사에서 무슨 일 있었어? 걸렸어? 짤렸어?"
　"아니. 오늘 문득 깨달은 바가 있어서 그래."
　"뭘 문득 깨달으셨어."
　"내가 우리 보스한테 너무 했구나. 상도덕이 없었다. 그런 생각."
　여전히 허공을 바라보고 있는 덕심은 홀린 사람처럼 입술만 움직였다.
　"양심선언이야?"
　"어."
　"그래서 뭘 어쩌려고. 호군 오빠는 이쯤에서 그만둬도 될 것 같다고 하던데."
　"……."
　침묵하는 덕심의 앙다문 입술과 결기 흐르는 눈매가 고집스러워 보였다. 저런 표정과 분위기는 강덕심이 뭐에 꽂혔다는 증거였다.
　"최소한 마성훈이 여비서를 인정했잖아. 너는 성에 안 찰지 몰라도 마윤 회장님은 만족하고 있대."
　그 정도로는 어림없다는 듯 피식 웃은 덕심이 고개를 저었다.
　"우리 보스가 노력한다고 약속했어."

"노력?"

"숱하게 물리쳤던 맞선을 긍정적으로 검토하고 있어. 다음 주에는 무려 애프터가 있단다."

"뭐! 진짜야? 그 남자 꿈쩍도 안 하는 것 같더니 진도를 나가긴 하는구나."

은수가 놀라는 이유는 두 가지였다. 철벽이란 소문이 자자하다 못해 게이설이 확정되다시피 한 남자를 설득한 덕심의 노력. 그리고 성훈이 덕심에게 마음이 있을 거란 자신의 추측이 틀렸다는 사실.

"열심히 도울 거야. 우리 보스가 내면의 공포를 이겨 내고 진정한 사랑을 만날 수 있도록 도울 거야."

불끈 쥔 주먹을 들어 올리며 다짐하는 덕심은 자신의 최애가 잘되기를 바라는 순수한 팬의 모습, 그 자체였다.

"십억이 누구 집 개 이름도 아닌데 너무 날로 먹으려고 했어."

아닌가. 십억을 향한 열성이었나?

"네 진정성이 마성훈을 향한 건지 십억을 향한 건지 나도 모르겠다."

서로를 향해 열심히 삽질하는 남녀 사이에서 은수마저도 판단력이 흐릿해져 갔다.

창가에 선 성훈은 강덕심에 대해서 생각 중이었다. 비서실의 유일한 여자 직원이라는 대외적 이미지를 위해 들어왔다. 그렇다면

목적을 달성했는데 왜 갑자기 성훈의 병에 지대한 관심을 두게 된 것일까. 단순히 호군에게 소개팅을 하라고 설득하던 오지랖의 연장선인가. 고민하는 성훈의 시야에 달빛 아래 체조 중인 명림이 보였다. 앞뒤 가릴 것 없이 그대로 마당으로 내려갔다.

"명림 선생님."

"어이! 웬일이야. 이 시간에."

그렇게 말하는 선생님이야말로 달밤에 체조가 웬 말인지.

"여쭤볼 게 있어서요."

"뭔데."

"강 비서 말입니다."

"강 비서? 그게 뭔데?"

누구냐도 아니고 뭐냐니. 하필 이때 증세가 나타난 모양이었다.

"하……."

골을 짚고 한숨을 토하는 성훈을 보던 명림이 히죽거렸다.

"뻥이야. 덕심이는 왜."

"선생님! 장난 좀 그만 치세요."

"내가 장난이라도 안 치면 어떻게 사니? 심심해 죽겠는데."

"알겠습니다. 하여튼 강 비서를 왜 추천하신 거예요? 어떻게 알던 사이예요?"

"그냥. 그리고 나도 걔 모르는 애야."

지금 이분이 온전한 상태란 걸 믿어야 하나.

"그냥 눈에 보였어. 어설프게 남장을 하고 면접 보러 왔더라고."

"남장이요?"

그건 또 뭐야. 처음 듣는 사실이었다. 덕심이 비서실 면접을 위해 그런 엉뚱한 짓을 했었다니, 새로운 흥미가 솟았다.

"네가 남자 비서만 뽑으니까 남자인 척하려고 했대. 그 배짱이 갸륵해서 취직시켜 주라고 했어. 재미있잖아."

"겨우 재미 때문에 강 비서를 추천했다고요?"

"응. 그런데 지난번부터 덕심이는 왜 자꾸 물어봐?"

"……."

명림은 대답을 회피하는 성훈에게 얼굴을 바짝 들이댔다.

"생각 있어서?"

"아닙니다."

성훈은 길게 있어 봤자 이상한 소리로 사람 속을 긁어놓을 게 뻔한 명림에게서 도망쳤다.

외부 미팅을 마치고 집무실에 들어온 성훈은 전에 없이 획기적으로 바뀐 실내 분위기에 주춤했다. 바로 따라 들어온 익준은 그럴 줄 알았다는 듯 기분 좋게 웃었다.

"그림하고 꽃 장식, 마음에 드십니까?"

"신선하네요. 관리 업체가 바뀌었습니까?"

"아닙니다. 강 비서님이 일일이 간섭하고 골랐다고 들었습니다."

"안목 있네요. 향기도 나는 것 같은데요?"

"네. 실내 분위기에 맞게 새로 조향한 디퓨저라고 합니다."

들어서는 순간 전면에 보이는 모노톤의 대형 사슴 액자는 현대적이었고, 자연을 떠올리도록 배치한 꽃장식이 넓은 공간의 딱딱하고 휑한 단점을 아늑하게 커버했다.

"저는 솔직히 우리끼리 있을 때 보다 강 비서님이 오신 후가 좋습니다."

"그렇습니까?"

"네. 전보다 업무 분위기도 좋습니다."

"회장님이 그토록 주장하신 음양의 조화 덕인가 싶네요."

"그런 건 모르겠지만, 사람 자체가 재미있고 에너지가 넘쳐요."

익준의 얘기를 들으면서 서류에 사인하던 성훈의 펜이 멈췄다. 아랫입술을 지그시 물고 잠시 생각을 고르던 성훈이 결재를 마친 서류를 익준에게 건넸다.

"요즘도, 성 대리는 답보 상태입니까?"

무슨 소리인지 몰라 멀뚱멀뚱하게 있던 익준은 성훈의 장난스러운 눈웃음을 보고 깨달았다.

"아아. 네. 그분을 만날 기회가 없어서……."

"강 비서를 좀 더 푸시하지 그래요. 아주 절친한 사이인데."

"어……떻게 아셨습니까?"

성훈은 당장이라도 바스러질 것 같은 익준의 희게 질린 얼굴을 보고 웃음이 터질 뻔했다. 순진한 친구. 소년 같은 웃음은 그가 진짜 소년 같은 사람이기에 가능한 거였다. 조금 더 공략해 볼까.

"내가 어디까지 알고 있을까요?"

그러나 익준의 표정은 더 이상 달라지지 않았다. 오히려 안도하는 느낌마저 들었다.

"부회장님, 저는 딱 보이는 만큼만 알고 있습니다."

무슨 뜻이지? 고개가 삐딱하게 기울어지는 성훈의 미심쩍은 표정에도 익준은 여상하게 대답했다.

"물론 더 알고 싶은 호기심은 있었습니다. 하지만 회장님이 정점에 있는 일을 알아봤자 좋을 게 없다고 판단했습니다."

"역시 영리한 성 대리."

"강 비서님이 무엇 때문에 그런 모습으로 우리와 함께 일하게 된 속사정까지는 잘 모르고 있습니다."

"……."

익준이 한 말을 잠자코 듣던 성훈은 관대하게 웃어 보였다.

"현명한 판단이었네. 그럼 이 문을 나서면 어떻게 해야 하는지도 잘 알겠네요."

"지금처럼 조용히."

익준이 지퍼로 입술을 채우는 시늉을 하자 성훈은 고개를 까닥했다.

"나가 봐요."

혼자 남은 성훈은 조용히 뇌까렸다.

"그런 모습……."

파티장은 화려하고 유쾌했지만, 성훈은 시끄럽고 번잡스럽게만 느껴졌다. 수백만 명의 팔로워를 보유한 인플루언서(influencer)가 만든 브랜드의 론칭파티였다. 여자들로 북적이는 파티장은 모든 것이 여자를 위한 장치로 가득했다. 심지어 무대 앞에서 춤추는 전문 댄서들도 후끈하고 아슬아슬한 몸을 자랑하는 남자들이었다. 성훈은 일정 거리를 두고 선 린에게 외치듯이 말을 건넸다.

"굳이 이런 곳에서 봐야 합니까?"

"이런 곳이어야 조금 떨어져 있는 우리가 덜 어색하니까요."

자존심 강한 린이 그나마 머리를 써서 성훈과 자신에게 가장 합리적인 장소를 찾아낸 것이었다.

"성훈, 마음을 열어요. 그냥 즐겨요. 다들 당신을 좋아하나 봐요. 오자마자 인기인이야."

꿔다 놓은 보릿자루같이 서 있어도 마성훈이었다. 그를 알아보는 사람도 모르는 사람도, 남녀를 가리지 않고 추파를 던져 댔다. 린은 작은 클러치에서 꺼낸 무언가를 성훈에게 집어 던졌다.

"자, 받아요!"

은색의 네모난 비닐 포장을 본 성훈은 순간적으로 눈살을 찌푸렸다.

"어머, 무슨 생각하는 거예요? 그거 멀미약이거든요!"

"아, 죄송합니다. 멀미약을 먹어 본 적이 없어서."

당연히 콘돔인 줄 알았던 성훈의 얼굴은 금세 붉게 달아올랐지만 정신없는 파티 조명 속에 숨길 수 있었다.

"그런데 이걸 왜 주는 겁니까?"

"혹시나 해서요. 나를 처음 본 날 구역질했잖아요. 멀미 같은 증상이 아닐까 생각했거든요."

엉뚱한 린의 논리에 성훈은 고개를 흔들며 웃고 말았다.

"플라세보 효과라도 노려보자고요. 나, 저쪽에서 친구들하고 춤추고 올 테니까 먹고 있어요. 그 사이에 약효 나타나게."

린은 어깨와 엉덩이를 음악에 맞춰 둠칫둠칫 흔들며 인파 속으로 사라졌다.

"이거 진짜 멀미약 맞아?"

신분이 신분이니만큼 매사에 조심하면서 살아온 성훈이었다. 린 로이스가 건넨 약이라고 해도 장소가 주는 위화감이 있었다. 이게 뭐라고 망설이고 있나, 순간 헛웃음이 나왔다. 멀미약을 두고 먹느냐 마느냐 고민하고 있다는 건 말도 안 된다. 성훈은 지나가는 직원에게 버려 달라고 부탁했다.

요즘 들어 성훈은 옷 잘 입는 젊은 경영인으로 더 유명해지고 있었다. 덕심의 눈이 가위와 자가 되어 치수를 재고 단추를 비롯한 모든 디테일을 신경 쓴 슈트를 입은 성훈은 어느 때 보다 멋있었다. 장소에 어울리지 않게 슈트를 입었는데도 박자에 맞춰 고개를 까딱거리는 남자는 모두의 즐거움이 되었다. 멀리서 성훈에게 쌍 따봉을 세우며 다가오는 린이 보였다.

"꺄! 잘생겼어! 멀미약 먹었어요?"

"분부대로."

"너무 멀고 시끄러워요. 나 조금만 가까이 가볼게요."

"……!"

"릴렉스! 성훈. 강 비서는 괜찮다면서요. 어쩌다가 괜찮아진 건지 그대로 해 봐요."

성훈의 대답이 떨어지기도 전에 린이 한 발자국 가까이 다가왔다. 표정이 굳어지는 성훈을 보고 까르르 웃음이 터진 린이 손나팔을 만들어서 말을 걸었다.

"나, 솔직히 마동준의 부탁을 받았어요."

"어떤?"

"당신이 지금 어떤 상태인지 알아 오라고요."

성훈은 대수롭지 않다는 듯 비릿한 코웃음을 쳤다.

"하지만 나는 그런 것 신경 안 써요. 내 마음대로 할 거야."

"뭘, 어떻게?"

"내가 당신한테 세 번만 만나보자고 한 건 내 뜻이에요. 나도 우리 집안에서 무시당하기 싫거든."

린은 아주 조금씩, 조금씩 개미 발자국만큼 가까워지면서 계속 말을 걸었다. 성훈이 알아차리지 못하게 주의를 흩트리려는 속셈이었다.

"나는 마성훈에게 관심이 있는 거지 아직 좋아하는 건 아니야. 그러니까 겁먹지 말아요. 괴롭히지 않을게."

"좋아요."

성훈은 흔쾌히 대답했지만, 여전히 표정은 편치 않았다.

"자, 말해 봐요. 덕심하고는 어째서 괜찮은 거죠?"

"나도 몰라요."

"나이가 많아서인가?"

"글쎄요."

"아우, 어렵다."

시끄러웠던 음악이 발라드로 바뀌어 있었다. 대화하기도 편해지고 마음도 좀 더 부드러워졌다.

"성훈, 그거 알아요?"

"뭘요."

한쪽 눈을 개구쟁이처럼 찡긋 감았다 뜬 린이 속삭였다.

"지금 당신 뒤로, 옆으로 여자들이 계속 지나가고 있어요."

"아……!"

주변을 둘러보자 정말 여자들이 쉬지 않고 그의 곁을 지나치고 있었다. 그제야 성훈은 잔뜩 인상을 찌푸렸다. 진한 화장품과 향수 냄새가 자신을 스치고 지나갔다는 생각을 하자 팔과 목에 소름이 돋았다.

"이것 봐요. 그거 그냥 당신 기분일 뿐이야."

고개를 돌리자 꽤 가까워진 린이 보였다.

"린, 난 지금도 힘듭니다."

성훈은 이마에 배어 나오는 땀을 문지르며 난처해했다.

"성훈, 우리 이만큼 가까워진 지 아까부터였어요. 알아차리기 전까지는 괜찮았다고요."

"……?"

"이 이상 다가가지 않을게요."

"미안합니다."

"아니. 괜찮아요."

"당신 말대로 심리적인 문제 맞아요. 원인을 찾는 중이고."

솔직히 원인은 알고 있었다. 아무에게도 털어놓지 못했을 뿐.

"최근에는 고치려고 노력 중입니다."

린은 성훈의 진심이 담긴 말에 마음이 풀렸다. 지금까지 새침하거나 도도하기만 했던 린도 편안한 얼굴로 생긋 웃었다.

"나도 고백할게요. 나는 로이스 가에서 무시당하고 살아왔어요. 우리 엄마와 나는 고결하신 유럽인의 피를 더럽히는 아시안일 뿐이에요."

"저런."

린은 미간을 좁히고 안타까운 티를 내는 성훈에게 어깨를 으쓱해 보였다.

"하지만 당신하고 선을 본다고 하니까 다들 태도가 달라지더라고요. 당신은 글로벌한 유명인이니까. 그런데 만나자마자 날 보고 구역질을 하고 떠났다고 하면."

시무룩 고개를 떨구는 린을 보자 첫날의 실례가 더욱 마음에 걸렸다.

"이해합니다. 당신이 제안한 세 번의 애프터를 받아들일게요."

"음……. 난 성훈의 유일한 친구 하고 싶은데. 여자 사람 친구."

"그건, 내가 더 영광입니다."

성훈은 린에게 손짓으로 따라오라고 사인을 줬다. 바텐더에게 맥주 두 병을 주문한 성훈은 한 병을 린에게 주었다. 거리는 다섯 걸음에서 거의 절반으로 줄어들어 있었다.

"건배하죠."

"성훈, 이거 사진으로 나가도 되는 거예요?"

"물론. 로이스가의 백인 멍청이들 코를 납작하게 눌러 버리는 데 쓰시길."

"땡큐."

톡 쏘는 맥주를 시원하게 들이켜고 난 린이 상체를 기울여 반걸음, 거리를 좁혔다.

"성훈, 덕심에게 고마워해야 해요."

린의 말을 이해하지 못한 성훈의 눈썹 머리가 가운데로 모였다.

"무슨 뜻이죠?"

"오늘 이 장소, 내가 당신에게 조금씩 가까워질 수 있었던 트릭.

모두 덕심의 코치였어요. 그녀는 당신의 진실한 비서예요."

우두커니 선 성훈의 맥주병에 건배한 린이 외쳤다.

"아이 러브 덕심!"

✳

린 로이스와의 짧은 유흥을 마치고 나온 성훈은 운전기사에게 행선지를 알렸다.

"회사로."

강 비서, 너무 열심인 거 아니야? 고마운데 고맙지 않은 얄궂은 마음을 홀로 달래던 성훈은 메시지가 들어온 핸드폰 화면을 켰다. 내용을 확인하는 성훈의 눈초리가 매서워졌다.

"장호군과 한은수가 사촌이었어?"

명림은 분명 남장한 덕심을 처음 봤다고 했는데. 뭐가 어떻게 얽히고설킨 건가. 나이 든 후로는 속없는 사람처럼 장난이나 치는 것 같지만, 성훈은 명림이 하는 말을 허투루 흘리지 않았다. 고이란 회장이 곁에 둔다는 건 마냥 인도주의적인 이유만은 아니란 뜻이었다. 손에 쥔 핸드폰이 한 번 더 진동을 울렸다.

[부회장님, 로이스 양과 즐겁게 지내셨다고 들었습니다. 파이팅!]

강 비서, 내가 당신에게 실망하게 될까? 그러고 싶지 않은데. 당신이 나의 진실한 비서라는 린 로이스의 말을 믿어도 좋을까?

Rrrrr. 성훈의 개인 핸드폰이 오늘따라 분주했다. 마동준이 발신자로 떠오른 액정을 한동안 노려보던 성훈이 전화를 받았다.

"어, 형."

― 로이스하고 어쩔 생각이야? 함부로 갖고 놀 여자가 아니다.

"형이야말로 그 입, 조심해. 로이스 양하고는 좋은 친구 사이일 뿐이야. 또 의심스러우면 직접 묻던가."

― 이미 들었어. 그래서 하는 말이잖아. 친구 좋아하네. 사귀지 못 하니까 그런 식으로 둘러대는 것 로이스가 모를 줄 알아?

"좋을 대로 생각해. 정확히는 사귀지 '않는' 거야."

― 하! 너, 언제까지 연주한테 여지 두고 살 거야!

"정신 차려. 나도 좋아하는 사람 있어. 자꾸 연주하고 나하고 연관 짓지 말아줘."

수화기 너머로 동준의 키들거리는 불쾌한 웃음소리가 들렸다.

― 누구를 좋아하시는데요? 네 주변에 여자라고는 그 나이 많은 비서밖에 더 있어?

"……."

― 이 침묵 뭐야?

또다시 키들거리는 웃음소리가 들렸다.

"뭐가 웃겨?"

― 아무리 급해도 가져다 붙일만한 걸 붙여. 그 늙은 여자하고.

"늙다니. 그냥 나이가 좀 더 많은 것뿐이야."

― 진짜야? 둘이 나이 차이가 얼만 줄 알아?

"난 그런 것 신경 안 써. 내가 선택하면 끝인 거야. 그 누구도 왈가왈부할 수 없어. 할머니도."

차갑게 내뱉고 난 성훈은 끊어진 핸드폰을 옆 좌석에 내팽개쳤다.

다음 주에 체결할 두바이 계약에 앞서 성훈은 계약서에 들어갈 문구를 점검할 겸 회사로 돌아왔다.

퇴근 시간이 지난 로비는 한산했다. 25층 전용 엘리베이터로 가는 동안 내내 뒤를 따르는 인기척이 느껴졌다. 서류에 집중한 여자 직원 하나가 의식의 흐름대로 걷는 것 같았다. 엘리베이터라는 생각만으로 성훈의 옆에 서 있더니 문이 열리자 자연스럽게 따라 타기까지 했다.

"흠! 흠흠!"

주의를 환기하기 위해 성훈이 헛기침을 몇 번 하자 여자가 고개를 들었다.

"엄마야!"

여기가 어딘가, 왜 당신이 나하고 같이 있는가, 당황한 기색이 역력했다. 뒤늦게 정신을 차린 직원이 엘리베이터에서 내렸다.

"죄송합니다. 생각 없이 걷다가 그만 착각했어요."

"그럴 수도 있죠. 25층에 볼 일이 있는 거라면 타시죠."

"아, 아닙니다. 제가 아직 그럴 위치가 아니죠."

놀란 토끼처럼 동그란 눈을 분주하게 굴리던 직원이 종종걸음으로 멀어졌다. 문이 닫히고 엘리베이터가 25층까지 수직으로 상승했다. 은색 문에 비친 자신의 모습을 아무 생각 없이 쳐다보던 성훈이 나직이 외쳤다.

"생각났다."

덕심의 눈동자가 왜 익숙했는지 이유를 알았다. 어디에서 봤는지도 깨달았다. 성훈은 싸늘한 눈빛을 빛내며 기분 좋은 미소를 지었다. 성 대리가 말했던 강 비서의 '그런 모습.' 내가 아는 강덕심이 아닌 '다른 모습'을 가지고 있던 거였다. 하! 도대체 왜, 그렇게까지? 계약서건 뭐건 바로 주차장을 향해 달리던 성훈은 이미 운전기사를 퇴근시킨 것이 떠올랐다.

급히 발길을 돌려 밖으로 뛰쳐나갔다. 택시 기사에게 알려 준 은수의 집은 얼마 전 덕심을 데려다준 고급 아파트 단지와 일치하는 주소였다. 택시에서 내린 성훈은 까마득히 높은 아파트를 올려다보며 허탈하게 웃었다. 완벽하게 이성을 상실하더니 멍청해지기까지. 여기 이렇게 찾아온들 뭘 할 수 있는데. 뭐라고 따질 작정인데.

'회춘했군요. 강 비서.'

'젊어서 다행입니다. 이제 나하고 만나 봅시다. 강 비서.'

'감히 나를 속이다니. 강 비서, 당신 해고야.'

이따위 말을 할 수는 없지 않은가. 잠복을 하고 싶어도 차가 없었다. 그렇다고 당장 옆집을 매입할 수도 없고. 이 앙큼하고 괘씸한 강 비서를 어떡해야 할까. 복잡한 심경을 안고 아파트 주변을 배회하던 성훈은 단지 입구가 한눈에 보이는 편의점으로 향했다. 뭐라도 사야 했기에 냉장고를 열었고, 싱숭생숭해서 맥주를 꺼냈다. 지금 이 기분이라면 말술을 마셔도 거뜬할 것 같이 신경이 팽팽하게 흥분한 상태였다.

"도대체 이 기분, 뭐야."

이까짓 일, 내일 출근 후에 불러서 지금까지 나를 속이고 비서실에 들어온 이유와 목적을 육하원칙에 맞게 설명하라고 다그치면 될 일이었다. 하지만……, 덕심이 곤란해지는 것도 싫었고 어떤 말을 듣게 될지도 두려웠다. 아마도 죄송하다고 할 것이고 그만두겠다는 말을 듣게 될 것 같았다.

화가 나고 섭섭한데 놓지를 못하겠다. 거짓말이 제일 싫은데 계속 어떤 사정이 있었을 거라며 대신 변명거리를 찾아주고 있었다. 그 여자는 분명 할머니 핑계를 댈 것이다. 그래, 평범한 여자가 어떻게 재계의 마녀 고이란 회장을 이겨. 아버지도 어머니도 이기지 못한 할머니를. 성훈은 분노와 걱정을 안주 삼아 마시지도 못하는 술을 연신 홀짝거렸다.

"벌써 취했나?"

성훈은 고개를 흔들며 정신을 차려 보려고 했다. 아파트 단지 입구에 나타난, 어른거리는 실루엣이 꼭 덕심 같다는 착각이 들었다. 길을 건너더니 편의점으로 곧장 다가오고 있었다. 어어……. 술이 확 깨는 것 같았다.

한 명은 확실히 아는 얼굴이었다. 한은수. 강덕심의 절친이자 장호군의 사촌이라는 여자가 확실했다. 그렇다면 그 옆의 묘하게 낯익은 실루엣은 덕심이 맞을 것이다. 성훈은 옆에서 컵라면을 먹고 있는 학생이 버린 큰 뚜껑을 가면 삼아 얼굴을 가렸다. 옆에서 이 미친놈은 뭔가, 하고 쳐다보는 시선 따위 신경 쓸 틈이 없었다.

"아저씨, 그거 제 뚜껑인데요. 라면 덜어 먹어야 하는데."

"얼마면 돼."

"네?"

"얼마면 되냐고."

슬쩍 고개를 돌린 남자의 얼굴을 본 학생이 말을 더듬었다. 원빈도 울고 갈 만큼 잘생긴 사람은 처음이었다.

"얼마……. 줄 수, 있는데요?"

성훈은 지갑을 열어 집히는 대로 넘겨주었다. 금액이 마음에 드는지 학생은 조용히 라면을 먹기 시작했다. 딸랑, 출입문에 달린 종소리와 함께 두 여자가 들어왔다.

"나는 맥주 마실래. 너는?"

은수가 묻자 모자를 눌러쓴 긴 머리 여자는 고개를 저었다.

"만두 먹을까?"

이번에도 들릴 듯 말 듯, 작은 목소리로 싫다고 했다. 거울에 비친 여자의 모습을 본 성훈의 입이 저절로 벌어졌다. 도저히 강덕심이라고 생각할 수 없지만, 강덕심일 것만 같았다. 깊이 눌러쓴 모자 아래로 보이는 흰색 헤어 브릿지가 없었다면 믿을 수 없는 모습이었다. 은수가 아이스크림 냉장고를 뒤적거리는 동안 무료하게 서 있던 덕심이 모자를 벗었다. 덕분에 성훈은 속 시원하게 덕심의 얼굴을 확인할 수 있었다.

'예쁜 것 봐라.'

잊을 수 없는 갈색의 맑은 눈동자는 눈물이 어린 것처럼 반짝거렸다. 도자기처럼 매끈한 피부 때문에 차가운 인형처럼 보였다. 황달이라고 우기더니 손보다 더 하얀 얼굴을 감추고 있었다. 저 희고 고운 피부를 답답하고 두꺼운 화장으로 가리고 다니느라 얼마나 힘들었을까. 성훈은 자신도 모르게 안쓰러워하고 있었다. 덕심과 은수가 나가고 난 뒤, 신선한 충격을 경험한 성훈은 한동안 얼이 나가 있었다.

"저게 원래 강 비서였단 말이지. 일단 진짜 여자인 것만 해도 다행인가."

남자가 여장을 한 거라면 아예 희망이 사라질 뻔했다는 속없는 안도부터 들었다. 첨벙 빠졌다. 강덕심의 늪에 단단히 빠져서 턱 끝까지 진흙이 차오르는데도 도망치고 싶지 않았다. 오히려 누가 구출할까 봐 걱정스러운 지경이었다.

덕심은 새벽부터 기분이 저조했다. 본사 건물 외벽과 로비에 걸린 커다란 현수막과 대형 광고판을 보기 전까지는 매우 즐겁고 개운한 출근길이었다. 현생이 고달파서 잊고 지냈던 전 남자친구의 얼굴이 마윤 그룹 곳곳을 뒤덮고 있었다.

"아, 꼴 보기 싫어."

항상 끝이 좋지 않은 연애였지만 다른 남자친구들과 달리 바람이 나서 흐지부지 끝난 관계를 생각하니 착잡했다. 이번 시즌 마윤 그룹의 기업 이미지 광고는 「당신의 가치는 무엇입니까?」 시리즈였다. 새로운 전속 모델 중 하나인 정윤이 포스터 속에서 웃고 있었다.

「나의 가치는, 가족입니다.」

"쳇. 가……족 같은 소리 하네."

가장 좋아했고, 제일 다정했던 남자친구였기에 미움도 오래갔다. 그와 사귈 때 커리어의 정점을 찍었고, 헤어진 후 인생의 내리

막길을 걷는 중이었다. 그래서 더 원망스러운지도 모른다.

비서실은 때 이른 커피 향으로 가득했다. 불 꺼진 사무실 저편 탕비실의 열린 문틈으로 빛이 새어 나오고 있었다.

"실장님이 벌써 나오셨나?"

가방을 내려놓고 탕비실로 들어간 덕심은 심장이 바닥으로 추락하는 줄 알았다. 머그잔을 든 성훈이 싱크대에 기댄 채 덕심을 향해 미소 짓고 있었다.

"강 비서 일찍 나왔네요."

"아……. 오늘은 제가 새벽 출근 차례라서요."

"나 때문에 다들 고생이 많습니다. 커피?"

"네. 아니요! 제가 해야죠."

"내가 해 주고 싶었는데."

덕심은 새벽부터 과도하게 다정한 성훈의 태도가 어리둥절했다. 어떻게 반응해야 좋을지 몰라 동작과 표정 하나하나가 뻣뻣해졌다. 성훈은 어색하게 웃으며 머그잔에 커피를 따르는 덕심의 옆모습을 지그시 바라보았다. 실체를 알았는데도 이 얼굴이 순전히 가짜라는 것이 믿어지지 않았다.

"부회장님, 아직 아침 식사 전이시죠? 팥죽 있는데 괜찮으십니까?"

"뭐든. 고맙죠."

냉장고에서 레토르트 팥죽을 꺼낸 덕심은 상부 장을 열고 어울릴 만한 그릇을 고르고 있었다. 성훈은 주책없이 뻗어가려는 손을 주머니에 찔러 넣었다. 저 팽팽하게 당겨 묶은 머리를 풀고 반질반질 윤기 나는 머리칼을 만져보고 싶었다. 지금 눈앞에 보이는 물티슈를 가져다가 누리끼리한 화장을 박박 문질러 지워버리고 싶었다. 새알심보다 뽀얗고 말랑말랑할 것 같은 볼에 입술을 대고 싶었다. 안경을 벗기고 작은 얼굴을 감싼 후 눈과 눈을 마주하고 싶었다. 뜨거운 커피를 식히느라 오므린 입술을⋯⋯.

"그만하자. 마성훈."

"네?"

"아닙니다."

새벽마다 성훈이 건장하고 문제없는 남자임을 확인시켜주는 여자의 진짜 모습이 그를 더욱 미치게 했다. 언제 밝혀 버릴까. 어떻게 해야 도망가지 못하게 얽어맬 수 있을까.

덕심은 탕비실에 버티고 선 커다란 덩치가 불편했다. 좁지 않은 곳인데도 그의 존재감 때문인지 여러모로 거슬렸다. 이제 너의 자리로 좀 돌아가지 않으련? 하는 분위기를 눈치챈 성훈이 언뜻 생각난 듯 입을 열었다.

"어제는 덕분에 린과 재미있는 시간 보냈습니다."

이제 로이스 양이 아니라 린이구나. 덕심은 친근한 호칭에 놀란 기색을 숨기며 생긋 웃었다.

"다행이네요."

"린과 몇 번 더 만나보기로 했습니다. 철없는 아가씨인 줄 알았는데 순전히 내 선입견이 만든 오해였습니다."

"네⋯⋯. 그런데 혹시 억지로 만나시는 건 아니죠?"

"전혀."

"축하드립니다."

"축하는 무슨. 린은 충분히 좋은 사람이더군요."

배려 어쩌구, 영리하고 저쩌구, 재미있고 얼씨구, 귀엽고 절씨구……. 덕심은 성훈의 입에서 나오는 린에 대한 칭찬을 귓등으로 흘리며 대충 고개를 끄덕였다. 분명 성훈에게도 자신에게도 잘된 일이었다. 아니, 기적이나 마찬가지였다. 하지만 허전한 마음은 어쩔 수 없었다. 가장 사랑했던 나의 스타에게 터진 열애설을 견디는 기분이었다. 사랑을 응원해야 마땅한데 더 좋은 짝이 아닌 것이 아깝고, 나는 왜 안 되는가 억울하고. 아니, 아니. 억울한 건 아니야.

덕심의 무표정한 얼굴을 보던 성훈은 문득 덕심의 머리를 틀어 쥐고 있는 고무줄에 시선이 갔다. 저 매듭의 끝을 당기면 단번에 풀어질 것 같았다. 심술궂은 남학생이 관심 있는 여학생을 괴롭히고 싶은 심정이 이런 건가. 성훈은 작게 끄덕이는 동그란 머리통을 보다 참지 못하고 매듭을 당겨 버렸다. 스르르 풀리는 것과 동시에 향긋한 과일 향이 코끝을 자극했다.

"이게 왜 이래? 고무줄이 어디 갔지?"

풍성하게 쏟아지는 머리카락을 그러모은 덕심은 고무줄을 찾느라 두리번거렸다.

"풀어도 예쁜데. 그냥 둬요."

"아닙니다. 단정하지 못해요."

"잘 빗으면 괜찮을 텐데요."

성훈은 관자놀이에 흘러내린 하얀 머리카락을 넘겨주면서 고개를 기울였다. 물끄러미 덕심을 바라보는 성훈의 얼굴이 너무 코앞이었다. 요즘은 가습기를 틀어야 할 만큼 건조한 날씨인데 어째서 이렇게 끈적한 느낌이 드는 것일까.

"어제, 로이스 양하고도 거리를 많이 좁히셨다고 들었습니다."

찰싹 달라붙을 것 같은 분위기를 견디지 못한 덕심이 대화를 시도했다.

"덕분에."

"네. 조금씩 좋아지시는 것 같아서 기뻐요."

덕심이 뒤로 주춤거리면 성훈도 조금 가까워졌다.

"아닌데."

"……?"

"죽을힘을 다해 참아본 겁니다. 많이 힘들었어요."

"아, 어쩌죠?"

"그러게 어쩌죠. 나한테 당신 같은 여자는 단 하나뿐인 것 같은데."

농도 짙은 성훈의 말에 놀란 덕심은 커다란 눈을 깜빡이지도 못하고 얼어붙었다. 덕심의 얼굴을 묵묵히 응시하던 성훈의 입가에 희미한 미소가 떠올랐다.

"고무줄, 여기 있네요. 이따 봅시다."

굳어있는 덕심의 손에 고무줄을 쥐여 준 성훈은 아무 일도 없었다는 듯이 콧노래를 흥얼거리며 사라졌다.

"꽈!"

막혔던 숨을 터트린 덕심은 후들거리는 몸을 싱크대에 의지했다.

"왜 저래, 정말. 가만 보면 끼 부리는 데 뭐 있다니까."

여자를 꺼리는 병이 있으니 망정이지 멀쩡했으면 하루도 조용할 날이 없을 남자였다. 팥죽 그릇을 전자레인지에 넣어야 하는 데 자신이 없었다. 아직도 두방망이질 치는 가슴이 진정되지 않아 손 끝까지 힘이 들어가지 않았다. 주먹을 쥐었다 폈다 하는데 노크 소리와 함께 빼꼼히 호군의 얼굴이 보였다.

"강 비서, 뭐해? 어디 안 좋아?"

"나오셨어요? 조식으로 내갈 팥죽을 데워야 하는 데 손이 떨려 서 그릇을 못 들겠어요."

"손이 왜 떨려?"

솔직할 수 없는 덕심은 못 들은 척, 힘든 척하며 대답을 피했다. '부회장님이 느끼한 말을 했는데 그것이 잘생긴 얼굴과 시너지 효과를 내는 바람에 너무 섹시했고, 순간 흑심이 생겨서 그의 도 톰한 아랫입술의 세로줄 무늬를 혀로 핥을 뻔했어요.'라고 말할 수 없는 노릇 아닌가.

"실장님, 이것 좀 부탁드려요. 잠깐 바람 좀 쐬고 올게요."

곤란할 때는 삼십육계가 최고다. 걱정하는 호군에게 미안했지 만, 또 이쯤에서 그만하자는 소리는 듣기 싫었다.

"의무실에 가서 누워있다 오든지."

"알아서 하겠습니다."

야외 휴게실로 나와 찬바람을 맞고 나서야 진정이 됐다. 덕심은 부회장이 조금 이상하다는 생각을 했다. 거리 제한이 풀어진 이 후, 피하고 멀리하는 것은 덕심의 몫이었다. 그럴수록 자꾸 다가 오려 하고, 헛갈리는 말을 할 때도 있었다. 왜 자꾸 남자의 향기 를 풍기는 것일까.

"아!"

번뜩 떠오르는 정답. 서, 설마 아직도 순수 총각? 그는 시방 위

험한 짐승의 상태인 건가? 그도 그럴 것이 유일하게 가까이할 수
있는 여자는 자신뿐이니 얼마나 궁금하고 신기했을까.

"어서 짝을 지어줘야겠구나."

본능과 애정을 구분 못 하고 아무한테나 들이대는 최애가 안쓰
러웠다. 오늘도 덕심은 한 삽 크게 뜬 흙을 성훈에게 퍼부었다.

9. 나 어떡해

"오늘 회사에 정윤이 온다는데요?"

익준의 들뜬 목소리에 모니터를 응시하던 덕심의 눈초리가 새치름해졌다.

"그래? 오늘 홍보실 주변이 떠들썩하겠네. 그래도 오래가는 거보면 실력은 있나 봐. 원래 가수였지?"

연예인에 도통 관심이 없는 호군까지도 아는 정윤이라니 덕심은 그놈이 새삼 대단하다는 것을 인정해야 했다.

"아이돌 출신이요. 워낙 잘생겨서 데뷔 때부터 대단했죠. 우리 엄마까지 좋아했을 정도니까요. 지금은 가수였나 싶도록 연기도 잘하고 예능 덕분에 이미지도 좋잖아요."

익히 잘 아는 정윤의 화려한 이력을 듣던 덕심이 뾰족한 목소리로 물었다.

"그 인간이 회사에는 왜 오는데요?"

"마케팅팀하고 미팅이 있데요. '당신의 가치' 시리즈 중에서 정윤 편이 가장 호응이 좋아서 단독 광고 들어갈 모양이던데요?"

"흥! 나는 정의로운 여자 형사 편이 더 인상 깊었는데. 하여튼 사람들이 껍데기에 혹해서는."

누구보다 껍데기에 잘 넘어가는 얼굴 지상주의자가 할 말은 아니었다. 호군과 익준은 까칠하게 구는 덕심을 어이없는 눈으로 쳐다봤다.

"강 비서는 정윤 싫어하나 보다? 꽤 잘생겨서 당연히 팬일 줄 알았는데."

팬뿐이었겠는가. 정윤이 연습생일 때 덕심이 만든 첫 팬카페는 이후 공식 팬클럽이 되었다. 덕심과 은수가 회장과 총무였던 팬클럽은 세계에서 가장 많은 회원을 보유했다. 온갖 콘서트와 녹화장, 사인회 등 행사장에서 덕심이 찍어서 홈페이지에 올린 정윤의 사진은 기자들이 찍은 사진보다, 유명 잡지의 화보보다 아름다워서 유명했다.

팬클럽 회장과 연예인으로 만난 사이. 덕심을 보고 첫눈에 반한 가수가 십 년을 구애해서 사귀었던 사이. 그렇게 다정하더니 어린 여배우와 바람이 나서 혼전 임신으로 이별한 사이. 우여곡절 많았던 과거가 스쳐 가자 덕심의 눈시울이 붉어졌다.

"네. 제일 싫어요! 의리 없는 사람이 제일 별로야."

왜 저러나 싶게 이를 가는 덕심의 분노를 보던 호군이 아차, 이마를 쳤다. 은수가 한때 푹 빠져서 팬클럽인지 뭔지를 운영했던 연예인이 누군지 기억이 났다. 끝이 좋지 않았다는 소리를 들었는데 아마 덕심과 관련이 있는 것 같았다.

홍보실로 향하던 덕심은 마침 마케팅팀에서 나오는 정윤을 그대로 지나쳤다.

"어?"

알아본 것 같은 불길한 예감이 들었지만, 돌아보지 않았다. 반면에 이미 지나가 버린 덕심을 돌아본 정윤은 그 자리에 못 박힌 듯 서 있었다.

"덕심이랑 비슷한데. 뭐지?"

세상에 비슷한 사람이 있을 수도 있는데 이상하게 발이 떨어지지 않았다. 꼭 확인하고 싶은 오기 같은 것이 발동했다. 그 자리에서 기다리던 정윤은 홍보실에서 서류를 안고 나오는 덕심을 다시 눈여겨보았다. 모습이 판이한 데도 심증이 굳어졌다. 눈길 한번 주지 않고 무심히 지나치는 여자는 서늘하고 당당했다. 전에 알던 누구처럼.

"덕심? 덕심아!"

저게 어디서 이름을 함부로 불러. 눈썰미는 쓸데없이 좋아서. 덕심은 표 나지 않게 꼿꼿한 자세를 유지하며 걸음에 속도를 올렸다. 엘리베이터로 쑥 들어간 덕심은 버튼이 부서지도록 빠르게 손가락을 놀렸다.

"강덕심, 맞지!"

드라마에서 보던 거와 똑같이 정윤은 닫히는 문틈으로 몸을 밀어 넣었다.

"으윽!"

거기까지는 좋았는데 도로 닫히는 문에 얼굴이 낀 것은 무척 꼴불견이었다.

"이게 어디로 가는 엘리베이터인 줄 알고 타시는 겁니까?"

기어이 몸을 욱여넣고 들어온 정윤은 시선을 피하는 덕심의 얼굴을 쫓아다녔다. 좌우로 고개를 돌리며 피하던 덕심이 체념의 한숨을 쉬었다.

"너 얼굴이……. 왜 이러고 다니는 거야?"

도대체 무슨 일을 겪었기에, 웬만한 배우보다 더 눈길을 끌었던 아이가 이리 상했나. 자신의 탓이라고 생각한 정윤은 곧 울 듯이 얼굴이 일그러졌다.

"얼굴 저리 치워. 어디다 갖다 대는 거야?"

"맞네. 우리 덕심이 맞네."

"뭐? 우리 덕심?"

앙칼지게 노려보는 덕심을 곰곰이 쳐다보던 정윤이 손을 들어 그녀의 얼굴을 문질렀다.

"분장이네? 너도 여기서 촬영 있어?"

예의 없는 손을 매섭게 내려치는 순간 문이 열렸다. 복도 양 끝을 살펴본 덕심은 졸졸 따라오는 정윤 앞에 멈춰 섰다.

"여기 회사야. 내 이름 함부로 부르지 말아줘. 굳이 부를 거면 '강덕심 씨'라고 존칭해."

"도대체 무슨 일이야?"

"그럴 일이 있어. 나 여기 직원이니까 입조심 하라고."

"이런 꼴로 다녀야 하는 이유는, 돈 때문이야?"

맞는 말이지만 대답하고 싶지 않았다. 자존심도 상하고 부끄러우니까.

"오빠가 미안해. 네가 이렇게까지 된 줄은 몰랐어."

"사정이 있는 거니까 섣부른 동정은 때려치워. 어서 돌아가."

대회의실 문이 열리더니 호군이 나오는 것이 보였다. 성훈은 25층 회의실에서 전 세계 지역 총괄 담당들과 회의 중이었다. 예상보다 회의가 일찍 끝난 모양이었다. 곧 사람들이 우르르 쏟아질 텐데. 덕심이 불안해하며 주변을 살피자 정윤은 그녀의 손목을 잡아끌고 비상구로 나갔다.

"너, W에서 나가고 나서 영 힘을 못 쓴다는 소식 들었어. 킴 그 자식이 네가 업계에 발도 못들이게 한다고. 자기 밑이 아니면 절대 안 된다고 했대."

"나도 다 아는 얘기니까. 입 다물고 어서 돌아가."

싸늘하게 잘라내며 어깨를 밀어내는데도 정윤은 미련을 버리지 못했다.

"덕심아."

"씨!"

"그래. 강덕심 씨……. 영 어색하다. 내가 도울게. 무슨 일인지 말만 해."

"이거 왜 이러세요. 처자식을 생각하세요. 전 여자친구한테 이러는 거 와이프가 알면 퍽이나 좋아하겠습니다."

"말투가 왜 이래? 그리고 우리가 헤어지게 된 건 너 때문이기도 해."

바람피운 상대가 덕심에게 헤어짐의 책임을 물었다. 그야말로 방귀 뀐 놈이 화를 내는 격이었다.

"뭐라는 거야?"

"네가 너무 몸을 사리니까, 나를 사랑하는지 확신도 안 들고. 그래서 술김에."

잠자리를 허락하지 않은 너 때문에 술김에 다른 곳에서 욕정을 해소했다는 소리였다. 덕심의 얼굴이 붉게 상기되었다.

"정말. 못났다. 내가 이런 사람을 한때나마 사랑했다는 게 부끄럽잖아."

핑계인지 변명인지 모를 정윤의 뻔뻔함이 덕심을 부끄럽게 만들었다.

"술김에? 지금 그걸 말이라고 해? 당신이 그토록 사랑하는 딸이야. 술김에 생겼다고 말하고 싶니?"

항상 입에 달고 다니는 딸 얘기에 정윤도 부끄러워진 모양이었다. 목덜미까지 벌겋게 달아오른 꼴이 과히 보기 좋지는 않았다.

"더 감정 상하기 전에 돌아가요. 좋았던 기억마저 더러워지려고 해."

조용히 타이른 덕심이 출입문을 당겼다.

"덕심아, 돈 필요하면 말해."

코웃음을 친 덕심이 입술을 비틀었다.

"십억 필요해. 줄 거야?"

"그래. 계좌 알려줘."

한순간의 주저함도 없이 대답한 정윤의 눈은 담백했다. 비록 마지막에 바람을 피운 나쁜 놈이었지만, 사귀는 동안 항상 진실하긴 했었다.

"더 줄 수도 있어. 네가 이러고 다니는 것 싫다."

"돈 얘기는 장난이었어. 돌아가. 나도 잠깐일 뿐이야."

서로 말없이 몇 초간 바라보았다. 마지막 순간을 새기듯 바라보는 눈동자 속에 복잡한 감정이 소용돌이쳤다.

업무가 손에 잡히지 않았다. 덕심은 홍보실에서 받아온 보도 자료들을 덮어놓고 거울을 꺼냈다. 칙칙한 안색에 깐깐한 인상을 한 나이든 여자가 오늘따라 처량해 보였다. 좀 더 멋있는 컨셉으로 잡을 걸 그랬다. 이렇게 촌스럽고 노티 나는 것 말고 마돈나처럼 화려한 여장부 같은 스타일로. 여전히 빛나는 정윤과 달리 추레한 모습으로 마지막을 남긴 것이 마음에 걸렸다.

모니터에 성훈의 다음 일정 알람이 떴다. 정부 부처 주요 인사들과 경제인들의 석찬을 곁들인 모임이 있었다. 집무실에 들어온 덕심을 흘깃 쳐다보는 성훈의 시선이 차가웠다. 공식적인 모임에 어울릴만한 옷을 고르는 덕심의 뒤에 냉랭한 목소리가 꽂혔다.

"강 비서는 마윤에서 굉장히 눈에 띄는 사람이란 것 알고 있습니까?"

"제가요?"

성훈의 말을 듣기 위해 뒤를 돌자 싸늘한 시선과 부딪혔다.

"배우 정윤과 매우 친밀한 사이라는 소문이 들립니다."

발 없는 말은 역시 빨랐다. 또 얼마나 많은 살이 붙었을까.

"죄송합니다. 단순한 지인인데 그분이 워낙 유명하다 보니 오해를 산 것 같습니다."

손에 든 펜을 툭 던진 성훈은 여태 보고 있던 모니터에 뜬 화면을 꺼버렸다.

[배우 정윤이 기를 쓰고 따라가더라.]

[이모뻘은 될 텐데 이름을 너무 애틋하게 불러서 이상했다.]

[부회장도 구워삶은 늙은 여우.]

사내 익명 게시판이 떠들썩한데 정작 당사자는 아무것도 모르는 것 같았다. 그만큼 아무것도 아닌 일이고 아무 관심도 없는 남자겠지. 그 자식이 손목을 잡았어도 당신은 관심 없어야 한다.

덕심의 호기로운 걸음을 따라 들어온 은수가 휘둥그레진 눈으로 두리번거렸다.

"우리 동네에 이런 데가 있었네? 역시 부촌이구나."

일품요리만 취급한다는 한식당의 현대적이면서도 고풍스러운 인테리어는 기죽을 만큼 고급스러웠다.

"아주, 안팎으로 돈을 처발처발했네."

테이블 매트 위에 놓인 물잔과 냅킨만 봐도 식당의 품격이 느꺼졌다.

"맛도 있대. 오늘은 월급 탄 기념으로 내가 쏘니까 마음껏 시켜."

"어이구. 먹어 봐야 1인분이지. 나도 이제 도로 미혼이 됐는데 몸매 관리 좀 해야지."

가볍게 웃어넘기는 은수의 눈빛이 무거웠다. 친구의 자존심을 생각해서 모르는 척 따라왔지만, 벼룩의 간을 내먹는 기분이었다. 어제도 밤새 통장과 계산기를 오가며 한숨 쉬는 꼴을 봤는데. 도대체 빚이 얼마나 남았기에. 덕준이는 이런 것도 모르고 아이비리그에서 마음 편하게 공부하고 있겠지. 호인을 넘어서서 호구수준인 덕심의 아버지를 생각하면 한숨만 쏟아졌다. 덕심의 노고로 겨우 집안을 정상화해 놨더니 그걸 또 홀랑 말아 드시다니.

"사진만 보면 다 맛있어 보인다. 뭘 골라야 할지 모르겠네."

"그래? 어디 좀 봐봐. 진짜 다 맛있겠다. 사진발인가?"

메뉴판 속으로 빨려 들어갈 듯 집중하는 사이 종업원이 다가왔다.

"도와드리겠습니다."

"네. 여기 메뉴 중에……."

덕심은 메뉴 중 하나를 짚으며 고개를 들었다. 앞에 선 남자를 보자 어이가 없었다.

"도대체, 성 대리님은 왜 또 여기 있어요?"

"그러는 누나들은 여기 어쩐 일이에요?"

오늘은 식당 지배인이라도 되는 양, 익준은 회사에서 입었던 슈트를 고스란히 착용한 상태였다.

"식당에 먹으러 왔죠. 우리보다 여기 직원으로 보이는 성 대리님이 이상한 거고."

"저는 잠깐 도우려고 왔어요."

"이번에는 몇째 형네 가게인지?"

"넷째 형이요."

설마 하고 물었는데 진짜 형네 가게라는 소리에 덕심은 헛웃음이 나왔다.

"형이 모두 몇 명이나 돼요?"

"다섯이고 제가 막내예요."

"누나는 없어요?"

"네. 누나, 여동생 모두 없고 부모님은 건강하신데 두 분 금실이 너무 좋아서 자식한테 신경도 안 쓰고 여행만 다니세요."

"그렇구나. 그럼 시집살이 걱정은 안 해도 될까, 읍읍!"

주고받는 대화를 한심하게 지켜보던 은수가 덕심의 입을 막았다.

"야. 여기서 그런 걸 왜 물어? 당신들 둘이 짠 것 아니야?"

"절대 아닙니다."

"읍! 읍! 읍!"

시무룩하게 답하는 익준과 결백의 고갯짓을 하는 덕심을 흘겨보는 은수의 눈은 아직도 의혹이 가득했다. 왠지 수선스러운 시선들이 느껴졌다. 카운터와 주방 쪽에서 수많은 눈동자가 이곳을 집중하고 있었다. 저들 중에 익준의 형을 비롯한 그의 가족들이 있을 것 같았다.

"덕심아, 가자. 여기서 먹다가는 체하겠다."

"왜? 그냥 먹어. 우리 성 대리님이 뭘 어쩌기라도 했니?"

일어서려는 은수의 손목을 붙든 덕심이 눈에 쌍심지를 켜고 따졌다. 누가 보면 익준의 잃어버린 친누나라고 해도 믿을 분위기였다.

"그냥 드시고 가세요. 강 비서님도 회사에서 고생이 이만저만 아닌데 오늘은 제가 대접할게요."

익준은 까불까불하던 지난번과 확연히 다르게 점잖았다. 괜히 날을 세운 것이 멋쩍어진 은수는 잠자코 자리에 앉았다. 신이 난 덕심은 익준에게 메뉴판을 돌려주면서 물었다.

"나, 그러면 성 대리님 믿고 제일 비싼 것 먹어도 될까?"

"그럼요."

주문을 받고 들어가는 익준을 보던 덕심이 넌지시 물었다.

"다시 보니까 어때? 알고 보면 세상 조신한 남자야. 회사에서 일도 잘해. 마윤 그룹 부회장실을 아무나 들어오겠니?"

"너도 들어갔잖아."

할 말이 없어진 덕심은 목마른 사슴처럼 물잔을 들이켰다.

"너, 진짜 쟤랑 짠 것 아니지?"

"아니야. 나, 아까 놀라는 것 못 봤니? 정말 괜찮은 사람 같아. 착하고 책임감도 있고 너한테 꽂힌 후로는 퇴근하고 바로 집으로 간다더라."

"그걸 믿어?"

"은수야, 나를 믿어봐. 성익준, 괜찮아. 너도 좀 잘생긴 남자랑 사귀어 봐야지. 언제까지 인류애로 연애할 거야?"

"그, 그런가."

덕심의 적극적인 홍보에 솔깃해진 은수는 멀찍이 떨어진 익준을 눈여겨봤다. 하긴 부잣집 도련님이라는데 시간 날 때마다 형들 식당에서 아르바이트하는 걸 보면 성실은 인정해야 했다. 빈 물잔에 물을 따르면서 덕심은 회심의 미소를 지었다. 얼결에 돈이 굳은 것도, 자신이 좋아하는 두 사람의 인연이 닿은 것도 기뻤다.

배웅하러 나온 익준은 쾌활하게 웃으며 손 흔드는 덕심을 안쓰럽게 쳐다봤다. 부회장이 어디까지 알고 있는지 모르겠지만, 저렇게 놔둬도 될지 모르겠다. 혹시 부회장이 해코지하려는 게 아닐까? 덜컥 겁이 난 익준은 주먹을 불끈 쥐었다. 그까짓 회사 때려치우면 그만이지! 익준이 혼자서 어처구니없는 결심을 한 것도 모른 채 덕심과 은수는 소화를 위한 산책에 나섰다. 핸드폰으로 시간을 확인한 덕심은 뭔가 계산하며 중얼거렸다.

"뭐해?"

"시간 계산. 지금쯤이면 만찬 끝났을 텐데 집으로 가시는 건가 싶어서. 뒤풀이까지 하면 내일 피곤할 텐데."

"너희 보스? 너 그러는 것 보니까 진짜 비서 같다."

"진짜 비서 맞거든."

피식 웃고 난 은수는 망설이던 말을 꺼냈다.

"정윤 오빠 만났다면서?"

"어떻게 알았어?"

정윤의 이름을 듣자마자 덕심의 얼굴이 사납게 구겨졌다.

"오후에 나한테 전화 왔었어. 너, 도대체 어떻게 된 일이냐고."

"그래서?"

"일단 나도 모른다고 잡아뗐는데 믿는 것 같진 않았고. 계좌번호 부르라고 난리 치다 끊었어. 무슨 일이 있었던 거야?"

"우리 회사 이미지 광고 모델이잖아. 오늘 마케팅팀에 왔더라고. 와, 나를 한 번에 알아보더라. 깜짝 놀랐어."

"세월 무시 못 하지. 너희가 알고 지낸 시간까지 합하면 우리 인생의 반이 넘어."

그렇게 오래됐구나. 은수의 말을 들으니 오늘 기분이 엿 같은 건 당연한 이치였다.

"내가 열 받아서 십억 줄 수 있냐고 던졌는데 1초도 망설이지 않고 주겠대."

"어머, 멋있어."

"야!"

덕심의 고함에 정신을 차린 은수가 재빨리 사과했다.

"미안, 실수."

"하여튼 계좌번호 안 알려줬지?"

"당연하지. 너한테 무슨 욕을 먹으려고. 그런데 꼭 사과 상자에라도 담아서 너 찾아갈 것 같던데."

"뭐? 설마. 그렇게까지 하겠냐?"

화들짝 놀라 펄쩍 뛰던 덕심이 조용히 중얼거렸다.

"에이 씨, 그냥 계좌번호 알려줄 걸 그랬나? 와, 그럼 도합 20억인데. 아깝다."

덕심은 우스갯소리를 하는 척 넘어갔지만, 은수는 친구의 쓸쓸

한 미소를 알아차렸다.

✳

　성훈이 프라이빗 클럽에 들어서자 알아본 이들이 수군거리기 시작했다. 안면이 있는 지인들과 가볍게 인사를 나눈 후 친구들과 약속한 룸으로 들어갔다.

"진짜 왔네?"

"와, 마성훈. 오랜만이다."

"세자 저하가 웬일로 시간을 내셨어?"

　내기 당구가 한창인 공간은 담배 연기로 자욱했다. 재킷을 벗은 성훈은 셔츠 소매를 걷으며 큐 스틱을 들었다.

"지금 스코어가 어떻게 돼? 나 어디로 붙어?"

"성훈이는 지고 있는 편에 붙어야지."

"시발, 그러는 게 어디 있어? 가위바위보 해."

　성훈을 영입하기 위한 사소한 실랑이가 가라앉자 술잔이 돌기 시작했다. 공의 위치를 살피며 당구 테이블을 돌던 성훈이 술잔을 테이블 모서리에 내려놓았다. 자세를 잡고 집중하는 성훈의 주의를 흩트리기 위한 짓궂은 질문이 붙었다.

"성훈, 여자 하나 만나볼래?"

　다들 소리 내지 않고 웃음을 삼켰다.

"아니. 생각 없어."

"그러시겠지."

　따닥! 소리와 함께 공과 공이 부딪혔다. 퉁, 퉁 모서리를 치고 테이불을 가로지른 하얀 공이 두 개의 붉은 공을 차례대로 가볍게 건드리고 지나갔다.

"나, 임자 있어."

성훈은 큐 스틱 끝에 초크를 문지르며 심드렁하게 답했다. 지금 마성훈이 여자가 있다고 선언한 건가? 서로의 눈치를 살피는 눈동자 돌아가는 소리가 들릴 정도로 분위기가 동요됐다. 그들 중 하나가 용감하게 총대를 맸다.

"여자? 혹시 네 비서를 말하는 거야?"

사방에서 참지 못하고 쿡쿡거리는 소음이 터졌다. 큐 스틱을 내려놓은 성훈이 서글서글하게 웃으며 좌중을 둘러봤다.

"지금 내 비서를 너희 놀림감으로 삼은 건가?"

"아니. 뭘 또 그렇게 예민하게 굴어?"

부드럽고 편안하게 웃을수록 위험하다는 것을 경험을 통해 아는 녀석 하나가 너스레를 떨었다.

"너희 채널에 우리 광고 몇 개 붙었지?"

녀석의 너스레가 쏙 들어갔다. 다시 주변을 둘러본 성훈은 여자를 만나보라고 했던 상대의 술잔에 위스키를 가득 부어주었다.

"이번 두바이 건에서 너희 회사는 변전소 공사라도 받아먹어야 하지 않겠어?"

상대가 넘칠 듯한 위스키를 한 번에 비우는 것을 확인한 성훈이 사람 좋은 미소를 지었다.

"참, 너는 아버님이 다음 대선에 나가신다고 하지 않았나? 자금 사정이 넉넉한가 보다?"

웃으면서 친절하게 하나하나 저격한다. 말 그대로 살인 미소였다. 성훈이 언급하는 것들이 모두 빈말이 아닌 것을 아는 이들은 간담이 서늘해졌다.

"미안하다. 우리가 생각이 짧았다."

"내가 병신인 건 얼마든지 놀려도 상관없어. 하지만 내게 속한 것, 사람이든 물건이든 함부로 입에 올리지 마."

다들 약속이라도 한 듯 입을 모아 미안하다고 제창했다. 마치 조직의 큰 형님을 향한 충성 맹세처럼 넓은 룸이 쩌렁쩌렁 울렸다. 신경질적인 손길로 재킷을 낚아챈 성훈이 일갈했다.

"나, 간다. 결혼 전에 친목 다지려고 나왔더니 기분만 더러워졌어."

성훈이 나가고 나서도 오랜 시간 침묵이 유지되었다. 다들 속으로 성훈의 발걸음을 계산하는 중이었다. 이쯤이면 건물을 빠져나갔다고 생각한 순간 동시에 한숨을 터트렸다.

"야, 저 새끼가 마지막에 한 말 뭐냐?"

"결혼이라고 했다."

"그치? 나는 내가 잘못 들은 줄 알았잖아. 누구하고 하는데?"

"최근에 마성훈이 선봤다는 소식 들은 것 있는 사람. 증권 찌라시에 떠도는 소문 같은 것 없어?"

질문은 쏟아지는데 누구 하나 속 시원한 답을 알지 못했다. 증권 찌라시는 내일부터 시끄러워질 예정이니까.

지난번에 앉았던 자리에 라면을 올려놓은 성훈은 가로등만 휘황한 단지 입구를 쳐다보며 사색했다. 고민은 길지 않았다. 이성적이고 냉철하고 절제력 뛰어난 마성훈은 없었다. 통화 연결음이 꽤 길게 이어졌다. 테이블 위를 두드리는 길쭉한 손가락에 긴장이 묻어났다.

― 여보세요⋯⋯.

평소처럼 느릿한 목소리에서 잠기운이 느껴졌다.

― 여보세요?

성질하고는. 대답이 없자 덕심의 목소리가 대번에 뾰족하게 높아졌다. 그래도 좋다고, 성훈의 입가에 웃음이 번졌다.

"나예요. 벌써 잤어요? 미안하게."

― ⋯⋯.

말소리 대신 부스럭거리는 소리가 잠시 들리더니 아예 먹통이되었다.

"끊었어?"

믿을 수 없어서 핸드폰 액정을 보고 또 보는데 목소리가 들렸다.

― 부, 부회장님? 왜. 아니. 뭐. 무슨 일로. 혹시 무슨 일이라도.

다행히 끊긴 것이 아니었다. 당황한 탓에 횡설수설하는 덕심의목소리를 들으니 많이 미안했다.

"아니요. 라면 익을 동안 지루해서."

― ⋯⋯.

조용한 걸 보니 욕하고 있나 보다. 그런데 진심이고 진실인 걸 어쩌나. 보고 싶어서 찾아왔고, 볼 수 없어서 편의점에 들어와서 컵라면이나 먹는 신세인데.

― 밤늦은 시간에 라면은 건강에 좋지 않습니다.

"예. 알겠습니다."

걱정해주는 소리를 들으니 주책없이 웃음이 나왔다.

― 술 많이 드셨습니까?

"아니. 위스키 두 모금."

― ·······.

또 조용한 걸 보니 속으로 이 새끼 뭐냐고 씹는 중인 듯했다.

"강 비서는 저녁 먹었습니까?"

― 그럼요. 월급이 들어와서 맛있는 것 먹었습니다.

"보약도 먹고?"

― 하하. 보약은 다 먹어서 비타민 먹었습니다.

"그랬군요."

잠시 어색하고 조용한 시간이 이어졌다.

― 부회장님, 이제 라면이 익었을 것 같은데요.

"그러네요. 잘 자고 내일 봅시다. 재미있게 해 줘서 고마워요."

― 별말씀을요. 그럼 내일 뵙겠습니다.

끊어진 핸드폰의 까만 액정이 무심하게 보였다. 한숨과 함께 핸드폰을 내려놓고 컵라면 뚜껑을 열었다. 젓가락을 휘휘 젓던 성훈이 푹 고개를 숙였다.

"하, 나 어떡하냐."

만취한 사람처럼 킥킥대며 웃더니 뭐가 그리 부끄러운지 마른세수를 하며 표정을 지웠다.

"이게 왜 좋냐고. 뭘 했다고."

자조적인 웃음이 끊이지 않았다.

통화를 마친 덕심은 홀딱 잠이 깨버렸다. 정윤과 낮에 있었던 일로 심란한 마음에 소주 몇 잔을 걸쳤다. 덕분에 일찌감치 꿀 같은 숙면 중이었는데 엿 같은 전화 때문에 깨고 말았다.

"부회장 녀석, 내일 가서 혼내 줘야지. 어이가 없네. 라면 익을 동안 심심해서 전화했어?"

생각해 보니 통화 내용도 시답잖았다. 오밤중에 자는 사람 깨워 놓고 겨우 그딴 소리나 하려고. 하긴, 종일 골치 아픈 서류와 미팅으로 찌들은 사람인데 그런 시간도 있어야지. 나는 말단 비서잖아. 이 정도는 서포트해야지.

의식은 괜한 안쓰러움으로 흘러갔다. 이상하게 별 내용 없이 겉돌던 대화가 마음에 걸렸다. 뭔가를 더 바랐던 것처럼 서운한 것도 같고……. 그래도 목소리는 좋았다. 말투도 자상하고. 마치 심야 라디오 디제이처럼 포근하고 상냥한 것이. 생각의 가지를 뻗어 나가던 덕심이 버럭 소리를 질렀다.

"그 인간이 또! 왜 자꾸 끼를 부리는 거야. 함부로 그러는 것 아니라고 가르쳐야 하나."

마성훈이, 마윤 그룹의 후계자가 일개 비서에게 그렇게 다정다감하다니, 아무도 믿지 않을 것이다. 아아아아! 생각 그만! 베개를 팡팡 두드려 정리한 덕심은 풀썩 몸을 뉘었다. 내일도 새벽 출근인데 어서 자야지, 자야 해. 자꾸 의미 두지 말자. 그런데 솔직히 통화하는 동안…… 설렜어.

"미쳤나 봐. 강덕심."

먼지가 풀풀 날리도록 이불을 걷어찬 덕심은 머릿속을 채우는 망상을 경계하고 또 경계했다. 덕심 인생에 가장 긴 밤이 되고 말았다.

"강 비서님, 오늘 차는 제가 갖고 들어갈게요."

익준은 탕비실에서 나오는 덕심에게 쟁반을 빼앗다시피 넘겨받았다.

"왜요?"

"결재받을 게 있어요."

집무실에 들어간 익준은 막상 성훈을 보니 심장이 두근거리기 시작했다. 짧게 숨을 뱉어낸 후 테이블 위에 찻잔을 내려놓았다.

"부회장님, 드릴 말씀이 있습니다."

"무슨 용건입니까?"

안 그래도 덕심이 들어오면 같이 마실 요량으로 벼르고 있던 성훈의 목소리가 불퉁했다. 두 손을 앞에 모으고 공손하게 선 익준은 비장해 보였다.

"강 비서님에 대한 겁니다. 어떻게 하실 작정이신지."

"그걸 내가 왜 성 대리한테 보고해야 하는 거지?"

신경이 곤두선 성훈의 눈썹에 날카로운 각이 섰다.

"기분 나빠하셔도 어쩔 수 없습니다. 솔직히 강 비서님은 회장님 지시대로 따르는 것일 텐데 괜한 사람한테 분풀이하는 것은 옳지 않습니다."

"분풀이라니?"

"어쨌든 부회장님을 속였으니 해고는 당연한 거고. 그 외에 어떤 조처가 있을 게 뻔한 상태에서 조용히 지켜보고 계신 게 불안합니다."

"내가 강 비서를 해롭게 할 거라고 판단한 겁니까?"

"네."

"이런 어쩌나. 나는 그럴 생각이 전혀 없는데."

또박또박한 목소리로 따지는 익준을 물끄러미 보던 성훈이 피식 웃음을 흘렸다. 덕심을 생각해서 나서는 것이 기특하면서도 질투가 났다. 네가 뭔데 그녀의 일에 이렇게 나서는 건가. 내 것인데 어디에 수저를 얹어. 안 그래도 조절이 안 되는데, 성급해지려는 마음에 고삐를 쥐느라 죽을힘을 다하고 있는데.

"강 비서의 거취는 성 대리가 걱정하지 않아도 됩니다."

"······?"

"나는 강 비서를 영원히 내 곁에 둘 겁니다."

그게 더 무섭잖아. 이 싸이코!

익준은 부르르 떨리는 몸을 간신히 추슬렀다. 한 곳을 응시하는 집착에 절은 눈빛과 사리 문 어금니, 부회장의 표정이 너무 무서웠다. 덕심을 옆에 두고 일생 들들 볶고 쥐어짜겠다는 소리로 들렸다.

"왜, 그렇게까지······."

"좋아합니다. 내가."

"헐."

성훈의 한쪽 눈썹이 위로 들렸다.

"죄송합니다. 너무 놀라서 순간적으로 평소에 쓰던 말이 튀어나왔습니다."

대수롭지 않다는 듯 고개를 주억거린 성훈이 허심탄회하게 고백했다.

"나도 솔직히 곤란합니다. 이런 경험은 처음이라."

"고백하실 겁니까?"

"조만간."

"헐. 앗, 죄송합니다."

성훈은 당황한 익준을 너그럽게 쳐다보며 물었다.

"그러는 성 대리는 어떻게 되어 갑니까?"

"노력 중입니다. 강 비서님이 도와주실 것 같습니다."

"잘됐네요."

"우리 서로 잘해봅시다. 그 입은 계속 단속하시고."

"예, 알겠습니다."

문을 나서면서 익준은 후회했다. 괜히 나서서 지켜야 할 비밀만 늘었다. 솔직히 성훈이 덕심을 좋아한다는 것이 잘 된 것인지 어쩐지 판단이 서지 않았다.

"자기가 뭐, 왕도 아니고."

그랬다. 마성훈이 좋아한다고 해서 강덕심도 그를 좋아하란 법은 없지 않은가. 역시 누군가의 비밀을 아는 것은 피곤하다. 수습하러 들어갔다가 혹만 붙이고 나온 격이었다. 업무에 열중하고 있는 호군과 덕심을 보니 입 안쪽이 근질근질했다. 대나무 숲이 필요했다. 성훈이가 덕심이를 좋아한대요. 얼레리 꼴레리. 목이 터지게 외치고 싶었다.

덕심이 섭외한 벤치는 한강에서 가장 전망이 좋기로 유명했다.

벤치의 양 끝에 앉은 성훈과 린은 분주하게 오가는 덕심을 각기 다른 마음으로 지켜봤다.

강 비서, 왜 이렇게까지 열심인 거야. 진짜 나를 보내고 싶은 거야?

덕심은 참 좋은 비서네. 나도 저런 충성스러운 꼬봉이 있었으면 좋겠다.

다소 불만스러워 보이는 성훈에게 입술 끝을 올리라고 주문한 덕심이 설명을 시작했다.

"여기 가운데 런치 박스가 있으니까 두 분이 떨어져 앉아도 전혀 어색하지 않습니다."

강 비서, 그렇게 뿌듯하게 웃지 말지.

어머, 덕심은 참 아이디어도 좋아.

덕심은 남녀의 손에 연출용 테이크아웃 커피잔을 들려주었다.

"좋아요. 좋아. 이제 두 분은 커피와 도시락을 즐기면서 가벼운 마음으로 대화를 하시면 됩니다."

찰칵, 찰칵. 설명하는 중에도 덕심은 부지런히 사진을 찍어댔다.

"덕심은 사진 잘 찍어?"

"네. 홍보실에서 따로 요청이 들어올 정도로 잘 찍습니다. 걱정하지 마세요."

"그럼. 오늘 잘 부탁해. 나는 오른쪽 얼굴이 더 예뻐."

덕심은 카메라를 향해 일부러 포즈를 잡는 린에게 고개를 저었다.

"포즈 잡지 마세요. 어색합니다. 저는 저 멀리서 촬영할 테니까 두 분은 편하게 계시다가 요트로 자리를 옮겨주세요."

"덕심은 성훈이 좋아?"

렌즈를 갈아 끼우던 덕심이 황당한 눈으로 린을 쳐다봤다. 그 순간 벤치 등받이에 나른하게 기대있던 성훈의 자세가 바뀌었고, 린은 그런 남자의 변화를 놓치지 않았다.

"부회장님은 좋은 분입니다."

틀에 박힌 대답을 들은 린은 옆에 앉은 남자를 곁눈질로 살폈다.

"흠……. 너무 열심이길래."

"대부분의 직장인은 열심히 일하니까요."

무심히 대꾸한 덕심은 전문가용 대포 카메라를 들고 멀어졌다.

"덕심은 참 충성스러운 비서예요."

"충성이라……."

성훈은 그 충성이 오늘따라 마음에 들지 않았다. 차라리 형식적인 맞선을 보는 게 나을 듯했다. 자신과 린을 이어주기 위해서 열과 성을 다하는 덕심을 보는 것은 고역이었다.

"성훈, 사실 내가 덕심을 매수하려다 실패했어요."

"……?"

"당신한테 접근하려고 스케줄을 넘겨 달라고 했는데 안 통했어요. 돈에도 안 넘어가더라고요."

"얼마나 제시했습니까?"

"최저 시급 이상이요."

분위기를 풀기 위한 조크인가 싶어 린을 쳐다본 성훈은 고개를 주억거렸다. 무척 기분이 상한 듯한 얼굴을 보니 실화인 모양이었다. 원래 로이스가 짜기로 유명하다지만, 듣는 성훈이 더 자존심이 상했다.

"더 쓰시지. 우리 강 비서 월급이 얼만데 겨우 그 정도로."

이미 지난 이야기, 길게 얘기하기 싫어진 린은 재빨리 화제를 전환했다.

"덕심이 이렇게 애를 쓰는데 당신은 어때요? 오늘이 우리의 두 번째인데."

"강 비서가 애쓰는 것이 미안해서 견디는 중입니다."

린이 찌푸린 눈으로 성훈을 흘겨봤다.

"나아지는 바가 없어요?"

"로이스, 지금 당신하고 이만한 거리에서 이런 시답잖은 대화를 나누는 것 자체가 굉장히 나아졌다는 증겁니다."

"그러면 희망이 있는 것 아니에요?"

"희망은, 안타깝게도 당신의 몫이 아닙니다."

단호하게 내뱉은 성훈은 한강 위에 유유히 떠 있는 요트만 바라보고 있었다. 언젠가 저 호화로운 요트에서 덕심과 뛰어놀고 싶다는 생각뿐이었다.

"내가 찬 거로 할 거예요."

툭 내뱉는 린의 말투에 날이 잔뜩 서 있었다. 아무래도 좋은 성훈은 어깨를 으쓱해 보였다. 그 무심한 몸짓에 린은 나직이 한숨을 쉬었다.

"희망은 아마도 충성스러운 누구의 몫 같네요."

"세 번의 약속은 지킬 겁니다. 물론 마성훈이 린 로이스에게 차인 겁니다."

실망으로 어두워진 린의 앞에 성훈이 불쑥 손을 내밀었다. 새침하지만 화끈한, 유일한 여자 사람 친구 린 로이스를 위한 화해의 악수였다.

✳

보고서를 다 읽은 고 회장이 안경을 벗고 차를 마시는 일련의 행동을 하는 동안 호군은 묵묵히 서 있었다. 손가락으로 만지작거린 서류 모서리가 너덜너덜해질 때쯤 고 회장의 입매에 희미한 미소가 어렸다.

"꽤 소란인 모양이군."

"사진이 무척 잘 나와서 더 효과적이었습니다."

속사정을 까고 보면 헤어짐을 앞둔 마지막 악수일 뿐인데. 성훈과 린은 웨딩 촬영의 한 컷처럼 보기 좋은 선남선녀의 모습으로 남았다.

"그러게. 이것도 강 비서가 찍었다고? 실력이 좋네."

"재주가 많은 사람입니다."

천천히 고개를 끄덕이는 고 회장의 표정이 썩 편안하지는 않았다. 그 재주가 엉뚱하게도 성훈에게 어떤 영향을 미칠 것 같아 요즘 부쩍 조바심이 났다. 안 그래도 무슨 조치라도 취해야 하나 고민일 때, 딱 맞춰서 소문이 터졌다. 단 며칠 만에 퍼진 소문이 어찌나 요란한지 보고서가 올라오기도 전에 고 회장의 귀에까지 들어왔다. 심지어 벌써 혼담을 넣는 성급한 집안도 있었다.

"생각보다 빨리 끝났구먼. 며칠 내로 강 비서하고 약속 잡게. 사람이 예의가 있지. 내가 직접 정리해야지."

"네. 알겠습니다."

서재를 나선 호군은 후련하게 한숨을 토해냈다. 이제야 한시름 덜었구나. 처음 이 얼토당토않은 설정 극을 기획했을 때만 해도 이토록 아슬아슬할 줄 몰랐다. 은수의 친구인 걸 떠나 덕심과 생활할수록 괜한 일에 끌어들였다는 후회가 깊어졌다.

"이제 다 끝났네. 후우."

희원정을 떠나는 호군의 얼굴은 평화로웠다.

호군이 후련한 만큼 덕심도 시원했다. 사내 게시판과 온갖 매체의 가십난을 살펴볼수록 자신이 이룬 성과를 믿을 수 없었다. 익명으로 퍼트린 사진의 여파는 대단했다. 기분이 좋지 않아 대충 찍었는데도 피사체가 훌륭해서인지 인생 사진이라 불릴 만큼 아름다웠다.

"다음 데이트 때는 더 죽이는 설정을 짜야겠는데."

문득, 이 두 사람이 이대로 잘 될 수도 있겠다는 생각이 들었다. 아무리 설정이라지만 이렇게 잘 어울리고 자연스러울 수가. 서로를 바라보며 환하게 웃는 편안한 미소는 당장 키스를 나눠도 어색함이 없었다.

"나까지 헷갈리잖아. 설마, 진짜 마음이 싹텄나?"

가슴에 부는 선득한 바람에 한기를 느낀 덕심은 괜스레 옷깃을 여몄다. 익준은 아까부터 모니터에 붙들린 덕심의 근처를 기웃거렸다. 하여튼 여자들이란. 종일 여직원들을 흥분의 도가니로 몰아넣은 문제의 사진을 덕심도 집중 탐구하는 모양이었다.

"뭘 그렇게 혼자서 중얼거려요."

"부회장님 기사 봐요. 부회장님에 관한 기사 중에 이런 건 처음이라서 신기하네요."

"진짜 파파라치가 누군지 대단한 실력은 인정. 절묘하긴 해요."

그 파파라치가 난데. 덕심은 피식 새어 나오는 웃음을 손으로 가렸다.

"부 회장님 분위기 봐요. 애정이 뚝뚝 묻어나죠."

"그렇게 볼 수도 있겠지만, 가짜잖아요."

고개를 끄덕일 뻔했던 덕심이 익준을 올려다봤다. 모두 철석같이 믿고 있는데, 이 사람은 왜 가짜라고 단언하지?

"왜 그렇게 생각해요? 부회장님은 현재 노코멘트 중인데."

"그, 그냥. 믿어지지 않아서."

그야, 부회장은 평생 덕심 누나를 곁에 둘 거니까. 다시 생각해도 오싹했다. 그 광증에 가까운, 집착 가득한 눈을 직접 봤다면 이 여자는 도망가고도 남았을 텐데. 아, 불쌍한 강 비서님.

"강 비서님은 아직도 부회장님의 얼굴만 취향이에요?"

"네."

어느새 덕심은 사진이 있던 페이지를 꺼버리고 엑셀 시트를 열었다.

"남자로 안 느껴져요? 잘생기고 돈도 많고 능력도 쩌는데."

"그러니까요. 내가 전에도 말했잖아요. 흔남이 좋다고. 못 오를 나무는 피곤해요. 애초에 안 키우고 말지."

"혹시 부회장님이 좋다고 하면요."

"엥?"

덕심은 빵 터진 웃음을 참지 못하고 깔깔거렸다. 간신히 웃음을 정리한 덕심은 눈가에 맺힌 눈물을 손등으로 찍었다.

"부회장님이요? 그럴 리가 없잖아요. 성 대리님은 판타지 소설 좀 그만 읽어요."

아무리 가까이할 수 있는 여자가 비서 하나라고 해도, 나이 차이부터 시작해서 뭐 하나 녹록지 않았다. 무엇보다 고 회장이 일전에 못 박았던 주의사항도 있지 않은가.

"이런 말 하면 웃기지만, 이제는 그렇게 대단한 남자들 싫어요."

매번 끝이 너무 처량하고 구질구질했다. 마운의 후계자가 자신에게 구애할 염려는 없으니 다행이었다. 미운 정으로 시작해서 이제는 제법 고운 정까지 들었는데 성훈과의 마무리는 깔끔하고 싶었다.

익준은 절레절레 고개를 젓는 덕심을 유심히 살폈다. 진짜 마음이 없는 게 확실한 표정이었다. 바늘 끝 세울 여지도 주지 않는 덕심을 보자 이번에는 성훈이 불쌍해졌다. 우리 세자 저하 어쩌면 좋냐. 당연히 강 비서가 자신을 받아들일 거로 생각하던데. 분명 첫사랑일 텐데. 아, 맞다. 원래 첫사랑은 이루어지지 않는다잖아. 첫사랑의 비극은 마성훈도 피하지 못하는구나. 새삼스레 신이 공평하다는 생각이 들었다.

나는 왜 또 여기에 와있나. 성훈은 큰 뚜껑 라면과 탄산수를 계산대에 올려놓았다.

"적립카드나 할인카드 있으십니까?"

"없습니다."

편의점 알바는 이 시간마다 나타나는 눈부신 미남을 연신 흘 긋거렸다. 그는 지루한 근무 시간의 한 줄기 빛과 같은 존재였다.

편의점 알바의 행복과 달리 라면에 물을 붓는 성훈의 표정은 암 울했다. 일생 먹어본 적이 다섯 손가락으로 꼽을 정도인 컵라면 을 저녁마다 먹을 줄이야. 성훈의 애끓는 한숨에 라면이 익을 정 도였다. 잠자리에 들기 전 이놈의 편의점에 들르지 않으면 아무것 도 할 수 없었다. 혹시 덕심이 한 번쯤 들르지 않을까 기대하며 단 지 입구에서 눈도 떼지 못했다. 입에 맞지도 않는 라면을 먹는 둥 마는 둥 하는 성훈의 눈에 익히 아는 얼굴이 등장했다. 그가 이 렇게 반가울 줄이야. 딸랑거리는 출입문의 종소리가 멎기도 전에 성훈의 성급한 목소리가 터졌다.

"성 대리!"

"엇! 부회."

쉿! 급히 입막음하는 손짓에 놀란 익준이 입을 딱 다물었다. 성 큼 다가온 익준이 첩보라도 전하듯이 긴밀하게 속닥거렸다.

"부회장님 아닌 줄 알았습니다. 목소리 듣고 알았어요."

야구 캡을 눌러쓰고 패딩 점퍼에 청바지를 입은 성훈의 모습은 무척 낯설었다. 아무래도 사회적 위치 때문인지 완벽한 정장 차 림이 익숙한 성훈은 오늘따라 훌쩍 어려 보였다. 마치 자주 마주 치는 동네 형 같달까.

"그나저나 여기는 어쩐 일로……?"

이 사람, 설마? 강 비서님 여기 사는 걸 알고 온 건가?

"그러는 성 대리는 여기 왜?"

묻는 말에 대답은 하지 않고 겉도는 시선. 익준은 아직 자존심이 남아서 현실을 인정하고 싶지 않은 성훈의 심리를 알아챘다.

"저는 이 근처에서 형님이 식당을 운영하시거든요. 가끔 도우러 옵니다."

"한은수 씨 때문에 온 게 아니고?"

뭐 눈에는 뭐만 보인다더니, 이심전심이었다.

"선수끼리 왜 이러십니까. 저는 겸사겸사입니다만."

"그래서 성 대리는 은수 씨를 보기는 해?"

"아주, 가끔이요. 은수 누나가 식당 앞을 지나갈 때 뛰어나가면 웃어줍니다. 활짝. 꽃처럼."

"그렇군."

부러우면 지는 거라던데. 엄습하는 완벽한 패배감에 성훈은 당혹했다. 왜냐하면, 그는 패배를 겪어본 적이 없으니까. 팅팅 불어 터진 라면을 앞에 둔 패잔병의 마음도 몰라주고 익준은 자랑 삼매경에 빠졌다.

"다음에 또 만나면 미리 준비해 둔 도시락을 건네주면서 데이트 신청할 생각입니다."

성훈은 유리창에 비친, 으힛! 하고 웃으며 어깨를 들썩이는 놈을 노려봤다. 원래 이렇게 얄밉고 눈치 없는 사원이었나. 성훈은 겨우 이딴 일로 인사 고과에 영향을 주는 파렴치한 오너가 되고 싶은 욕구를 가까스로 참았다.

"부회장님, 나오라고 할까요?"

익준의 은밀한 제안을 듣는 순간 파렴치한 욕구가 눈 녹듯 사라졌다.

"누, 구를?"

"누구긴요. 누나들이죠."

소년 미가 빛나는 익준의 미소가 오늘 밤 더욱 화사했다. 꽃처럼.

"나오라고 하면 나오나?"

"글쎄요. 저도 그런 적은 없어서……. 하지만, 강 비서님은 제가 나오라고 하면 나올 겁니다."

"왜지?"

금세 어둡게 가라앉은 성훈의 눈빛은 누가 봐도 질투였다. 우리 부회장, 완전히 구렁텅이에 빠졌구나. 익준은 잇새로 터지려는 웃음을 간신히 삼켰다. 별것 아닌 것에도 감정이 널을 뛰는 것은 마윤의 마성훈답지 않았다. 그만큼 덕심에 관해서는 모든 것이 예외라는 것이고 제정신도 아니라는 의미였다.

"왜긴요. 은수 누나하고 저하고 잘 되길 바라니까요."

"그렇군."

"몰래, 잠깐 얼굴이라도 보고 가세요."

과부 사정은 홀아비가 안다고, 익준은 일부러 여기까지 온 성훈이 어울리지 않게 궁상이나 떨다 가도록 두고 싶지 않았다.

"하지만, 혹시 강 비서가 알아채기라도 하면. 나보다 강 비서가 더 놀랄 텐데. 심장 마비라도 오면 어떡하라고."

그러면서 성훈은 심폐소생술 순서를 중얼거렸다. 어쭙잖게 머뭇거리는 성훈을 보는 익준의 입매가 기괴하게 비틀렸다. 당신, 원래 이렇게 마음 약한 사람 아니잖아. 실적 좀 떨어지면 차라리 지옥 불구덩이 속이 아늑하게 느껴질 정도로 다그치는 마성훈이잖아. 지금 간 크게 몇 달 동안 대(□) 마성훈 사기극을 펼친 여자를 걱정하는 건가. 누구보다 심장이 튼튼할 텐데?

유리문 너머, 어두운 거리를 보며 소리 없이 실소하던 익준의 낯빛이 희게 질렸다. 횡단보도의 신호등이 초록 불로 바뀜과 동시에 총총히 걸어오는 인영은 분명 강덕심이었다.

"부회장님. 지금 강 비서 심장 걱정할 때가 아닙니다."

"왜입니까."

"부회장님, 심장 마사지나 하시죠. 지금 강 비서님이 이쪽으로 오고 있습니다."

헉! 소리와 함께 의자에서 일어난 성훈은 모자를 벗고 유리창에 바짝 붙었다.

"이런! 그림자까지 예쁜 걸 보니 우리 강 비서가 맞네요."

익준은 이 와중에도 팔불출 발언을 하는 동네 형을 어이없이 쳐다봤다.

익준은 유리창에 들러붙은 야밤의 불나방 같은 성훈을 가까스로 떼어 냈다.

"지금 감상할 때가 아닙니다. 정신 차리셔야 합니다. 여기서 들키면."

"그렇죠. 내 강 비서가 놀랄 테니까."

'우리 강 비서', '내 강 비서.'

아까부터 굉장히 느끼한 발언을 서슴없이 하는 성훈이 의심스러웠다. 혹시 마시던 탄산수가 소주가 아닐까 싶어 냄새를 맡아봤지만, 무색무취한 물이 맞았다.

익준의 설레발이 무색하게 성훈은 언젠가 이런 날이 올 줄 알았던 사람처럼 차분하고 신속하게 움직였다. 자신이 앉았던 자리를 말끔하게 치우더니 마치 물건을 고르는 사람인 양 진열대를 바라보고 섰다. 조금 전까지 얼간이 동네 형 같았던 느낌이 완전히 사라진 자리에 차가운 이성의 남자 마성훈이 남았다.

덕심이 출입문을 밀고 들어오자 익준이 대번에 아는 척을 했다.

"강 비서님!"

과자 봉지 뒷면의 성분표를 면밀히 정독하던 성훈이 코웃음을 쳤다. 저렇게 어색할 수가 있나. 적어도 2초의 여유를 두고 '어?'라는 감탄사를 넣어줬어야지.

"요즘 자주 보네요. 은수 때문에 저녁마다 식당에서 일해요? 피곤하겠어요."

"아직 한창때잖아요. 거뜬합니다."

내 여자가 지금 남의 남자 걱정하는 걸 들어야 한다니. 성훈의 매끈한 미간에 내 천자(川)가 굵게 그려졌다. 편의점 천장에 달린 도난 방지 거울 속에는 익준의 곁에 선 덕심이 보였다. 오늘은 후드를 뒤집어쓰지 않고 긴 머리를 대충 동그랗게 말아 올렸다. 훤하게 드러난 길고 뽀얀 목이 춥지 않은지, 그 걱정부터 들었다. 유난히 열이 많은 성훈은 자신의 크고 따뜻한 손으로 저 가녀린 목을 감싸줄 생각을 하다 고개를 털었다. 애틋한 마음과 달리 왠지 변태 사디스트 같은 느낌이 들었다. 하긴 그림자가 50가지쯤 되는 그 양반보다 훨씬 잘할 자신은 있었다. 물론 사업적 측면을 말하는 거다.

"이 밤에 왜 혼자 다니세요? 은수 누나는요?"

"나는 몸이 찌뿌듯해서 찜질방 다녀오는 길이고 은수는 클럽에 놀러 갔어요."

클럽? 하이고. 홀아비 사정 과부가 안다고, 성훈은 갈가리 찢어지고도 남을 익준의 심정이 와 닿았다. 아나나 다를까 짧지만 긴 익준의 침묵에서 오만가지 슬픔과 분노가 느껴졌다. 먹먹하게 서 있는 익준을 지나쳐 성훈이 마시던 것과 똑같은 탄산수를 꺼내든 덕심이 얄밉게 웃었다.

"한 블록 더 가면 김스 클럽이라고 대형 마트가 있어요. 밤늦게까지 하거든요. 걔는 마트 구경을 너무 좋아해."

"강, 비, 서, 님."

감정을 억누르는 익준의 목소리를 들은 성훈의 눈꼬리가 매섭게 치솟았다. 저 녀석이 어디서 어금니를 사리무는가. 얼마나 위트 있고 귀여운 여자인지, 새록새록 사랑스럽기 그지없는 내 여자한테 감히. 성훈은 들고 있던 과자 봉지를 내던지고 당장 덕심에게 달려들어 귀여운 볼때기에 뽀뽀 세례를 퍼붓고 싶었다. 감촉이 어떨지 상상조차 되지 않는 저 하얀 도자기 같은 볼 말이다.

키들거리던 덕심은 '손님 1' 배역을 완벽하게 연기 중인 성훈이 있는 과자 코너로 걸음을 옮겼다. 대화에 집중하다 덕심의 동선을 놓친 성훈은 곧장 자세를 틀었다. 아쉽지만 이쯤에서 퇴장해야 할 것 같았다.

"왜요?"

익준은 자연스럽게 어슬렁거리는 널찍한 어깨의 소유자를 진득하게 보는 덕심의 시야를 가리며 섰다.

"잠깐 비켜 봐요."

"왜요? 뭐 찾는 것 있어요?"

고개를 길게 빼고 성훈의 궤적을 따르는 덕심을 제지하는 익준의 등줄기에 땀이 흘렀다. 덕심은 자꾸만 앞을 막는 익준을 밀어내며 남자를 확인하려 들었다. 딸랑, 문 여닫는 소리와 함께 성훈의 모습이 사라지자 덕심이 탄식했다.

"아이참! 얼굴을 봤어야 했는데. 분명 잘생겼을 것 같았는데. 왜 앞에서 알짱거려요!"

다행히 성훈을 알아본 것은 아니었다. 둘이 마주쳤으면 어쩔 뻔했는가. 아찔했다.

"평범했어요. 내가 아까 봤어."

"진짜예요? 아닌데 저 정도 윤곽이면 얼굴이 대충일 리가 없는데."

익준은 남몰래 긴 한숨을 내쉬었다. 뒷모습만 보고도 잘생긴 것을 알아채다니. 강덕심은 진짜 얼굴 지상주의자가 확실했다. 잘생김을 향한 촉이 탁월한 덕심에게 하마터면 들킬 뻔한 위기를 가까스로 넘겼다. 밖을 살피자 신출귀몰하게도 성훈은 이미 사라지고 없었다.

〈2권에서 계속〉